16,8
D1995974

Lea Ackermann
mit Cornelia Filter

Um Gottes willen, Lea!

Lea Ackermann
mit Cornelia Filter

Um Gottes willen, Lea!

Mein Einsatz für Frauen in Not

HERDER
FREIBURG · BASEL · WIEN

Gedruckt auf umweltfreundlichem, chlorfrei gebleichtem Papier

Alle Rechte vorbehalten – Printed in Germany
© Verlag Herder Freiburg im Breisgau 2005
www.herder.de
Satz: Barbara Herrmann, Freiburg
Druck und Bindung: fgb · freiburger graphische betriebe 2005
www.fgb.de
ISBN 3-451-28717-X

Prolog

Ich denke oft an Queen.

Ich nannte sie so, weil sie so stolz und selbstbewusst wirkte. Sie saß – nein, sie thronte! – Tag für Tag an einem Tisch, ihrem Tisch, unter den Arkaden vor dem *Istanbul*, einem „Kontaktcafé" an der Moi Avenue in Mombasa. Die anderen Prostituierten beneideten sie, denn alle Prostitutionstouristen verzehrten sich vor Sehnsucht nach ihr. Sie hätte jeden haben können. Doch sie nahm nicht jeden. Hatte sie einen auserkoren, bedeutete sie ihm mit einem Fingerzeig – anscheinend diskret, aber eher verächtlich –, ihr zu folgen. Kaum dass sie weggegangen war, thronte sie auch schon wieder an ihrem Tisch.

So erschien es mir damals.

Heute noch, nach zwanzig Jahren, sehe ich sie dort sitzen. Inmitten des Menschengewimmels unter den Arkaden. Scheinbar unberührt von dem Verkehrsgetöse auf der Moi Avenue. Mit abwesendem Blick in eine unsichtbare Ferne.

Was suchte sie dort? Ihre Kindheitssehnsüchte, hinter einem Nebel aus Tränen verborgen? Eine Wolke flüchtiger Bilder, aus den verschlossenen Räumen ihrer Erinnerung aufsteigend? Die vagen Umrisse einer besseren Zukunft? Oder einfach nur die weite Leere der Savanne, die für Kenia typisch ist?

Doch Queen war kein Savannen-Kind – sie war ein Kind des Waldes. Das erfuhr ich aber erst, als wir uns schon länger kannten.

Wie die meisten Prostituierten nannte auch sie mich „Sister". Aber im Gegensatz zu vielen anderen wollte sie sich nicht von mir helfen lassen. Einmal, als ich sie bat, mich im Kloster zu besuchen, damit wir dort in Ruhe überlegen konnten, welche Alternativen zur Prostitution es für sie gibt, sagte sie:

„Jeder ist für sich selbst verantwortlich. Unser Leben liegt in unseren Händen. Ich will meins nicht in fremde legen. Auch nicht in deine, Sister Lea."

Kam ich nach einer meiner Streetwork-Runden – erschöpft vom Elend der schwarzen Frauen in Mombasa, deren wirtschaftliche Not von weißen Männern aus den reichen Industrienationen erbarmungslos ausgebeutet wird – ins *Istanbul*, lud Queen mich zu einem Bier oder einer Cola ein und heiterte mich auf. Nie werde ich ihr Lachen vergessen. Wenn sie lachte, dann lachte sie ganz: mit ihrem Körper und ihrer Seele. Grübchen in Wangen und Kinn, die Nase kraus, die großen Augen vor Lachfältchen klein. Ihre Zähne blitzten, ihre Dreadlocks bebten, ihr Silberschmuck klirrte.

Einmal störte ein deutscher Prostitutionstourist unsere Fröhlichkeit. Er trat an Queens Tisch, um ihr ein Kompliment zu machen.

„Du bist eine Spitzenfrau!“, sagte er.

„Du irrst dich!“, entgegnete sie, halb deutsch, halb englisch. „Ich bin eine Pfütze. Männer wie du spiegeln sich darin und sehen nur sich selbst.“

Queen konnte etwas Deutsch, weil sie als junges Mädchen einige Jahre in Deutschland verbracht hatte. Das vertraute sie mir eines Abends an, als ausnahmsweise ich sie aufheitern musste. Keine Ahnung, was geschehen war. Darüber schwieg sie sich aus. Aber es war offensichtlich, dass der Schutzwall aus imaginärem Panzerglas, mit dem sie sich umgab, von einer feindlichen Breitseite durchlöchert worden war. Darum tat sie etwas, was sie sonst nie getan hätte – Queen erzählte mir ihre Lebensgeschichte.

Geschichten wie diese habe ich oft gehört.

Viel zu oft.

Nicht nur in Kenia, sondern auch später in Deutschland in unseren *Solwodi*-Beratungsstellen für Menschenhandelsopfer.

Queen war drei Jahre alt, das zweitjüngste von vier Geschwistern, als sich ihr Vater, ein Holzfäller und Köhler, eine neue Frau nahm und Queens Mutter mit den gemeinsamen Kindern aus der Hütte jagte. Mitten in der Nacht. Die Familie wohnte in einem kleinen Dorf am Kakamega Forest, dem einzigen Regenwald Kenias. Darin irrten sie herum. Erst bei Tagesanbruch fanden sie den Weg nach Kakamega, dem Verwaltungssitz der Western Province. Ihre Verwandten dort waren auch bitterarm; fünf hungrige Mäuler, die es zusätzlich zu stopfen galt, waren nicht willkommen. Jemand wusste, dass im Osten am Indischen Ozean weiße Männer viel für „die Dienste" schwarzer Frauen bezahlen. Die Verwandten kratzten ihr letztes Geld zusammen, um Queens Mutter und ihren vier Kindern eine Reise in Überlandbussen nach Mombasa zu finanzieren. Dort wurde die Mutter Prostituierte.

Ihre Tochter glaubte lange, sie wäre eine Haushaltshilfe für umgerechnet 75 Mark im Monat. Bisweilen wunderte sich Queen, wie ihre geliebte Mama von so wenig Geld die Schule für alle vier Kinder bezahlte. Aber dann – Queen war 13 – sagte die Mama, sie könne das Schulgeld nicht mehr aufbringen. Ich vermute, dass Queens Mutter zu alt für das Geschäft mit Prostitutionstouristen war. Eine Schwarze über 30 hat bei weißen Männern keine Chance. Ihr bleibt nichts anderes übrig, als für arme Einheimische anzuschaffen: in engen, dunklen Gassen am alten Markt, wo es Ratten besser geht als Frauen – im *Tanu-Tanu*-Viertel. „Tanu tanu" heißt „fünf fünf". Es bedeutet: fünf Minuten für fünf Kenia-Schilling.

Weil sie nicht mehr in die Schule durfte, erzählte mir Queen, habe sie sich tagsüber herumgetrieben. Eines Tages sei sie einem „alten Mann aus Deutschland" begegnet.

„Ein Berliner, anders als die anderen Sextouristen. Er hatte schlohweißes Haar und war geschmackvoll gekleidet. Irgendwie vornehm. Auf mich wirkte er total seriös. Hundertprozentig vertrauenswürdig."

Dieser „Vertrauenswürdige" entpuppte sich im Nachhinein als pädophiler Zuhälter. Doch davon ahnte Queens Mutter nichts, als sie ihm erlaubte, ihre inzwischen 14-jährige Tochter mit nach Berlin zu nehmen. Schließlich hatte er ihr glaubwürdig versichert, dass er Queen so liebe wie ein Großvater seine Enkelin; er werde ihr in

Deutschland eine Ausbildung ermöglichen. In Berlin vermietete er das Mädchen an andere „Lolita-Freunde". Schon bald war Queen „zu alt" für sie; da schickte er sie auf den Straßenstrich.

„Dort traf ich den Mann meines Lebens, und der gab mir den Rest."

Queen war ein Nichts in einem Niemandsland. Und da sagte auf einmal einer zu ihr, dass er sie von ganzem Herzen liebe. Sofort entflammte sie für diesen kleinen Dealer, der die günstige Gelegenheit beim Schopf packte und Queen an Bordelle vermietete; auch noch, als sie schwanger von ihm war. Kurz nach der Geburt des Kindes wurde er verhaftet: nicht, weil er Queen verkauft hatte, sondern weil er mit Drogen gehandelt hatte.

Als die Polizei die Wohnung der Mutter des Dealers stürmte, in der Queen mit ihm und ihrem Säugling lebte, wurde auch sie gleich mit festgenommen: Sie hatte keine Papiere. Die Ausländerbehörde schob sie nach Kenia ab, da war sie 18. Ihr Sohn blieb bei seiner deutschen Großmutter – Queen hat ihn nie wiedergesehen.

1985, während meiner ersten Monate in Mombasa, hatte ich sie immer wieder vergeblich gebeten, zu mir ins Kloster zu kommen. Queen besuchte mich auch nicht in unserem Anfang 1986 als Ausstiegsprojekt für Prostituierte eröffneten *Solwodi*-Zentrum in der Makupa-Pfarrei. Sie kam erst im Frühjahr 1987, kurz bevor ich Kenia Knall auf Fall verlassen musste. Da stand sie plötzlich vor der Klostertür. Sie habe einen Traum gehabt, den sie mir unbedingt erzählen müsse, sagte sie.

„Hast du Zeit, Sister Lea?"

Sie wollten Queen vergewaltigen, weiße und schwarze Männer, viele, sehr viele, mitten auf der Moi Avenue unter der berühmten Skulptur aus überdimensionalen Elefantenstoßzähnen. Alle auf der Flaniermeile haben zugeschaut: Touristen, Geschäftsleute und die Polizei. Es gelang ihr zu fliehen. Die Vergewaltiger hinter ihr her – sie haben sie mit Bluthunden gehetzt. In Richtung Süden, zum Meer.

„Ich kann nicht schwimmen, Sister Lea! Wohin sollte ich mich wenden? Vor mir das Wasser und hinter mir die Meute. Ich entschied mich für das Meer."

Sie watete hinein, tiefer und tiefer. Die Meute kam näher und näher. Und nun erhob sich auch noch eine Felswand vor ihr. Sie war so verzweifelt – kein Weg vorwärts und keiner zurück. Plötzlich, wie aus dem Nichts, erzählte Queen mir an meinem vorletzten Abend in Mombasa, habe eine hell strahlende Gestalt vor ihr gestanden, „nicht von dieser Welt", mit weit ausgebreiteten Armen, so wie ein Gekreuzigter: Jesus.

Queen hatte sich nie von mir helfen lassen wollen, aber ich wusste, dass dieser Traum ein Hilferuf war. Ich schlug ihr vor, sich am nächsten Tag unser *Solwodi*-Zentrum in Makupa und die Arbeitsmöglichkeiten dort anzuschauen.

„Du musst nicht mit jedem Deppen losziehen, wir werden etwas anderes für dich finden. Ganz bestimmt!"

Am nächsten Tag kam sie nicht, am übernächsten war ich schon abgereist. Sie ist nie im Zentrum erschienen, haben mir meine mombasischen Mitschwestern berichtet. Mal wieder sah ich überdeutlich, wie kaputt diese Frauen manchmal sind.

Kaputt gemacht.

Ein halbes Jahr später hat Queen mich in Baldham bei München besucht, wo ich damals lebte. Sie hatte sich von einem deutschen Prostitutionstouristen einladen lassen. Sie hoffte, dass er sie heiraten würde; er hätte es auch getan, aber Queen hielt es nicht bei ihm aus. Er behandelte sie nicht schlecht, das war es nicht. Sie fühlte sich isoliert und unterfordert. Während er arbeitete, hockte sie tagein, tagaus allein in seiner kleinen Wohnung vor dem Fernseher. Das wäre auch ihre Perspektive für eine Zukunft als Ehefrau in Deutschland gewesen. Was hätte sie sonst tun sollen? Sie konnte kaum lesen und schreiben. Das bisschen, was sie in ihren wenigen Schuljahren gelernt hatte, hatte sie fast wieder vergessen. Sie entschloss sich, nach Kenia zurückzukehren.

Queen hat sich noch telefonisch von mir verabschiedet, bevor sie nach Mombasa flog. Dort ist sie nie wieder gesehen worden. Ich habe Mitschwestern und Freundinnen mit Fotos von ihr losgeschickt. Sie haben in Hotels, Bars, Diskotheken, Kontaktcafés und im Tanu-Tanu-Viertel nach ihr gefragt: ohne Ergebnis. Wenn ich selbst vor Ort war, habe ich sie auch gesucht, jedes Mal. In den Wohnvierteln für Arme und in den Villenquartieren der Reichen, in Obdachlosenunterkünften, auf HIV-Krankenstationen, in Polizeiwachen und im Gefängnis.

Nichts.

Auch nicht die geringste Spur von ihr.

Queen wäre jetzt Mitte 40. Nach kenianischen Maßstäben eine alte Frau. Wegen Aids liegt die durchschnittliche Lebenserwartung von Frauen in Kenia bei 42 – Tendenz sinkend. Realistisch betrachtet, ist sie lange tot. Und wenn sie noch lebte, würde ich sie wahrscheinlich nicht wiedererkennen. Aber in meiner Erinnerung ist sie so jung und schön, so stolz und selbstbewusst wie im Sommer 1985, als ich sie zum ersten Mal an ihrem Tisch unter den Arkaden vor dem *Istanbul* wie eine Königin thronen sah.

Erstes Kapitel

„Endlich in Afrika!“, dachte ich, als das Flugzeug aus Brüssel Ende August 1967 über der ruandischen Hauptstadt Kigali zum Landeanflug ansetzte. Auf diesen Augenblick hatte ich lange gewartet – sieben Jahre seit meinem Eintritt ins Kloster in Trier, wo das deutsche Mutterhaus der internationalen Weißen Schwestern zu Hause ist. Meine 1869 in Algerien gegründete Gemeinschaft heißt offiziell „Missionsschwestern unserer lieben Frau von Afrika“; wegen der weißen Tracht, die wir früher trugen, werden wir weltweit „Weiße Schwestern“ genannt.

Auf das Deckblatt meines Erinnerungsalbums mit Fotos aus Ruanda habe ich geschrieben:

„Wer nie da gewesen ist, kann sich nicht vorstellen, wie schön es ist – das Land der tausend Hügel und der neun Seen im Herzen Afrikas.“

Im August 1967 war ich jedoch – obwohl sich endlich mein seit Kindheitstagen sehnlichster Wunsch erfüllte – mit gemischten Gefühlen aus dem Flugzeug geklettert. Ja, ich war glücklich! Aber ich fühlte mich auch unsicher, als mich auf dem Flughafen meine neuen Mitschwestern begrüßten. Allesamt Belgierinnen, ich begegnete ihnen zum ersten Mal. Mir wurde bewusst: „Jetzt bin ich in der Fremde. Weit weg von den Menschen, die ich liebe, und von den Landschaften, die mir vertraut sind.“

Ich war von klein auf beides gewesen – abenteuerlustig und fromm. Für mich war das nie ein Widerspruch. Darum schickte ich auf dem Flughafen ein stilles Stoßgebet zum Himmel: „Lieber Gott, bitte lass es ein gutes Abenteuer werden!“

Ich sollte als Lehrerin an einer Internatsschule für Mädchen in Nyanza, dem alten ruandischen Königssitz, unterrichten: auf Französisch, also in der Sprache der belgischen Kolonialherren, obwohl Ruanda seit 1962 unabhängig war. Französisch konnte ich fließend, aber ich wollte zuerst die Landessprache Kinyarwanda erlernen, bevor ich mit dem Unterricht begann. Die Weißen Väter lehrten Kinyarwanda für ausländische Missionare und Missionarinnen an ihrer Sprachenschule *Cela* in Kigali.

„Um Gottes willen, Lea!", ereiferte sich meine künftige Direktorin Sr. Cécile Devriese, mit der ich mich später sehr gut verstanden habe. „Jetzt sind noch Sommerferien, aber das Herbsttrimester fängt bald an. Wir haben einen großen Lehrermangel: Ich brauche Sie dringend in Nyanza!" Aber meine Provinzialoberin Sr. Denise Molem unterstützte mich. Sie fand es auch nicht richtig, dass europäische Lehrkräfte ruandische Kinder belehren, ohne die Landessprache zu können.

Von Anfang September 1967 bis Ende Februar 1968 lernte ich also am *Cela* der Weißen Väter in Kigali Kinyarwanda. In unserem Kurs waren wir zu elft: vier Missionarinnen und sieben Missionare aus Spanien, Belgien, Frankreich, Schweden und Deutschland. Wir wohnten zusammen im *Cela* und harmonierten so gut, dass ich mein anfängliches Heimweh schnell vergaß. Auch mein altes Selbstvertrauen, das mir manchmal als „Selbstüberschätzung" angekreidet wird, gewann ich bald zurück. Deshalb sagte ich sofort begeistert „Ja!", als mich die Provinzialoberin Sr. Denise zwei Monate nach meiner Ankunft in Kigali fragte, ob ich es mir zutraute, einen VW-Käfer „quer durch Ruanda, inklusive Urwald" nach Zaire zu überführen – heute heißt dieses von Bürgerkriegen zerrüttete Land Demokratische Republik Kongo.

Mit dem VW-Käfer waren ein Jahr zuvor drei Mitschwestern aus Bukavu vor den Unruhen geflohen, die durch den Machtkampf zwischen den Warlords Tschombe, Kasavubu und Mobutu ausgelöst worden waren. In Kigali angekommen, wollten diese drei Belgierinnen, die schreckliches Meucheln und Metzeln miterlebt hatten, nur noch eins: nach Hause! Sie setzten sich ins Flugzeug und flogen nach Brüssel. Den VW-Käfer hatten sie in Kigali stehen lassen. Inzwischen, da wieder Ruhe eingekehrt war, waren sie von Belgien direkt nach Zaire zurückgeflogen und brauchten dringend ihren Wagen – die Weißen Schwestern in Bukavu besaßen nur dieses eine Auto. Außerdem wünschten sie sich personelle Verstärkung. Darum sollte ich nicht nur den VW-Käfer, sondern auch die alte Sr. Léonie, die keinen Führerschein hatte, nach Bukavu bringen.

„Kein Problem", dachte ich.

Am Steuer zu sitzen, das liebte ich. Ich bin am 2. Februar 1937 geboren, meinen Führerschein habe ich 1955 mit achtzehn gemacht – nicht gerade das Normale für eine junge Frau in den 1950er Jahren. Da hatten Frauen oft überhaupt keinen Führerschein, und schon gar nicht vor der Volljährigkeit, damals erst mit 21. Ich stamme aus dem saarländischen Dorf Klarenthal – für mich bedeutete Autofahren Freiheit und Unabhängigkeit.

Ruanda ist zehnmal so groß wie das Saarland. Für afrikanische Verhältnisse ist das Land also extrem klein. Aber es bietet eine erstaunliche Vielfalt von Landschaftsformen und Klimazonen. Kigali liegt im zentralen Hochland, dem eigentlichen „Land der tausend Hügel", fruchtbar, mit gemäßigtem Klima, darum auch „Land des ewigen Frühlings" genannt. Im Osten erstrecken sich Savannen und Sumpfgebiete. Im Norden erheben sich die Vulkanriesen der Virunga-Kette; der höchste ist der Mount Karisimbi mit 4507 Metern. Im Nordwesten stülpt sich bis zu knapp 3000 Metern die Randschwelle des Zentralafrikanischen Grabens auf. Ihre im Laufe von Jahrmillionen erodierten, bizarr zerfurchten Flanken fallen steil ab zum Lac Kivu im Westen. Dieser See ist riesig und in der Mitte längs geteilt durch die Grenze zwischen Ruanda und Zaire (heute Demokratische Republik Kongo). An seinem südlichsten Zipfel im Südwesten Ruandas liegt die ruandische Grenzstadt Cyangugu und nicht weit davon entfernt auf der anderen Seite der Grenze Bukavu – das Ziel unserer Reise.

Um dorthin zu gelangen, mussten wir einen Umweg machen, weil es keine direkte Verbindung gab. Von Kigali ging es auf einer unbefestigten Hauptstraße aus rotem Lehm Richtung Süden. Es war Ende Oktober. Von der Regenzeit, die in den unterschiedlichen Klimazonen zeitversetzt zwischen Februar und April beginnt, blieben wir verschont. Dafür atmeten wir reichlich trockenen Lehmstaub ein, wenn wir die Seitenscheiben herunterkurbelten. Die Hauptstraße von Kigali in der Mitte Ruandas bis nach Butare im Süden ist auch heute noch die Hauptverkehrsader des Landes – inzwischen asphaltiert. 1967 ähnelte sie einem Klarenthaler Feldweg. Überholen? Keine Chance! Hing man einmal hinter einem Lkw, blieb man kilometerlang dahinter, in die Staubwolken gehüllt, die er mit seinen Rädern aufwirbelte.

Nach 100 Kilometern, für die wir fünf Stunden brauchten, bogen wir kurz vor Butare rechts auf eine andere Hauptstraße ab, die geradeaus über Gikongoro nach Gyangugu führt. „Geradeaus" klingt unbeschwerlich. Doch einen Großteil der 90 Kilometer mussten wir durch den Gyangugu-Urwald fahren. Außer den Regenwäldern auf den Hängen der Virunga-Vulkane war er der letzte nicht abgeholzte Regenwald im dicht besiedelten Ruanda mit seiner intensiven Landwirtschaft. Heute ist die Hauptstraße, die ihn als künstliche Schneise in der Mitte zerteilt, eine „Allwetterstraße". Ohne Rücksicht auf Tiere und Pflanzen haben gefräßige Bulldozer und Planierraupen ihr einen Weg durch den Regenwald gebahnt, um eine „Lebensader für den Güterverkehr" zu schaffen, heißt es in dem kenntnisreichen Buch *Ruanda. Ein landeskundliches Porträt* von Karl-Heinz Weichert und Otmar Werle, 1987 erschienen.

In den vielfältigen Klimazonen variieren die Niederschläge zwischen 900 Millimetern und 1600 Millimetern pro Quadratmeter im Jahr. Die beiden einzigen Gebiete mit der Höchstmenge sind die Virunga-Vulkane im Norden und der Gyangugu-Urwald im Südwesten. Das bekamen wir sofort zu spüren, als wir im ersten Schlagloch der aufgeweichten Hauptstraße stecken blieben – 1967 konnte von einer Allwetterstraße noch keine Rede sein. Als wir in den Regenwald fuhren, waren mir am Wegrand Frauen aufgefallen, die auf ihren Köpfen unglaublich schwere Lasten balancierten. Dieser traditionelle „Güterverkehr" hatte Zeit, uns zu helfen. Mit vereinter Kraft schoben wir – zwei einheimische Frauen, Sr. Léonie und ich – den VW-Käfer aus dem verschlammten Schlagloch.

Nach dieser Panne gleich am Anfang begegneten wir lange keinen Menschen mehr. Affen hockten auf den Ästen über uns. Manchmal setzten sie sich auch mitten auf den Weg. Wenn ich hupte, ergriffen sie die Flucht. Es wurde immer dunkler und feuchter. Durch die Kurven rutschten wir wie auf Glatteis. Still flehte ich den lieben Gott an: „Bitte, lass uns nicht noch einmal stecken bleiben!"

In diesem Moment sagte Sr. Léonie, die zwar schon jahrelang in Ruanda lebte, aber noch nie in einem Urwald gewesen war:

„Hier soll es Löwen geben."

„Wie kommst du denn darauf? Löwen sind Savannentiere!"

„Ich habe gehört, dass sie sich manchmal auch im Urwald herumtreiben."

Ich schloss sogleich mein Seitenfenster. Mein Klarenthaler Mut war geschmolzen wie Eis in der Sonne.

Als wir den Regenwald fast hinter uns gelassen hatten, kamen uns zwei Lastwagen entgegen, als Konvoi dicht hintereinander. Auf den offenen Ladeflächen saßen Einheimische, die sich anscheinend geborgen und sicher fühlten – im Gegensatz zu mir.

Der liebe Gott erhörte mein Gebet. Ohne eine weitere Panne erreichten wir kurz nach Einbruch der Dunkelheit – in Ruanda wird es immer Schlag sechs stockfinster – Cyangugu. Dort übernachteten wir bei Jesuiten. Am nächsten Morgen, bevor wir zu unserer letzten Etappe nach Bukavu aufbrachen, nahm ich ein Bad im traumhaft schönen Lac Kivu. Währenddessen vergegenwärtigte ich mir, was ich über den Kivu-See gelesen hatte. Der deutsche Geograph Hans Meyer hatte dieses riesige Gewässer, dessen ruandisches Ostufer fast 100 Kilometer lang ist, im Jahre 1909 mit poetischen Worten porträtiert.

„Alle die mannigfach geformten Landzungen und Inseln und das zerrissene Gebirgsland an den Ufern; die Grashänge, Bananenhaine,

Hecken und Felder; die schilferfüllten Hochtäler; die Schluchten mit Farnkräutern oder üppigem Dickicht; die Flüsse, deren glänzendes Band sich durch breite Papyrussümpfe windet; die blauen Fluten mit den sanft über sie hinweggleitenden Einbäumen und die zackigen Felsen, besät mit Möwen und Enten; die weißen Reiherketten, die wie ferne Segel über die Wasser ziehen; die Wolken, die sich in ihnen spiegeln, und die violetten Wolkenschatten, die langsam über die Berge kriechen; die Silhouetten der breit ausladenden Feigenbäume und der bizarren Dracanen; die im Sonnenglanz gelb leuchtenden Hütten und die roten, dunkelumzäunten Höfe; die weidenden Ziegen und Schafe; die Rinder an der Tränke. Und all das unter einem sattblauem Himmel von solcher Klarheit und Tiefe, dass all unsere Begriffe von Raum und Form sich verwirren."

Als ich mich träge auf dem Rücken treiben ließ, fiel mir plötzlich auf, dass Hans Meyer ein Land ohne Menschen beschrieben hatte. Gleichzeitig wurde mir bewusst, dass ich bereits zwei Monate in Afrika lebte und fast nur Europäer kannte. Auch diese Erkenntnis trug dann zu meinem Entschluss bei, nicht im Pkw eines belgischen Paters von Zaire zurück nach Ruanda zu fahren, sondern mit einem Lkw. Ausschlaggebend war jedoch, dass der Pater erst in einigen Tagen aufbrechen wollte. Das dauerte mir zu lange. Ich befürchtete, zu viele Stunden von dem Sprachunterricht im *Cela* zu verpassen und den Anschluss zu verlieren.

„Um Gottes willen, Lea, lass es!", riet mir meine erfahrene Mitschwester Léonie, als ich sie in meine geänderten Reisepläne einweihte. Lkw-Fahrten durch den Urwald wären gefährlich, warnte sie mich. Nicht nur wegen der „schrottreifen Laster", sondern auch wegen „marodierender Banden". Aber ich ließ mich nicht von meinem Vorhaben abbringen – mein Klarenthaler Mut war zurückgekehrt.

Das Kloster der Weißen Schwestern in Bukavu lag im Stadtteil Gatutu. Die armen Leute, die dort wohnten, nutzten Lastwagen als Überlandbusse. Wie ein Lauffeuer sprach es sich herum, wann und wo einer in Richtung Ruanda abfuhr. Es waren nur wenige Menschen, überwiegend Männer, die früh morgens um fünf an einer Straßenecke unweit des Klosters auf den Lkw warteten. Sie staunten, als ich in Begleitung von Sr. Léonie erschien, die darauf bestanden hatte, mich hinzubringen. Aufgeregtes Getuschel. Ich verstand kein Wort. Léonie übersetzte: „Sie sagen, dass noch nie ein Weißer auf einem Laster mitgefahren ist. Schon gar nicht eine Weiße."

Die Leute überwanden schnell ihre anfängliche Scheu vor mir. Nachdem Schwester Léonie ihnen erklärt hatte, dass ich neu in Afrika war und statt mit einem Pkw, den in Gatutu nur Weiße besaßen, mit einem Lkw fuhr, um die Menschen hier kennen zu lernen, waren sie hellauf begeistert. Als der Laster – ein hinfälliges Gefährt mit abgefahrenen Reifen – mit einer Stunde Verspätung eintraf, rissen sie sich geradezu darum, mir auf die Ladefläche zu helfen. Ich bekam den besten Platz auf einem Sack mit Süßkartoffeln zugeteilt.

Kurz vor der Grenze stiegen fast alle ab; meinen „Thron", den Kartoffelsack, nahmen sie mit. In Cyangugu hinter der Grenze wurde es eng. Jede Menge Männer und Frauen mit Unmengen von Gepäck stiegen auf den Anhänger. Gemüsesäcke wurden aufgeladen. Sieben Hühner und fünf Ziegen. Zuletzt erschien auch noch ein Polizist mit zwei an den Händen gefesselten Gefangenen. Die Ladefläche war gerappelt voll. Kein Platz mehr zum Sitzen, alle mussten stehen. Ich quetschte mich in eine Ecke zwischen Führerkabine und seitlicher Ladeklappe. Wir kamen nur langsam voran, denn wir schleuderten mehr, als dass wir fuhren.

Und auf einmal geht gar nichts mehr.

Der Anhänger neigt sich gefährlich zur Seite. Sein rechtes Hinterrad steckt in einem tiefen Schlammloch. Ein Tohuwabohu auf der Ladefläche. Alles – Menschen, Tiere, Gepäck und Säcke – gerät ins Rutschen. Der Fahrer öffnet die hintere Ladeklappe und befiehlt auf Kinyarwanda:

„Los, schieben!"

Das verstehe sogar ich. Mit den anderen springe ich von der schräg geneigten Ladefläche, auf der nur die beiden Gefangenen zurückbleiben, und schiebe nach Leibeskräften. Ich gebe mein Äußerstes – und falle bäuchlings in den Schlamm. Was einen allgemeinen Heiterkeitsausbruch auslöst. Während die Frauen meine ehemals weiße Tracht, die nun braungrün wie die Tarnuniform eines Buschkriegers aussieht, notdürftig zu reinigen versuchen, kappen die Männer mit Messern und Macheten Zweige und Äste, die sie als Befestigung unter den abgesackten Hinterreifen stecken. Mit vereinter Kraft schieben wir noch einmal. Der Fahrer startet den Motor, der Polizist gibt den Takt an. Während er rhythmisch in die Hände klatscht, ruft er auf Kinyarwanda:

„Hau ruck. Hau ruck. Hau ruck."

Und siehe da – wir schaffen es!

Als wir weiterfahren, herrscht auf dem Anhänger Hochstimmung. Das Wenige, das diese armen Leute haben, teilen sie mit allen: Essen und Getränke. Auch die beiden Gefangenen und ich, ohne Proviant unterwegs, werden gut versorgt.

Wir schmausen; wir lachen; wir singen; wir würden sogar tanzen, wenn der Platz dazu reichte; wir …

… Krawumm …

Ein Achsenbruch!

Dieses Mal half Schieben nichts. Wir steckten mitten im Regenwald fest, auf halber Strecke zwischen Cyangugu und Gikongoro. Jeweils 30 Kilometer entfernt – zu Fuß absolut unmöglich. Uns blieb nichts anderes übrig, als auf einen Lkw zu warten, der zufällig vorbeikommen würde. Ein Pkw nützte uns nichts: Wir waren 30 Menschen und zwölf Tiere!

Die anderen ertrugen es mit stoischer Gelassenheit – ich nicht. Ich bibberte vor Angst, als es nach stundenlangem Warten Punkt sechs Uhr in dem ohnehin schon finsteren Urwald stockfinster wurde. Da näherte sich von ferne ein rettendes Licht. Es waren die Scheinwerfer eines Lastwagens, der aus Cyangugu kam und nach

Butare wollte. Die Ladefläche auf dem Anhänger war voll besetzt, auch das Führerhaus neben dem Fahrer. Wenn überhaupt, konnte dieser Laster drei oder vier von uns unterbringen. Ein kurzes Palaver auf Kinyarwanda, und die Entscheidung war getroffen: Der Polizist und seine zwei Gefangenen durften mit – und ich.

Die Männer aus meiner „Reisegruppe" verabschiedeten sich mit Worten von mir, die ich wegen ihres herzlichen Tonfalls verstand. Die Frauen umarmten mich, so überschwänglich, als ob sie von einer engen Verwandten Abschied nehmen müssten.

Spät in der Nacht lag ich im Kloster der Weißen Schwestern in Butare wohlbehütet im Bett und dankte dem lieben Gott für diese wunderbaren Menschen. Ich wäre ihnen nie begegnet, hätte ich auf Sr. Léonie gehört:

„Um Gottes willen, Lea, lass es!"

37 Jahre später, im Juni 2004, saß ich in meinem Büro im Erdgeschoss einer barocken Propstei in Boppard-Hirzenach und dachte an Afrika, das ich so liebe. Dabei hätte ich mich eigentlich mit Osteuropa beschäftigen müssen – beziehungsweise mit Frauenhandelsopfern aus dem europäischen Osten. Um meinen Laptop hatte ich schon den ganzen Tag einen großen Bogen gemacht. Es wollte mir einfach nicht gelingen, einen Vortrag zu schreiben, den ich anderntags auf einer Tagung in Bonn halten musste. Ich konnte mich nicht konzentrieren, weil ich nachts so schlecht geschlafen hatte.

Marissa ging mir nicht aus dem Kopf.

Diese 16-jährige Osteuropäerin war bei einer Razzia aus einem deutschen Bordell befreit worden. Wir hatten sie in einem unserer *Solwodi*-Schutzhäuser aufgenommen. Das schwer traumatisierte Mädchen, fast noch ein Kind, verkroch sich in den ersten Tagen unter der Bettdecke und wollte mit niemandem reden. Nach und nach erfuhren wir Details aus Marissas Leben. Der Vater hatte sie geschlagen; der Stiefvater hatte sie vergewaltigt; auch in dem Heim, wo das Jugendamt in ihrem Heimatland sie unterbrachte, war sie sexuellen Übergriffen ausgesetzt. Schließlich floh sie mit einer anderen Heiminsassin zu deren Mutter. Diese entpuppte sich als Zwischenhändlerin. Sie verkaufte Marissa an zwei einheimische Menschenhändler, die sie an das deutsche Bordell weiterverkauften.

„Dieses Kind braucht dringend eine Therapie", sorgte ich mich, als ich mich schlaflos im Bett wälzte.

Aber wie sollten wir eine Therapeutin bezahlen? Würden wir uns an das Sozialamt wenden, liefen wir Gefahr, dass Marissa abgeschoben wird – in eine ungewisse Zukunft. Ich nahm mir vor, gleich morgen früh bei Schwester Irmlind in Würzburg anzurufen.

„Sie wird uns sicher helfen! Die Franziskanerinnen haben uns noch nie im Stich gelassen."

Dieser Gedanke tröstete mich. Endlich schlief ich ein. Zwei Stunden später, um halb sieben, klingelte mein Wecker.

Das Thema des Vortrags, den ich auf der Tagung in Bonn halten musste, lautete: *Perspektiven zur Bekämpfung des Menschenhandels.* Darüber könnte ich sofort, ohne Stichwörter, frei aus dem Stegreif mehrere Stunden reden. Doch ich hatte mich verpflichtet, auch ein druckfertiges Skript für einen Reader mit den Tagungsbeiträgen abzuliefern. Am Nachmittag hatte ich mal gerade die ersten Sätze in meinen Laptop getippt.

„Diese Kippe, wenn du sie nimmst, wirst du so lange abarbeiten, wie du noch deinen Namen weißt: Es ist deine Entscheidung, du hast die Wahl!"

Der miese Typ, der ihr eine Lucky Strike unter die Nase hält, ist ein Landsmann Nataschas, 19, aus Lwiw in der Ukraine. Grün und blau geschlagen, halb verhungert, mit Brandwunden von ausgedrückten Zigaretten auf den Oberschenkeln, mit Handschellen an einen Heizkörper gefesselt, kauert sie auf dem Fußboden eines deutschen Apartments, in dem sie seit Wochen gefangen gehalten wird. Von diesem und einem zweiten Ukrainer.

Weil es ihr schon lange die Sprache verschlagen hat, nickt sie stumm und akzeptiert das Angebot ihres Folterers. Natascha sehnt sich nach dem erbärmlichen Trost, den Nikotin ihr zu spenden vermag. Obwohl sie weiß, was darauf folgt: Wieder eine Vergewaltigung.

Weiter konnte ich nicht. Es war mir auf einmal zu viel. Ich ging raus und pflückte Kirschen in unserem denkmalgeschützten Garten aus dem 18. Jahrhundert. Seit ich hier lebe – wenn dieses Buch erscheint, werden es mehr als 17 Jahre sein – mutet er mich wie ein Märchen aus längst vergangenen Zeiten an.

Fährt man in einem Schiff flussabwärts von Mainz den Rhein hinab – vorbei an Bingen, Bacharach und St. Goar – sieht man ihn kurz vor Bad Salzig in einer Rechtsbiegung auf der linken Rheinseite liegen. Überragt von einer romanischen Kirche und einer barocken Propstei zieht er sich in Terrassen bis zum Ufer hinunter.

Der Pallottiner-Pater Prof. Dr. Fritz Köster, ein guter Freund, verwaltet die Pfarrgemeinde St. Bartholomäus des 320-Seelen-Dorfes Hirzenach seit 1988 als „Vicarius substitutus“. Als ihm das Pfarrhaus – die barocke Propstei, vormals ein Männerkloster – als Wohnsitz angeboten wurde, fand er es zu groß für sich allein, und *Solwodi Deutschland* zog mit ein.

Solwodi ist die Abkürzung für „Solidarity with Women in Distress“ – „Solidarität mit Frauen in Not“. Ich habe diese Organisation 1985 in Mombasa gegründet, als Projekt für Kenianerinnen, die sich wegen ihrer auswegslosen wirtschaftlichen Lage an Prostitutionstouristen verkaufen. Anfangs war der deutsche Ableger, „Anlaufstelle für Migrantinnen in Notsituationen“ genannt, ein winziger Ein-Frau-Betrieb. Daraus habe ich, unterstützt von zahlreichen Helferinnen und Helfern, ein bundesweites Netzwerk geknüpft – mit der Zentrale in Boppard-Hirzenach, einem Deutschland-Verein, vier regionalen Vereinen in Rheinland-Pfalz, Nordrhein-Westfalen, Niedersachsen und Bayern sowie zehn Beratungsstellen und sieben Schutzwohnungen bzw. Schutzhäusern für weibliche Opfer von internationaler Männergewalt.

Als ich an diesem Nachmittag wie Samt und Seide Kirschen pflückte und von meiner Leiter aus ins Rheintal schaute, sagte ich zum lieben Gott:

„Ach, wenn doch alle Menschen in einem solchen Paradies leben könnten!"

Ich entschloss mich, die Kirschen nicht für uns einzukochen, sondern den einen Eimer Frau Bruns zu bringen und den anderen Natalja zu schenken.

Natalja ist eine der von uns betreuten Frauen. Mit ihren beiden Kindern lebt sie unten an der Rheinstraße in einer kleinen Wohnung, die wir von einer hiesigen Familie angemietet haben, die es – wie so viele hier – gut mit uns meint.

Das Ehepaar Bruns betreibt an der Rheinstraße das Hotel-Restaurant *Hirsch*. Fred Bruns, ein Weinkenner, für dessen Weine Gäste von weit her anreisen, ist ein bekennender Agnostiker, der es liebt, sich mit Pater Köster zu streiten – eine Streitlust, die auf Gegenseitigkeit beruht. Mich kann Herr Bruns nicht so leicht aus der Reserve locken. Trotzdem mag er mich – und ich ihn. Renate Bruns, die himmlisch kocht, stellt ihre kulinarischen Künste immer wieder kostenlos für *Solwodi* zur Verfügung. So auch im Frühsommer 1995 zu unserem Zehnjährigen. Da hat sie zusammen mit Frauen aus dem Dorf ein Büffet für uns gezaubert, von dem der Dominikaner-Provinzial, einer unserer Ehrengäste, heute noch schwärmt.

Bei unserem Zwanzigjährigen, das wir im Mai 2005 mit 300 Gästen aus nah und fern begingen, bog sich das Büffet unter Kuchen, Torten, Salaten und Snacks – alles selbstgemacht von Hirzenacherinnen. „Das schmeckt wie bei Muttern", tönte es begeistert. Die Frauen hatten auch die Kirche für den Festakt geschmückt. Die Männer haben den Rasen gemäht und den Vorplatz gefegt, Tische und Bänke aufgestellt, Getränke besorgt und ausgeschenkt. Wir feierten draußen, von mittags bis abends. Am anderen Morgen um zehn hatten „meine Hirzenacher" schon wieder alles aufgeräumt.

Renate Kappaun, Katharina Stein, Rosi Pinger, Michaela Pinger, Rita Pinger, Elke Vikus, Käthi Ruggenthaler, Gisela Schmoll, Gerlinde Mallmann und Elfi Woldemade – die jüngste zwölf und die älteste achtzig – sind ein ehrenamtliches Team, das einmal im Quartal 12.000 *Solwodi*-Rundbriefe in Umschläge steckt, Überweisungsträger für Spenden hinzufügt und Adressetiketten aufklebt: von Freitagnachmittag bis Sonntagabend.

Ich weiß, dass diese vielen fremden Namen Außenstehenden nichts bedeuten und sie möglicherweise langweilen. Aber es sind nur wenige Namen von vielen, die ich auch erwähnen müsste. Die wenigen nenne ich hier exemplarisch, denn es ist mir ein Herzensanliegen, zu verdeutlichen, dass die Gemeinde Hirzenach eine echte Gemeinschaft ist – ich kann stets auf sie zählen.

Eigentlich wollte ich mich sofort wieder an meinen Vortrag setzen, nachdem ich die Kirschen abgeliefert hatte. Bei Natalja war ich den einen Eimer los geworden, beim Hotel-Restaurant *Hirsch* allerdings stand ich vor verschlossener Tür – es hatte Ruhetag.

„Ach, die Bruns sind bestimmt auf dem Pfarrfest", dachte ich. Da wäre ich auch gewesen, wenn ich nicht den Vortrag hätte schreiben müssen. Den Eimer hätte ich auch vor die Tür stellen können. Aber in dem Moment, als ich mich dazu anschickte, begann die Tanzkapelle zu spielen.

Ich tanze so gerne.

„Gerne?"

Was für ein Unwort!

Flau und grau.

Meine Füße lieben ein anderes.

Es klingt wie Walzer, Polka, Tango.

Ich kann nichts dazu. Mein Kopf hat es zu verhindern versucht. Aber meine Füße sind mal wieder mit mir durchgegangen – es zog sie magisch zum Festzelt.

„Ich werde den Eimer dort abliefern", dachte ich, während mein

Kopf an meine Füße funkte: „Macht euch keine Illusionen! Getanzt wird nicht! Wir liefern bloß die Kirschen ab."

Prompt lud mich Fred Bruns zu einem Glas Wein ein.

„Sehr lieb von Ihnen, aber ich habe keine Zeit", entschuldigte ich mich, „ich muss einen Vortrag schreiben."

„Auf *ein* Glas!", insistierte Renate Bruns. „Danach schreibt sich's viel leichter."

„Also gut", willigte ich ein. „Auf ein Glas und einen Tanz! Darf ich bitten, Frau Bruns?"

Ich tanze lieber mit Frauen, weil Männer immer die Führung übernehmen – ich führe lieber selbst. Für Renate Bruns war das gewöhnungsbedürftig; als sie sich wieder setzten durfte, war sie sichtlich froh. Aber andere Hirzenacherinnen, deren Männer Tanzmuffel sind, wollten gerne mit mir das Tanzbein schwingen. Es kam, wie es kommen musste: Aus einem Tanz sind fünf Tänze geworden und aus einem Glas zwei Gläser.

Jetzt sitze ich wieder in meinem Büro im Erdgeschoss und schaue aus dem Fenster auf den Rhein hinunter. Hinter den Weinbergen am anderen Ufer scheint noch die Sonne, aber hier, auf der linken Rheinseite, wird es schon dunkel. Die Musik vom Pfarrfest ist deutlich zu hören, und meine Füße sind unruhig.

Den Vortrag muss ich erst morgen Abend halten. Bis Bonn ist es nicht weit, was mir nichts nützt. Tagsüber werde ich keine ruhige Minute haben, um an dem Text zu arbeiten. Ab acht Uhr wird mein Telefon ununterbrochen klingeln und das Faxgerät unermüdlich rattern. Die monatliche Konferenz mit den *Solwodi*-Teams aus Hirzenach, Koblenz, Mainz und Ludwigshafen ist für zehn Uhr terminiert. Eine E-Mail-Anfrage vom Landeskriminalamt zu einer Veranstaltung über Menschenhandel wartet auf schnelle Beantwortung. Eine Mitarbeiterin braucht eilige Unterschriften für unsere Rückkehrerinnen-Projekte in Afrika und Lateinamerika. Eine andere hat dringende Fragen zum Reintegrations-Projekt auf dem

Balkan. Nachmittags kommt eine Anwältin aus dem Ruhrgebiet, die für *Solwodi Duisburg* Opferzeuginnen vertritt.

Ich reiße mich zusammen und schreibe.

Natascha aus der Ukraine ist eine von 91 Opferzeuginnen, die Solwodi von 1999 bis 2001 bis zum Prozess und im Prozess begleitet hat. Diese 91 Fälle haben wir in einer Studie über „Probleme der Strafverfolgung und des Zeuginnenschutzes in Menschenhandelsprozessen" analysiert. Die erste Studie bundesweit. Nicht vom Staat finanziert, sondern von uns. Das staatliche Interesse an einer Auswertung wie dieser war bisher gering. Und das, obwohl Deutschland im Westen eins der Hauptabnehmerländer für Zwangsprostituierte aus dem Osten ist.

Seit dem Fall des Eisernen Vorhangs werden Jahr für Jahr, so schätzt die EU-Kommission, 120.000 Osteuropäerinnen als Prostituierte an den Westen verschachert. Allein aus der bitterarmen Ukraine wurden laut dem Polizei-Experten Manfred Paulus seit Anfang der 1990er Jahre etwa 100.000 junge Frauen in die Prostitution verkauft: 80 Prozent unter 18. Aus Moldawien, dem Armenhaus Europas, wurden Paulus zufolge 400.000 junge Frauen verschleppt: Das sind zehn Prozent der Gesamtbevölkerung.

Wie passt das mit der Statistik des Bundeskriminalamts zusammen? In seinem Lagebild Menschenhandel meldet das BKA lediglich einige hundert Opfer statt mehrere tausend.

Auf einer Tagung für Polizei und Justiz in der Katholischen Akademie Trier erklärten mit Menschenhandel befasste Polizisten das so: Durch die Legalisierung der Prostitution in Deutschland am 1. Januar 2002 seien „die Zugriffsmöglichkeiten mittels Razzien" erschwert worden. Das führt beispielsweise in Baden-Württemberg dazu, dass sich die Polizeibehörden von Bordellbetreibern oft nur noch Listen mit den Namen der Prostituierten schicken lassen. „Das ist dann die einzige Kontrolle", beklagte sich ein Stuttgarter Kommissar in Trier. Ein Kommissar aus Düsseldorf monierte: In den für Prostitu-

tion zuständigen Kommissariaten, früher „Sitte" genannt, werde infolge von Sparmaßnahmen die Personaldecke immer dünner.

Im Festzelt spielen sie meinen Lieblingswalzer: *An der schönen blauen Donau.*

Meine Füße hält es kaum noch unterm Schreibtisch.

Mein Kopf versucht, sie zu zähmen.

Aber mein Herz will auch tanzen.

Am liebsten bis zum frühen Morgen.

Ich gehe nicht wieder zum Pfarrfest, doch ich gönne mir ein Tänzchen mit mir selbst. Vom Schreibtisch zur Tür, hinaus ins Entree mit dem glatten Steinfußboden, optimal für Wiener Walzer.

Das mache ich übrigens oft, wenn ich spät abends noch arbeite und eine Denkpause einlege. Ich bin keine Träumerin, die still grübelt, ich muss mich bewegen. Und beim Tanzen kommen mir meist die besten Ideen: für einen Vortrag beispielsweise.

Heute leider nicht.

Während ich mich im Entree um mich selber drehe, denke ich nicht an Menschenhandel und Zwangsprostitution – ich denke an eine durchtanzte Nacht vor 44 Jahren.

Am 29. Mai 1960, einem sommerlich warmen Sonntag, stand ich morgens vor einem Kloster an der Bernhardstraße 11 in Trier-Heiligkreuz. Ich war nicht dazu gekommen, mich umzuziehen. Mein teures Modellkleid aus reinem Leinen war der letzte Schrei aus Paris. Ich hatte es auf den Champs Elysées gekauft: grüne Rosen auf schwarzem Grund, großer Kragen, enges Oberteil, schmale Taille, breiter Gürtel, weit schwingender Rock. Dazu hauchdünne Seidenstrümpfe und schwarze Stöckelschuhe.

Bin ich damit zu Fuß den Berg hoch? Ich erinnere mich nicht. Aber ein Taxi habe ich mir bestimmt nicht geleistet. Obwohl ich damals relativ viel Geld verdiente, hätte ich das als Verschwendung empfunden.

Dass ich nicht mehr weiß, wie ich von der Trierer Altstadt zum Stadtteil Heiligkreuz gelangt bin, liegt nicht am Alkohol. Ich habe noch nie viel getrunken, auch als junge Frau nicht. Ich berauschte mich durch Tanzen. Das hatte ich die ganze Nacht auf einem Betriebsausflug mit Kollegen getan – ich war 23 und arbeitete als Bankkauffrau bei der Landesbank Saar in Saarbrücken. Ein Jahr hatte ich in einer Pariser Filiale verbracht. Ich war viel gereist und hatte viel gesehen. Nun wollte ich ein neues Leben beginnen. Eins, von dem ich schon im Alter von zwölf überzeugt war, dass es meins ist. Ein Leben als Ordensfrau.

Ein kontemplativer Orden – zum Beispiel die Klarissen – wäre für mich nie in Frage gekommen. Nur Beten und Schweigen ist nichts für mich. Am 29. Mai 1960 stand ich also an der Bernhardstraße in Trier-Heiligkreuz vor einer deutschen Niederlassung der in Algerien gegründeten *Missionsschwestern unserer lieben Frau von Afrika,* weil ich nach Afrika wollte.

Unbedingt!

Wegen der seit meiner Kindheit tief in mir verwurzelten Überzeugung, dass man wahres Christentum nur durch tätige Nächstenliebe leben kann. Moderner ausgedrückt: durch soziales Engagement für die Armen, Schwachen, Unterdrückten, Ausgegrenzten. Aber es war auch Abenteuerlust, die mich trieb – ich gebe es zu.

Ich hatte den Weißen Schwestern ein Bewerbungsschreiben geschickt, und sie hatten mich, wie es der Zufall wollte – oder war es Fügung? – ausgerechnet für den Sonntag, der auf unseren Betriebsausflug am Samstag folgte, zu einem Vorstellungsgespräch eingeladen. Falls sie mich nehmen würden, musste ich gleich morgen, Montag, spätestens aber am Dienstag, den 31. Mai, bei meiner Bank kündigen, um für den letzten Aufnahmetermin der Weißen Schwestern in diesem Jahr – das war der 15. August 1960 – zur Verfügung zu stehen.

Obwohl ich nicht ängstlich bin, hatte ich Hemmungen, auf den Klingelknopf neben der Klosterpforte zu drücken; vielleicht, weil ich so nah am Ziel meiner Träume daran zweifelte, dass sie eine Chance in der Wirklichkeit hatten. Es wurde Zeit, mich zu überwinden. Ich war hier für zehn Uhr verabredet, und nun war es schon fünf nach zehn.

Aber ich zögerte immer noch zu klingeln. Denn ich hatte Angst, dass ich, wenn ich die Schwelle überschreiten würde, die aus der Welt ins Kloster führte, nie wieder tanzen durfte. Und schlimmer noch! Mein geliebter Vater, dachte ich vor der Klosterpforte, würde kein einziges Wort mehr mit mir wechseln.

Der letzte Takt von *An der schönen blauen Donau* ist verklungen. Ich setze mich wieder an meinen Schreibtisch und schreibe meinen Vortrag weiter.

Die 1981 geborene Natascha, die nach der Schule keinen Job fand, hatte schon vor ihrer Verschleppung nach Deutschland in der Ukraine als Prostituierte gearbeitet, um sich, ihre arbeitslosen Eltern und ihre jüngeren Geschwister zu ernähren. In dem Wohnungsbordell in Lwiw, wo sie anschaffte, tauchte eines Tages ein Freund ihres älteren Bruders auf, der ihr „sehr gute Arbeit" in einem „schicken deutschen Club" versprach. Dort werde sie bestimmt einen reichen Mann begegnen, der sich in sie verlieben und sie heiraten würde, wie Richard Gere Julia Roberts in dem Film „Pretty Woman".

Der schicke deutsche Club entpuppte sich als ein schäbiges Apartment in einer deutschen Großstadt. Dort hielten der Freund ihres Bruders und ein zweiter Ukrainer Natascha gefangen, nachdem sie ihr den Pass und ihr letztes Geld abgenommen hatten. In dem Apartment musste sie keine Freier „bedienen", sondern „bloß" ihre beiden Landsmänner, die sie mit brutaler Gewalt zum Geschlechtsverkehr zwangen.

Als ihr Wille völlig gebrochen war, schickten sie Natascha auf den Straßenstrich. Da fiel sie einem Türken auf. Der brachte sie schließlich wirklich in einem Club unter, in dem sie täglich 100 Mark für „Kost und Logis" bezahlen musste. Was von ihren „Einnahmen" üb-

rig blieb, teilten sich die beiden Ukrainer und der Türke, der einmal in der Woche zum „Abkassieren“ kam.

Diese drei sind vergleichsweise kleine Fische. Doch ob kleiner Fisch oder großer Boss: Das Leid der Frauen ist das gleiche. Und die Freier, bekannte wie Michel Friedman oder unbekannte wie Michael Mustermann, scheren sich einen Dreck darum. Es ist ihre Nachfrage, die das Angebot überhaupt erst erzeugt. Ohne sie gäbe es weder die so genannte „freiwillige“ noch die Zwangsprostitution. Nicht weniger skrupellos als der gemeine Frauenhändler nimmt sich der scheinbar ehrenwerte Freier das Herrenrecht heraus, seine Machtgelüste durch den Kauf einer Frau zu befriedigen und deren elementarste Menschenrechte zu missachten.

Nataschas Kunden in dem Club haben sich nicht darüber gewundert, dass das verstörte Mädchen aus der Ukraine keinen Laut von sich gab. Sie fragten sie nicht, warum sie auf ihren Oberschenkeln Narben von Brandwunden hatte. Während sie ihnen wie eine leblose Puppe zu Willen war, blickten sie in Nataschas tote Augen. Aber das störte sie nicht, denn für sie war diese junge Frau kein Mensch, sondern ein Ding.

Inzwischen ist es weit nach Mitternacht. Die Musik ist verstummt, im Festzelt murmeln nur noch vereinzelte Stimmen. Ich schaue aus dem Fenster. Die Weinberge auf der gegenüberliegenden Rheinseite verdecken den Mond. Aber das Wasser spiegelt sein silbriges Licht. Mir fällt Heinrich Heine ein:

„Ich weiß nicht, was soll es bedeuten, dass ich so traurig bin.“

Ich habe gar nicht bemerkt, dass Pater Köster von seiner Vortragsreise zurückgekehrt ist.

„Was machst du denn so spät noch hier? Ab ins Bett!“

„Das geht nicht. Ich muss morgen in Bonn einen Vortrag halten. Ich hab’ ihn noch nicht fertig.“

Er ist hinter mich getreten und schaut auf den Bildschirm.

„Warum schreibst du das denn auf? Du bist doch immer am besten, wenn du frei von der Leber weg sprichst.“

„Ich muss morgen ein druckfertiges Skript abliefern.“

Fritz liest die letzten Sätze auf dem Bildschirm, über Nataschas Elend und die Mitleidslosigkeit der Freier.

„Um Gottes willen, Lea! Schreib doch mal was Positives!"

„Über was denn, bitte schön?"

„Ein Buch über dich!"

„Über *mich*? Nein, danke!"

„Nicht *nur* über dich."

Prof. Dr. Köster zieht sich einen Stuhl heran und setzt sich neben mich an den Schreibtisch, um mir einen Vortrag zu halten. Das ist sein Metier, das beherrscht er wie kein anderer.

„Wenn du nicht 1937, sondern hundert Jahre früher geboren worden wärst", erklärt mir Fritz, während ich – demonstrativ – gähne, „hättest du wahrscheinlich einen eigenen Orden gegründet. Einen katholischen selbstverständlich. Du hättest Satzungen ausgearbeitet, wärst nach Rom gereist und hättest dir deine Satzungen vom Vatikan als Ordensregel genehmigen lassen. Das hättest du geschafft, weil du einen starken Willen hast und auch das Unmögliche möglich machst. Aber die Welt von heute ist anders. Darum hast du keinen Orden gegründet. Du nennst Ungerechtigkeiten beim Namen und bohrst öffentlich in Wunden, die man am liebsten mit dem Schorf des Vergessens überdecken würde. Dadurch gelingt es dir, unterschiedlichste Menschen wachzurütteln, die sich plötzlich mit deinen Zielen identifizieren und sich gemeinsam mit dir dafür zu engagieren beginnen. Du fragst nicht, ob sie katholisch oder evangelisch sind, Muslime, Buddhisten oder Atheisten. Du hast eine ganz neue Konstellation um dich geschart. Keine Ordensgemeinschaft, sondern eine Menschenrechtsbewegung. Das ist doch ein gutes Thema für ein Buch. Eine Autobiographie. Nicht so'n wissenschaftlicher Kram. Erzähl's wie einen Roman! Das liest sich besser als Studien und Fachaufsätze. Damit erreichst du mehr."

„So was machen wir doch in unseren Rundbriefen. Da muss ich nicht auch noch ein Buch über mich schreiben."

„Mach, was du willst. Ich muss jetzt ins Bett."

Fritz spricht's und geht.

Ich grolle.

Der hat gut reden.

Dem fällt alles leichter als mir.

Fritz hätte diesen Vortrag in zwei Stunden fertig gehabt. Ich quäle mich nun schon zwölf Stunden damit herum, die Kirschen- und Tanzpausen mitgezählt.

Wie auch immer: Weiter geht's!

Keiner von Nataschas deutschen Freiern dachte auch nur im Traum daran, sich in sie – wie Richard Gere in Julia Roberts – zu verlieben und sie zu erlösen: vor dem Traualtar. Erlöst wurde das Mädchen aus der Ukraine von der Polizei: durch eine Razzia. Dass sie anschließend der Staatsanwaltschaft als Hauptbelastungszeugin zur Verfügung stand und dort sogar als glaubwürdig galt, ist einer Polizistin zu verdanken, die sofort Solwodi alarmierte.

Solwodi brachte Natascha in einer anonymen Schutzwohnung unter; Solwodi stellte eine Anwältin, die Nebenklage gegen Nataschas Folterer erhob; Solwodi besorgte eine Dolmetscherin für Behördengänge und Gespräche mit der Anwältin; Solwodi …

Ich hielt inne. Denn plötzlich fand ich die Idee mit dem Buch über mich gar nicht mehr so schlecht, weil mir gerade klar geworden war, dass auch die sensibilisierte Polizistin darin vorkommen könnte. Die Dolmetscherin, die Natascha unbezahlt begleitet hat. Natascha selbst und all die anderen Frauen. Afrikanerinnen wie Queen, Osteuropäerinnen wie Marissa. Meine Mitschwestern. Die Hirzenacher. Die ehrenamtlichen Arbeitskreise. Kurzum: „meine" ganze Menschenrechtsbewegung. Beseelt von diesem Gedanken schaltete ich, obwohl der Vortrag immer noch nicht fertig war, meinen Computer aus und ging ins Bett.

Da lag ich nun und konnte schon wieder nicht schlafen.

Ich leide am Restless-Leg-Syndrom, einem unerträglichen Kribbeln in den Beinen, das einen die Wände hochtreiben könnte, obwohl man todmüde ist. Einen Anfall wie diesen hatte ich schon lange nicht mehr. Heute hatte ich mir einfach zu viel zugemutet.

„Wenn du sowieso wach bist, kannst du auch den Vortrag fertig schreiben“, sagte ich mir.

Ich stand wieder auf, schlüpfte in meinen Bademantel, ging runter ins Büro und machte meinen Laptop wieder an. Aber statt die Datei „Vortrag_Bonn“ zu öffnen, eröffnete ich eine neue und nannte sie „Autobiographie“. Ich wusste auch schon den Titel:

„Um Gottes willen, Lea!“

Zweites Kapitel

Warum schaut sie so skeptisch?

Die Schwester, die am 29. Mai 1960 um zehn nach zehn die Pforte öffnet, mustert mich stumm von oben bis unten. Offenbar hat sie jemand anderes erwartet. Dass ich – im Pariser Modellkleid, auf hohen Stöckelschuhen – eine Bewerberin fürs Kloster sein könnte, hält sie anscheinend nicht für möglich.

„Um Gottes willen, Lea!“, denke ich. „Hättest du doch bloß was Schlichteres angezogen.“

Aber ich bin mit kleinem Gepäck unterwegs. Gestern Nachmittag sind wir in Trier angekommen; heute Nachmittag fahren wir wieder nach Saarbrücken. Für nur eine Übernachtung im Hotel habe ich bis auf ein Nachthemd und frische Unterwäsche keine Garderobe zum Wechseln mitgenommen.

Ich suche nach Worten und finde die falschen. Statt mich einfach vorzustellen, sage ich: „Ich habe bis spät nachts getanzt und verschlafen. Darum war ich noch nicht in der heiligen Messe. Gibt's hier eine um elf Uhr?“

„Unsere Sonntagsmesse feiern wir um sechs“, entgegnet die Schwester missbilligend.

Sie will die Tür wieder schließen, und ich fasse mir ein Herz.

„Ich bin mit der Schwester Oberin zu einem Vorstellungsgespräch verabredet.“

„Sind Sie etwa Fräulein Ackermann?“

„Ja“, hauche ich verschämt.

„Na, dann kommen Sie mal rein! Eins kann ich Ihnen jetzt schon sagen: Bei uns müssen Sie früher aufstehen!“

Drinnen stellte sich heraus, dass die Ordensfrau, die ich für die Pforten-Schwester gehalten hatte, die Oberin persönlich war. Meine Mitschwestern haben mir später erzählt: Hinter Gardinen versteckt, hätten sie mich die ganze Zeit beobachtet, sich geknufft und gekichert.

„Was ist denn das für ein komischer Vogel?“

Vermutlich hat die Oberin das auch so empfunden. Dennoch ließ sich Mutter Friedburga auf das Wagnis ein, es mit mir zu versuchen. Was mich heute noch wundert.

Die erste Hürde war genommen: Am 15. August 1960 würde ich ins Kloster gehen. Nun musste ich bloß noch bei der Bank kündigen und – oh je – es meinen Eltern beichten. Nicht gleich heute Abend, nein!, überlegte ich im Zug, mit dem meine Kollegen und ich nach Hause fuhren. Lieber morgen Abend, nach der Kündigung. Es war besser, sie vor vollendete Tatsachen zu stellen.

Ich arbeitete in Saarbrücken und wohnte bei meinen Eltern in Klarenthal – damals noch eine selbständige Gemeinde, heute der westlichste Stadtteil Saarbrückens. In einem kleinen Park unweit des ehemaligen Rathauses, das heute ein Geschäftshaus ist, erinnert ein Denkmal an den Grafen Gustav Adolf von Nassau-Saarbrücken, der Klarenthal 1662 gegründet hat. Sein Konterfei ist als Relief in einen Sandsteinblock gehauen. Rechts neben ihm – tiefer und damit untergeordnet, was mich stets von Neuem ärgert – ist das Antlitz seiner Gemahlin abgebildet: Eleonora Klara. Sie ist die Namensgeberin meines Heimatdorfes. Dass es den Namen einer Frau trägt, gefiel mir schon, als ich ein kleines Mädchen war. Obwohl Gräfin Klara bestimmt nicht so aufmüpfig gewesen ist wie ich.

In meiner Heimat wird heute noch gern folgender Witz erzählt: Ein Fremder wundert sich über die seltsamen Frauennamen im Saarland, die alle mit „S“ zu beginnen scheinen: S'Klara, S'Inge, S'Alice. „Nee“, sagt klein Fritzchen. „Nit alle! Meine Schwester fängt mit ‚Z‘ an. Sie heißt Z'Offi“ (Sie hieß nämlich „Sophie“).

„S'Lea“ nannten mich meine Eltern selten. Für sie war ich „das Hexen-Bärbel“.

Es gibt ein vergilbtes Schwarz-Weiß-Foto von mir, eins von denen mit gezacktem Rand, auf dem ich drei, maximal vier bin, 1940 oder 1941 aufgenommen. Überall habe ich Schrammen – im Gesicht, an Armen und Beinen. Ich trage ein verdrecktes Sommerkleidchen und schaue zornig in die Kamera. Wann genau das Foto entstanden ist, wusste auch meine Mutter nicht mehr, als sie es mir schenkte. Doch sie erinnerte sich an den Anlass: „Die älteren Jungs aus der Nachbarschaft wollten dich mal wieder nicht mit in ihr Baumhaus nehmen. Sie haben die Strickleiter hochgezogen, und du hast versucht, den Baum hochzuklettern, was du aber nicht geschafft hast. Darum guckst du so wütend!"

Auf meinen Knien klebten immer Pflaster. Ich wollte die Welt erkunden. Dabei bin ich viel gestolpert und oft gefallen. Einmal sogar mitten im Winter in einen Bach in Wernigerode im Harz. Dorthin waren meine Mutter und ich evakuiert – mein Vater war im Krieg, und mein Bruder Rainer, elf Jahre jünger als ich, war noch nicht geboren. Wir sind zweimal evakuiert worden. Das erste Mal nach Trennfurt bei Miltenberg am Main. Daran habe ich kaum Erinnerungen, wahrscheinlich weil ich zu klein war. An Wernigerode erinnere ich mich gut; da bin ich eingeschult worden.

Es war eine Zwergschule, in der alle acht Jahrgänge zusammen unterrichtet wurden. Das gefiel mir. Ohne „Klassenschranken" konnte ich mich hier unter die älteren Jungen mischen. Mädchen interessierten mich nicht. Mit Puppen zu spielen, langweilte mich. Mich mit Jungs zu messen – das fand ich spannend.

„Machste mit?", fragte mich Werner, der Anführer einer Bande, die mich sonst links liegen ließ, weil ich jünger war und noch dazu ein Mädel. So 'ne blöde Heulsuse. Dabei weinte ich, wenn möglich, nicht in der Gegenwart von Jungs. Diese Blöße wollte ich mir nicht geben.

„Klar mach' ich mit!", entgegnete ich begeistert. „Wobei?"

„Ein Weitsprungwettbewerb."

Durch Wernigerode floss ein begradigter, von Mauern eingedämmter Bach. Im Sommer plätscherte er geruhsam vor sich hin.

Aber bei Tauwetter verwandelte ihn die Schneeschmelze in ein tosendes Ungetüm. Wegen der Mauern, die ihn bannten, konnte er den Ort nicht überschwemmen. Was ihn zu ärgern schien. So jedenfalls kam es mir vor, als ich auf der einen Mauer stand und hinunterschaute – auf das gurgelnde, brodelnde Wasser. Bei dem Wettbewerb ging es nicht darum, über den Bach zu springen; dafür war er zu breit. Die Mauern auf beiden Seiten hatten Durchgänge mit steilen Treppen, die zum Wasser hinunterführten. Mit dem Sprung musste ich nur einen dieser Durchgänge überwinden. Relativ schmal, etwa ein Meter. Aber mir kam es viel mehr vor. Die Jungs waren schon gesprungen, ich war als Letzte dran und traute mich nicht.

„Feigling, Feigling!"

Das wollte ich nicht auf mir sitzen lassen. Ich stieß mich ab – und fiel in den Bach. Ich bin eine begeisterte Schwimmerin, aber damals konnte ich noch nicht schwimmen. Nichts zum Festhalten. Keine Uferböschung. Weder Zweige noch Wurzeln. Nur glitschige Wände links und rechts. Und dann der Rettungsanker in Gestalt einer Stelze! Klaus, Sohn unserer Nachbarn, hielt sie mir hin. Ich griff danach, und er zog mich raus.

Klaus war schon dreizehn, zwei Jahre älter als der Banden-Chef Werner. Klaus mochte mich. Zum Trost für den Sturz ins Wasser und den damit verbundenen Gesichtsverlust hat er mir zwei Stelzen gebastelt. Alle Kinder in Wernigerode hatten Stelzen, nur ich nicht. Ach, wie ich die anderen beneidet habe! Ich schaute sehnsüchtig zu ihnen hoch und sie hochmütig auf mich herab, wenn sie an mir vorbeistolzierten. Dank Klaus stolzierte ich nun auch. Meine Füße 50 Zentimeter über der Erde. Und mein Kopf im Himmel.

Krawumm.

Ein Backstein trifft meine rechte Stelze.

Werner hat ihn geworfen.

Ich falle schon wieder.

Benommen hocke ich auf dem Boden.

Eh' ich mich versehe, sind meine Stelzen weg.

Erobert von Werners Bande.

„Heul doch! Heul doch!“, höre ich sie rufen, als sie mit ihrer Beute fliehen.

Meine Wut katapultiert mich hoch. Ich bin Winnetous Tomahawk. Ich bin Lederstrumpfs Pfeil. Ich bin Davids Schleuder, mit der er den Riesen Goliath bezwingt. Ich bin ein Drache, der Feuer speit. Ich bin eine Katze; ich beiße und kratze. Ich bin ein Esel; ich trete und keile. Ich … werde in den Schwitzkasten genommen.

Direkt vor meinen Augen zerbrechen sie die Stelzen.

Dieser Kampf – eine gegen viele, noch dazu älter und stärker – war nicht zu gewinnen. Aber ich hatte mich gewehrt und ihnen Blessuren zugefügt. Als sie abzogen, beobachtete ich mit Genugtuung, wie sie ihre Wunden leckten.

Für meine Wutanfälle war ich als kleines Mädchen berühmt-berüchtigt. War der Anfall vorbei, bedauerte ich es meist, dass ich gewütet hatte. Doch wenn der Jähzorn mich packte, wollte ich wehtun.

Meine Oma – „S'Hennes Marie“, die Mutter meiner Mutter – wohnte in Klarenthal unter uns. Sie war eine leidenschaftliche Spielerin. Harmlose Spiele, ohne Geld. Rommee, Canasta, Patience. Mit ihr und Nachbarskindern habe ich in ihrer Wohnung oft Mensch ärgere dich nicht gespielt. Ein Mädchen schummelte immer. Schummeln konnte ich nicht leiden. Wenn sie mal wieder – heimlich, wie sie meinte – ihren Kegel fünf Felder weiterschob, obwohl sie nur eine Vier gewürfelt hatte, fegte ich mit einem Handstreich alles vom Tisch: das Brett, die Würfel, die Kegel.

„Recht so“, sagte Oma. „Mogeln ist doof.“

Es hieß immer: Ich wäre die Einzige gewesen, die der Oma Widerstand leisten durfte. Sie war als „Drachen“ verschrien, weil sie alle herumkommandierte. Mein Großvater väterlicherseits, der Maurer war, hat ihr Elternhaus, einen Bauernhof, Anfang der 1930er Jahre zu einem Zweifamilienhaus umgebaut. Dabei soll sie ihn fast in den Wahnsinn getrieben haben.

„Ich hätte so gerne einen Durchbruch vom Wohnzimmer ins Esszimmer. Reiß doch mal die Wand da raus!"

Mein Großvater befolgte ihren Befehl.

„Wie sieht das denn aus? Unmöglich! Die Wand muss wieder rein."

Nachdem wir bei ihr eingezogen waren, hat sie meinen Vater wahnsinnig gemacht. Er war ein kleiner Bauunternehmer, der um jeden Auftrag kämpfen musste. Sie allerdings war der Meinung, ihr Schwiegersohn hätte ihr unentwegt unentgeltlich zur Verfügung zu stehen. Ein neues Fenster. Eine größere Terrasse. Eine breitere Tür fürs Hinterhaus.

Sie kannte keine Grenzen.

Einmal, als wir aus dem Urlaub zurückkehrten, hatte sie unsere Wohnung im Obergeschoss komplett umgeräumt – beziehungsweise umräumen lassen: So was machte sie nicht selbst. Sie hatte einen Nachbarn dafür eingespannt, mit der Begründung: Sie wolle uns überraschen. Überrascht waren wir, aber nicht erfreut.

„Ich hab's doch nur gut gemeint", sagte sie. „Du musst doch zugeben", fügte sie hinzu und schaute meine Mutter an, „so sieht's viel besser aus."

Es war Anfang der 1950er Jahre, ich muss vierzehn, fünfzehn gewesen sein. Ich weiß es nicht mehr genau. Wie auch immer: Es stand mir nicht zu, die Oma zu maßregeln, geschweige denn anzuschreien – ich tat es trotzdem.

„Was erlaubst du dir eigentlich? Das ist unsere Wohnung, nicht deine!"

Mein Mutter wurde blass. Mein Vater lief rot an und wollte eine Schimpftirade über mich ergießen. Doch Oma kam ihm zuvor.

„Lass mal, Willi!", beschwichtigte sie ihn. „S'Lea hat Recht."

Oma war nicht nur eine widerborstige, sondern auch eine widersprüchliche Person. Die fromme Katholikin nahm sich unfromme Freiheiten heraus. Jeden Werktag, wenn sie nicht musste, ging sie in die Kirche. Sonntags, wenn es Pflicht war, blieb sie häufig zu Hause. Mit vorgeschobenen Gründen. Mal regnete es, mal war es zu heiß. Mal hatte sie keinen Hut, der zur neuen Handtasche passte, mal keine Handtasche passend zum neuen Hut. Sie legte viel Wert auf Äußerlichkeiten: elegante Kleidung, gediegene Möbel. Die Tochter eines Bauern und die Frau eines Arbeiters war eine Dame mit Allüren. Wenn Oma sich in Völklingen oder Saarbrücken ein neues Kleid gekauft hatte, musste meine Mutter meist in die Stadt, um es zurückzubringen. Im Geschäft hatte es Oma noch gefallen, aber zu Hause nicht mehr. Falls der Umtausch ausgeschlossen war, musste Mutti sich an die Nähmaschine setzen und das Kleid so lange ändern, bis es Omas Vorstellungen entsprach.

„Sie hat einen Spleen", sagte meine Mutter.

Das fand ich auch. Ehrlich gesagt: Ich mochte meine Oma nicht sonderlich.

Halt, das ist falsch!

Manchmal liebte ich sie, und manchmal hasste ich sie.

Dass sie keinen strafenden Gott kannte, hat mich beeindruckt. Von ihr wusste ich, dass er kein Erbsenzähler ist, der Strichlisten darüber führt, wie oft ein Mensch sündigt. Den Spruch „Kleine Sünden bestraft der liebe Gott sofort" verabscheute sie.

„Der himmlische Vater ist ein gütiger Vater, der uns vergibt. Er ist nicht tyrannisch."

Aber Oma war's. Wie sie meine Mutter behandelt hatte, nahm ich ihr übel. Maria Ackermann, geborene Henne, durfte nur nähen lernen, um Geld zu verdienen, damit ihre beiden Brüder studieren konnten: Der eine ist Arzt geworden und der andere Diplom-Chemiker. Ihre Söhne waren für meine Oma alles und ihre Tochter nichts. So empfand ich es damals. Heute denke ich, dass die Oma ihre Selbstverachtung als Verachtung auf meine Mutter übertragen hat. In mir, ihrer aufmüpfigen Enkelin, sah sie das, was sie gern gewesen wäre.

Sie hatte einen Evangelischen geliebt. Das kam einer Todsünde gleich, als Oma jung war. Im Dorf hieß es noch Jahre später, diese verbotene Liebe sei mit einer regelrechten Hexenjagd geahndet worden. Aus dem Korsett der starren Regeln, gnadenlos und inhuman, gab es keinen Ausweg. Die Oma fügte sich in ihr Schicksal und heiratete einen Katholischen: meinen Opa.

Er war Stahlarbeiter in der Burbacher Hütte. 50 Jahre hat er malocht und keinen Tag krankgefeiert. Als er in Rente ging, wurde ihm feierlich eine goldene Taschenuhr für ein halbes Jahrhundert Betriebszugehörigkeit überreicht. Einen Monat danach ist er an einer zu spät erkannten Staublunge gestorben. Bis zu seinem Tod, 1947, hat die Oma es Opa nicht verziehen, dass sie ihn heiraten musste. Ich war zehn, als er starb, und kann mich kaum an ihn erinnern, aber er ist mir als lieb und nett im Gedächtnis geblieben.

In einem Familienalbum, das ich meinem Bruder Rainer zum 50. Geburtstag geschenkt habe, habe ich unter ein Foto von den beiden geschrieben:

„Mutters Eltern: Maria Sewald und Heinrich Henne. Oma galt als sehr intelligent, sehr ehrgeizig. Die Söhne durften studieren. Die Tochter musste mithelfen, das Studium zu finanzieren. Oma war eine Leseratte. Sie war sehr kreativ. Und sie machte Politik. Opa war ihr Sprachrohr im Gemeinderat. An Opa habe ich keine Erinnerungen. Von ihm weiß ich nur, dass er es schwer hatte mit Oma. Eine Hausfrau war sie nicht. Aber sie gab sich viel mit ihren Kindern ab, spielte oft mit ihnen. Später auch mit mir. Trotzdem hatte ich viel Streit mir ihr.“

Die Eltern meiner Mutter nannte ich „Oma und Opa“ und die meines Vaters „Großmutter und Großvater“. 1947 – in dem Jahr, als meine Mutter mit meinem Bruder Rainer schwanger war – sind drei von ihnen gestorben: Opa, Großmutter und Großvater. Der am 29. März 1948 geborene Rainer hat sie nie kennen gelernt.

„Endlich ist er da, der lang ersehnte Stammhalter!“, habe ich auf die erste Seite des Familienalbums geschrieben. Heute ist Rainer ein stämmiger Mann mit dunklen Haaren, Chirurg von Beruf. Als er klein war, war er ein goldiger Junge mit blonden Locken. *„Zwölf*

Jahre mussten wir auf dich warten", steht unter einem Foto, das ihn als Goldjunge zeigt. „Ein Stammhalter war nach der Eheschließung der große Wunsch. Vater als Einziger in unserer Familie, der noch Ackermann hieß, war schließlich verantwortlich dafür, dass der Name nicht ausstirbt. Seine Tochter Lea, für die Nachfolge nicht brauchbar, ging schließlich ins Kloster."

Ich war überglücklich, endlich ein Geschwisterchen zu haben. Ich liebte meinen kleinen Bruder sehr. Eifersüchtig war ich nur, weil er meinen Vater von Anfang an kannte – im Gegensatz zu mir.

Meine Eltern haben 1936 geheiratet; 1937 kam ich zur Welt; 1939 wurde Willi Ackermann eingezogen; 1945 war der Zweite Weltkrieg zu Ende; 1946 kehrte mein Vater aus der Gefangenschaft zurück. Da war ich neun und hatte ihn kaum gesehen, nur ab und an auf Heimaturlaub. Mich zu erziehen, versuchte er trotzdem.

Er war Soldat der deutschen Wehrmacht in Frankreich. Einmal hat er mir von dort ein Päckchen geschickt. Ich freute mich und packte zwei Schlappen aus – ich fand sie todschick. Als er auf Heimaturlaub kam, fragte mein Vater mich:

„Haben dir die Schlappen gefallen?"

„Und wie, Babba! Ich trage sie täglich."

„Das ist gut", sagte er. „Dann hast du's dir ja wohl endlich abgewöhnt, bei deinen Schuhen immer die Fersen runterzutreten."

Danach habe ich die Schlappen nie wieder angezogen – ein stummer Protest gegen seine Erziehungsmaßnahme. Mein Vater war ein Choleriker; den Jähzorn hatte ich von ihm. Geschlagen hat er mich nie, aber im Gegensatz zur Oma duldete er keine Widerworte. Ihm zu widersprechen, hätte ich nicht gewagt. Wenn er mich ausschimpfte, ging ich einfach weg. Unterkriegen ließ ich mich nicht von ihm.

Mein Vater hatte mir versprochen, dass ich mit achtzehn meinen Führerschein machen durfte. Was er damit meinte, war: Er wollte mir zu meinem achtzehnten Geburtstag am 2. Februar 1955 einen Gutschein für einen Fahrkurs schenken. Aber ich hatte mir in den Kopf gesetzt, den Führerschein an meinem Geburtstag schon zu haben. Ich steckte mich hinter den Fahrlehrer, für den mein Vater gerade ein Haus baute.

„Hat Babba", fragte ich ihn, „mich schon für einen Kurs angemeldet?"

„Nein."

„Er hat mir doch versprochen", behauptete ich, „dass ich an meinem achtzehnten Geburtstag fahren darf."

Das war keine Lüge, redete ich mir ein: Ich sollte ja fahren dürfen, zwar nicht mit eigenem Führerschein, aber in einem Fahrkurs.

Jedenfalls blieb meinem Vater, weil der Fahrlehrer ein guter Kunde war, nichts anderes übrig, als mir den Fahrkurs schon vor meinem achtzehnten Geburtstag zu finanzieren. Ende Januar 1955 bestand ich die Prüfung; am 2. Februar wurde mir der Führerschein ausgehändigt.

Zu meinem Geburtstag waren Verwandte, Nachbarn und Bekannte eingeladen. Mit meinen beiden Freundinnen wollte ich am nächsten Wochenende in Neustadt an der Weinstraße das Tanzbein schwingen.

„Krieg ich dein Auto, Babba?"

„Nie und nimmer!"

Ich hätte ihn womöglich umstimmen können, wenn ich mich bei ihm eingeschmeichelt hätte. Aber Schmeicheleien liegen mir nicht. Ich bin stur – das habe ich von ihm.

„Alles halb so schlimm", tröstete ich meine enttäuschten Freundinnen. „Wir nehmen einen Mietwagen!"

Das war für die 1950er Jahre ziemlich ungewöhnlich. Da mietete „mann" keine Autos; „frau" erst recht nicht. Und schon gar nicht ein junges Mädchen, das noch nicht einmal volljährig war. Das wurden junge Leute damals erst mir einundzwanzig Jahren. Geschäftsfähig war ich schon. Den Mietvertrag durfte ich ohne Zustimmung meiner Erziehungsberechtigten unterschreiben. Gegen Vorkasse, versteht sich. Wir drei Mädels kratzten unsere Ersparnisse zusammen – es reichte so gerade.

Eigentlich wollten wir von Saarbrücken aus starten, dort hatte ich den Mietwagen gebucht. Aber eine Freundin hatte etwas zu Hause vergessen, darum kehrten wir kurz nach Klarenthal zurück. Und wie der Zufall es wollte, sah mein Vater uns vorbeifahren.

„Das war doch S'Lea. So ein Schinos!", soll er geschimpft haben, erzählte mir meine Mutter später. („Schinose" ist ein saarländischer Mundartausdruck, der aus dem Französischen stammt – meist wird er mit „Biest" übersetzt.)

Ich werde oft gefragt, woher ich meine Stärke habe. Die mich das fragen, vermuten meist, dass ich eine typische Vatertochter bin. Das war ich nicht. Zumindest nicht in meinen ersten Lebensjahren bis zum Alter von neun. In dieser für die Entwicklung eines Kindes entscheidenden Zeit haben mich meine Mutter und die Oma geprägt. Während ich meinen abwesenden Vater anhimmelte, liebten diese beiden Frauen mich ohne Wenn und Aber. Ihre Liebe war mir gewiss – um Babbas Liebe musste ich kämpfen, als er aus dem Krieg zurückkehrte. So erschien es mir damals jedenfalls.

Mutti versicherte mir oft: Ich wäre sein ganzer Stolz. Ich bewunderte *ihn*, ja. Aber er mich? Nein! Im Gegenteil. Ich hatte das Gefühl, dass er meine Cousine Anneliese lieber mochte als mich. Sie war die Tochter seiner älteren Schwester Josefine: „S'Finche". Ihr Mann war nicht aus dem Krieg zurückgekehrt; er war aber nicht gefallen, sondern vagabundierte umher und ging schließlich bei einer anderen Frau „vor Anker", die er dann nach der Scheidung von Finchen geheiratet hat. Darum vertrat Babba die Vaterstelle beim Annelies. Sie war hübsch, lieb und adrett – kein „Hexen-Bärbel". Nach der Volksschule lernte sie Sekretärin. Ich wäre so gerne Lehrerin geworden, doch mein Vater erlaubte es nicht.

„Ach, ich soll das wohl nicht", dachte ich, „weil S'Annelies auch nicht studiert hat."

Heute weiß ich, dass mein Babba mich sehr geliebt hat. Wir waren uns so ähnlich – wenn er mich ansah, sah er ein Stück von sich.

Wilhelm „Willi" Ackermann wurde 1907 in Krughütte geboren. Seine Kindheit wurde vom Ersten Weltkrieg überschattet. Bei Unterzeichnung des Versailler Friedensvertrags am 28. Juni 1919 ist er zwölf gewesen.

Die Artikel 45 bis 50 bestimmten, dass die an der Saar gelegenen Teile der preußischen Rheinprovinz und der bayerischen Rheinpfalz von nun an „Saargebiet" heißen sollten: 2000 Quadratkilometer mit 800.000 Einwohnern, reichhaltigen Eisenerz- und Steinkohlevorkommen, Zechen, Kokereien, Stahlhütten und Walzwerken. Französische Ansprüche waren am britischen und amerikanischen Widerstand gescheitert. Aufgrund des „Saarstatuts" im Versailler Vertrag wurde das Saargebiet ab 1920 für 15 Jahre der treuhänderischen Verwaltung des Völkerbundes unterstellt. Danach, 1935, sollte eine Volksabstimmung über den künftigen Verbleib entscheiden. Da war Deutschland nach einer kurzen demokratischen Phase, die als Weimarer Republik in die Geschichte einging, bereits eine braune Diktatur.

90 Prozent der stimmberechtigten Bevölkerung votierten 1935 für die Forderung der *Deutschen Front* – das war ein Zusammenschluss aus Nationalisten und Faschisten –, das Saargebiet dem „1000-jährigem Reich" einzuverleiben. Für die von der *Sozialistischen Einheitsfront* zusammen mit dem *Christlichen Volksbund* verfochtene Beibehaltung des Status quo stimmten lediglich 8,8 Prozent – obwohl meine alte Heimat wegen der vielen Hütten und Zechen eher rot war. Und außerdem: traditionell katholisch.

Klarenthal ist nur einen Steinwurf von der französischen Grenze entfernt. Zwei Schwestern meines Vaters hatten vor dem Zweiten Weltkrieg grenzüberschreitend geheiratet: die eine nach Straßburg im Elsass; die andere nach Schoenecken in Lothringen, einem Nachbarort von Klarenthal. Für uns existierte die Grenze nicht: Verwandte hüben und drüben, die engen Kontakt miteinander hielten, bis Hitler Frankreich besetzte. Mein dort stationierter Vater war ein Kriegsgegner. Zwar war er Jäger, aber auf Menschen zu schießen, verabscheute er. Darum meldete er sich als Koch.

Willi Ackermann, hieß es, sei vor dem Krieg ein lebenslustiger Charmeur gewesen. Er kehrte als ernster, verschlossener Mann aus der Gefangenschaft zurück. Zwar war er nach wie vor gesellig, ließ keinen Frühschoppen aus, jagte wie früher mit seinen Waidgenossen und sang auch wieder im Männerchor – aber: „Ackermanns Willi ist nicht mehr der alte", sagten die Leute im Dorf.

Meine Mutter, 1915 geboren, war acht Jahre jünger als mein Vater. Sie gingen schon miteinander, als sie ein sehr junges Mädchen war. Samstags holte er sie am frühen Nachmittag zum Spazierengehen ab, am frühen Abend brachte er sie wieder nach Hause. Danach stürzte er sich ins Nachtleben: Kneipenbummel, Schützenfeste, Tanzvergnügen. Meine Mutter hegte den Verdacht, dass er „nichts anbrennen" ließ, wenn sie nicht dabei war. Darum war sie bis zu seinem Tod fast krankhaft eifersüchtig, obwohl er – dafür lege ich meine Hand ins Feuer – sein bei der Hochzeit gegebenes Treueversprechen hielt.

Auf Babba war hundertprozentig Verlass, er stand stets zu seinem Wort. Auch hatte er großes Verständnis für Menschen in Not; er half, wo er konnte. Streng war er, ja. Aber er war auch gerecht. Geradezu ein Gerechtigkeitsfanatiker.

Als ich klein war, hatte ich den Eindruck: Babba tut, was Mutti will. Das fand ich unmöglich.

Sie drängte ihn, den Männerchor zu verlassen, weil er nach den Proben so spät nach Hause kam. Wer weiß, was er trieb? Amüsierte er sich etwa mit anderen Frauen? Bestimmt nicht! Er hat einfach mit seinen Sangesfreunden noch einen getrunken. Und trotzdem gab er nach und den Männerchor auf.

Als ich geboren wurde, 1937, wohnten wir noch in seinem Elternhaus, zusammen mit meinen Großeltern. Die Familie von Tante Finche wohnte im Haus gegenüber, das mein Großvater für sie gebaut hatte. Mutti setzte durch, dass wir zur Oma zogen. Sie fühlte sich als Schwiegertochter fremdbestimmt. Vor allem ärgerte es sie, dass Babba – so schien es ihr – alle wichtigen Dinge mit Mutter und Schwester besprach: „Du bist mit mir verheiratet und nicht mit denen."

Schon vor dem Zweiten Weltkrieg war Babba Bauunternehmer. Wie sein Vater hatte er Maurer gelernt; Mutti ermutigte ihn, sich selbständig zu machen. Als er im Krieg war, war sie eine tatkräftige, zupackende Frau, willensstark und entscheidungsfreudig.

Unsere Firmen-Lastwagen wurden ständig beschlagnahmt und dann nach Gebrauch einfach irgendwo stehen gelassen. Einmal kam ein Nachbar zu meiner Mutter: „Du, Maria, ich hab' einen von euern Lastern an der Stangenmühle gesehen!"

Meine Mutter ist die zehn Kilometer mit dem Fahrrad hin, hat es auf den Lkw geladen und ihn nach Hause geholt. Ich glaube, sie war die einzige Frau in Klarenthal, die Lastwagen fahren konnte.

Bei unserer ersten Evakuierung in Trennfurt wohnten wir in der Dorfkneipe *Zum Anker*. Schräg gegenüber hatte der Bauer Süß seinen Hof. Meine Mutter half ihm auf dem Feld und im Stall, so hatten wir immer zu essen. Mutti war in Trennfurt sehr beliebt. Mit der Familie Süß und der Gastwirtsfamilie pflegten wir Jahre später noch eine herzliche Freundschaft.

Während unserer zweiten Evakuierung in Wernigerode erging nach dem Einzug der Amerikaner ein Aufruf, alle Kameras im Gemeindehaus abzugeben. Meine Mutter ist mit unserem Fotoapparat dorthin. Als sie sah, dass ein US-Soldat die Geräte achtlos auf einen Haufen warf, versteckte sie unseren Fotoapparat unter ihrer Jacke und brachte ihn wieder heim. Sie konnte nicht einsehen, dass er einfach so zerdeppert werden sollte.

Meine Mutter wusste genau, was sie wollte; in den unsicheren Kriegszeiten habe ich mich bei ihr stets beschützt und geborgen gefühlt. Umso erstaunter war ich, dass sie nach dem Tod meines Vaters völlig verunsichert war. Sie traf eine Entscheidung und verwarf sie sofort wieder. Mein Bruder litt sehr darunter, mit fünfzehn war er ohnehin in einem schwierigen Alter. Als Babba tot war, wurde mir klar, dass er in Wahrheit den Ton angegeben hatte. Dafür spricht auch, dass sie nicht durchsetzen konnte, dass er mir erlaubte, Lehrerin zu werden, was ihr gefallen hätte. Auch in Glaubensdingen hatte sie keinen Einfluss auf ihn.

Babba hatte nichts dagegen, dass sich Mutti im Katholischen Mütterverein und in der Franziskus-Gesellschaft engagierte. Doch dass sie sogar am Karfreitag in die Kirche ging – für Katholiken damals nicht Pflicht –, begriff er nicht. Der Karfreitag ist der höchste Feiertag der Protestanten, im Saarland „die Bloe" genannt, „die Blauen". Babba war überzeugt katholisch; Muttis Religiosität allerdings erschien ihm übertrieben.

Der Lieblingsheilige meiner Mutter war Franziskus von Assisi. Ich liebe ihn auch. In einem von Helmut Schlegel herausgegebenen Franziskus-Buch, 2004 erschienen, schreibe ich über ihn:

Er war ein Umstürzler mit Charme. Ein Revolutionär der Sprach-, Macht- und Mittellosen, obwohl reich von Geburt. Er wechselte die Seiten. Er machte es sich freiwillig schwer. Solwodi ist für mich ein Versuch, den Seitenwechsel des Franziskus aktuell nachzuvollziehen.

Vatertochter oder Muttertochter?

Ich bin ihr gemeinsames Produkt. Von Mutti habe ich die Frömmigkeit und von Babba die Sturheit – meinen Gerechtigkeitssinn habe ich von beiden.

Ich weiß noch, es war im Januar 1947, kurz nach Weihnachten, als eine Gemeindemission nach Klarenthal kam. Patres, die in der Kirche – für Erwachsene und Kinder getrennt – die Beichte abnahmen, Messen lasen, Predigten hielten und pastorale Gespräche führten. Ich war neun, fast zehn. Am Weißen Sonntag 1946 hatte ich die Erstkommunion empfangen.

Einen Tag vor Heiligabend schickte mich Mutti durch den Wald über die Grenze zu Babbas Schwester Tante Maria in Schoenecken, um Lebensmittel zu schmuggeln: Die in Frankreich konnten ohne

Lebensmittelmarken frei einkaufen. Tante Maria hatte drei Kinder: Pierrette, Pierre und Edith. Ihr Mann war nicht im Krieg gewesen und doch im Krieg gefallen. Er ging aus dem Haus über die Straße zu einem Acker, um Kartoffeln zu ernten. Da ist er auf eine Mine getreten und vor den Augen meiner Tante explodiert. Meine Cousine Pierrette war mit einem französischen General verlobt. War dies der Grund, dass uns ein bestimmter Grenzposten ohne Kontrolle passieren ließ? Jedenfalls warteten wir immer, bis dieser Grenzposten Dienst hatte. Weil er erst wieder am Heiligen Abend ab mittags Wache schob, musste ich in Schoenecken übernachten. Darum habe ich die Kinderbeichte am Morgen verpasst.

Als ich am frühen Nachmittag nach Hause kam, sagte meine Mutter: „Dann gehste eben zur Erwachsenenbeichte."

Das war uns Kindern nicht gestattet. Unser Klarenthaler Pfarrer Weber, der mich mochte, hätte bestimmt ein Auge zugedrückt. Doch in dem Beichtstuhl saß ein Aushilfspriester, der es fundamentalistisch genau nahm – er schickte mich weg.

Um Mitternacht gingen wir in die Christmette. Ich wollte nicht zur Kommunion, weil ich nicht gebeichtet hatte. Aber meine Mutter meinte: „So schwer gesündigt wirst du wohl nicht haben."

Etwas lastete auf meinem Gewissen – was, weiß ich nicht mehr. Jedenfalls hat es mich sehr bedrückt, dass ich ohne Absolution kommuniziert habe. Frei fühlte ich mich erst wieder, als mir vergeben worden war. Das tat ein Pater von der Gemeindemission bei der nächsten Kinderbeichte Anfang Januar.

Was war ich erleichtert! Ich hätte hüpfen, tanzen, singen können. Am liebsten hätte ich alle zu einem Fest eingeladen. Wie der Vater in dem Gleichnis vom verlorenen Sohn, der nach einem zügellosen Leben in einem fernen Land reumütig nach Hause zurückkehrt und um Vergebung bittet.

„Vater, ich hab mich gegen den Himmel und dich versündigt; ich bin nicht mehr wert, dein Sohn zu sein. Der Vater aber sagte zu seinen Knechten: Bringt das Mastkalb her, und schlachtet es;

wir wollen essen und fröhlich sein. Denn mein Sohn war tot und lebt wieder; er war verloren und ist wiedergefunden worden. Und sie begannen, ein fröhliches Fest zu feiern."

An einem Abend hatten die Patres von der Gemeindemission die Erwachsenen zu einem pastoralen Gespräch über praktische Lebensfragen in die Kirche eingeladen. Wir Kinder durften nicht hinein. Das empörte mich. Schließlich hatte Jesus gesagt: „Lasset die Kindlein zu mir kommen, und wehret es ihnen nicht! Denn ihrer ist das Himmelreich."

Ich nahm ihn beim Wort und zettelte einen Kinderaufstand an. Wir – ich vorneweg – sind um die Kirche rum. Einmal, zweimal, dreimal.

„Lasset die Kindlein zu mir kommen!", schrien wir, so laut wir konnten.

Als wir zur vierten Runde ansetzen wollten, streckte Pfarrer Weber seinen Kopf zur Kirchentür heraus, um ein Machtwort zu sprechen.

„Um Gottes willen, Lea! Was soll das Theater? Schluss jetzt! Ab nach Hause!"

„Aber Jesus hat doch gesagt …"

„Was die Erwachsenen in der Kirche bereden", fiel mir der Pfarrer ins Wort, „ist nichts für Kinder. Das hätte Jesus genauso gesehen."

Es ging um Sexualmoral. Das war auch ein Grund, warum ich unbedingt reinwollte. Wegen der schlüpfrigen Witze, die sich die Erwachsenen manchmal erzählten. Ich verstand sie nicht, aber es interessierte mich brennend, was es damit auf sich hatte. Doch vor allem trieb mich mein Gerechtigkeitssinn. Dass Jesus uns Kinder ausgeschlossen hätte, konnte ich nicht glauben.

„Die renne jede Sunndach in die Kirsch und sin genau nit annersch wie die annere."

Das haben früher die roten Atheisten im Saarland über die schwarzen Katholiken gesagt. Ein Erlebnis, das ich nie vergessen werde, überzeugte mich davon, dass die Roten Recht hatten.

Ich war siebzehn und in der Lehre bei der Bank, als uns eine Cousine meiner Mutter besuchte, die einen reichen Mann in Köln geheiratet hatte: Beide waren Katholiken und gingen jeden Sonntag in die Kirche. Die Cousine schlief gerne lange. Meine Eltern dagegen standen auch sonntags früh auf. Deshalb hatten sie mich beauftragt, unseren Gast zum Zehn-Uhr-Hochamt zu begleiten. Dafür putzte sich die Cousine raus wie für einen Empfang. Mit echtem Schmuck behängt, in einen kostbaren Nerz gehüllt, demonstrierte sie den Dörflern, dass sie es zu etwas gebracht hatte.

Ein Missionar hielt eine Predigt über hungernde Kinder in Afrika, die mich zutiefst erschüttert hat. Das, was er sagte, illustrierte er mit Fotos, die er durch die Bankreihen geben ließ. Heute sind den Menschen in den reichen Industrienationen die aufgeblähten Bäuche afrikanischer Kinder durch Magazinfotos und Fernsehfilme vertraut. Das rührt sie nicht mehr. Aber damals, 1954, war es neu – und für mich ein Schock. Die Kollekte sollte den Hunger in dem Dorf lindern, aus dem der Priester kam. Ich gab alles Geld, das ich bei mir hatte. Den kompletten Inhalt meines Portemonnaies. Viel war es nicht.

Als ob es gestern gewesen wäre, sehe ich noch heute, wie ich den Klingelbeutel an die Cousine weiterreiche. Sie zückt ihre Geldbörse aus Krokodilleder. D-Mark-Scheine stecken drin. Hunderter, Fünfziger, Zwanziger, Zehner. Im Fach fürs Kleingeld glänzt ein Fünf-Mark-Stück. Aber sie spendet nur einen Groschen. Am liebsten wollte ich ihr den Klingelbeutel über ihre gepflegte Frisur stülpen.

Warum nennt sich so eine Christin?

Ich kochte vor Wut. Allerdings hatte ich inzwischen gelernt, sie in Schach zu halten. Ich war nicht mehr „das Hexen-Bärbel". Was ich manchmal bedauerte.

In der Katholischen Jugendbewegung war ich bei Jugendwallfahrten Fahnenträgerin der Mädchen. Die Jungs durften ihre Fahnen schwenken. Wir nicht! Das geziemt sich nicht, hieß es. Ich hab's trotzdem gemacht. Der Völklinger Jugendpfarrer, ein Frauenhasser, hätte uns Mädchen am liebsten in die Hölle verbannt. Beim Abschlussgottesdienst einer Wallfahrt, die in Völklingen endete, wetterte er auf der Kanzel über die Mädchen, die nichts anderes im Sinn hätten, als mit ihren „weiblichen Reizen“ Jungs zu verführen.

Ich hatte eine Stinkwut.

„Jetzt nehme ich meine Fahne“, dachte ich, „und ziehe feierlich aus!“

Ich tat es nicht. Leider.

Diese schlechten Erfahrungen mit Pseudo-Christen bestärkten mich in meinem Entschluss, ins Kloster zu gehen. Ich wollte es anders machen: Ich würde das Christentum leben! Wie der heilige Franziskus. Ein Revolutionär, wenn auch kein roter. Dass ich Nonne werden würde, stand für mich fest, seit ich zwölf war. Allerdings sprach ich nicht darüber, um mir Ärger zu ersparen. Und auch, weil es Zeiten gab, wo es mir weniger klar war.

An meinem zwölften Geburtstag am 2. Februar 1949 saßen wir, zahlreiche Erwachsene und diverse Kinder, nachmittags an einem langen Tisch. Es müssen Torten darauf gestanden haben: viele, viele, viele. Frankfurter Kranz. Schwarzwälder Kirsch. Kalter Hund. Stachelbeer, Erdbeer und Pfirsich. Umgeben von Napfkuchen – Rosinen, Marmor, Nuss – und Bergen von Schlagsahne.

So wird die Festtafel in diesen mageren Nachkriegszeiten wohl kaum ausgesehen haben. Aber ich stelle es mir so vor, weil ich mich auf keinen Geburtstag, keinen Namenstag, keinen Sonntag, keinen Feiertag besinnen kann, an dem sich bei Ackermanns der Tisch nicht unter der Last von süßem Backwerk gebogen hätte. Und mittendrin eine Flasche Likör.

Am 2. Februar 1949 war es Schnaps, ein selbstgebrannter Obstler aus Birnen und Äpfeln. An die Flasche auf dem Tisch erinnere ich mich genau. Ebenso an den Duft von frisch aufgebrühtem, echtem Bohnenkaffee. Und an das Blubbern heißer Milch, die auf dem Herd kochte, mit echter Schokolade darin. Kakao für die Kinder. Die Kaffeebohnen und die Schokotafeln hatten wir über die Grenze geschmuggelt. Die Kohlen für das prasselnde Herdfeuer hatten wir auch in Frankreich gehamstert. Wir feierten in der Küche, weil sie das einzige geheizte Zimmer im Haus war.

Mitten in diese Behaglichkeit hinein, in das Schwelgen und Schlemmen, in die Hoffnung auf bessere Zeiten, die an der Geburtstagstafel keimte wie ein Schneeglöckchen unter dem Eis, verkündete ich:

„Ich habe mich entschlossen, ins Kloster zu gehen!"

Babba schlug mit der Faust auf den Tisch. Die Tassen klirrten auf den Untertassen, Kakao und Kaffee schwappten über, die Schnapsflasche kippte um.

„Um Gottes willen, Lea! Was ist das denn für ein Hirngespinst? Das kommt überhaupt nicht in Frage!"

„Aber ich ..."

„Ich will kein Wort mehr darüber hören! Nie wieder!"

Mein Vater hat wirklich jahrelang nichts mehr davon gehört – bis zu einem Montag Ende Mai 1960. Noch weiß er von nichts. Noch sitze ich im Bus von Saarbrücken nach Klarenthal. Für die sieben Kilometer braucht er 20 Minuten. Ach, wenn es doch eine Ewigkeit dauerte!

Kurz vor Dienstschluss um 17 Uhr habe ich beim Personalchef der Bank gekündigt. Gleich muss ich meinen Eltern sagen, dass ich am 15. August bei den Weißen Schwestern eintrete. Mit dieser Nachricht werde ich nicht nur Babba schockieren – auch Mutti wird wohl kaum begeistert sein. Nach der Geburtstagsfeier am 2. Februar 1949 sagte sie zu mir, als wir allein waren: „Viele Mädchen in deinem Alter wollen ins Kloster. Das verwächst sich."

Danach habe ich dieses Thema sogar bei ihr nicht mehr angesprochen.

Wenn eine Tochter heiratet, verlieren die Eltern sie auch. Aber sie sehen sie noch regelmäßig, und sie können sich auf Enkelkinder freuen. Ein Kloster jedoch ist eine andere Welt. Oft nur wenige Kilometer entfernt – und doch unerreichbar.

„Wie kommt's, dass ausgerechnet eine wie du Nonne geworden ist?", werde ich häufig gefragt. Warum nicht eine wie ich? Ja, ich war ein aufmüpfiges und abenteuerlustiges Mädchen. Aber fromm war ich auch. Übertrieben fromm wie Mutti, fand Babba.

Das Klarenthaler Schulhaus stand gleich neben der Kirche. Dort betete ich oft vor oder nach dem Unterricht, wenn ich ein Anliegen hatte. Einmal im Jahr machte ich Exerzitien. Die von der strengen Sorte: eine Woche schweigen.

Meine Frömmigkeit war es nicht allein. Was für eine Wahl hatte ein Mädchen in den biederen 1950er Jahren? Eine brave Ehefrau oder eine alte Jungfer werden! Träumte eine vom Studieren, hieß es: „Ach, das lohnt sich doch nicht! Du heiratest ja sowieso."

Heiraten wollte ich nicht. Schon gar nicht die Klarenthaler Jungs, die für mich schwärmten. Ich mochte sie, ja. Aber ein ganzes Leben mit einem von ihnen verbringen? Nein! Das war eine langweilige Perspektive. In einem Missionsorden würde ich mich nicht langweilen, sondern die große weite Welt erkunden. Und dabei auch noch christliche Sozialarbeit leisten. Vielleicht sogar als Lehrerin – mein Traumberuf.

Bevor ich es am Montag, dem 30. Mai 1960, meinen Eltern beichtete, dass ich Nägeln mit Köpfen gemacht hatte, habe ich nur zweimal über meinen Wunsch gesprochen, Ordensfrau zu werden: an meinem zwölften Geburtstag und einen Tag vor meinem achtzehnten. Bis dahin hatte ich es vorgezogen zu schweigen, da mich ohnehin niemand verstand – nicht einmal meine „übertrieben fromme" Mutter. Von meinem mir selbst auferlegten Schweigegelübde entband ich mich, weil die Oma im Sterben lag.

Sie starb am 2. Februar 1955 im Völklinger Michaelskrankenhaus, wo ich am 2. Februar 1937 geboren worden war. Ihr Sohn, der Arzt, hatte sich vom Glauben abgewandt, was sie unsäglich quälte. Um sie zu trösten, versprach ich ihr am Tag vor ihrem Tod:

„Ich geh' ins Kloster und bete da für ihn!"

Obwohl die Oma so schwach war, richtete sie sich auf.

„Um Gottes willen, Lea! Du ’ne Nonne? Nie im Leben! Du tanzt doch so gerne. Das darfschte dann nimmer.“

Standardtanzen lernte ich gerade in der Saarbrücker Tanzschule Eugen. Volkstanz hatte mir die Oma schon beigebracht, als ich noch ein kleines Mädchen war. Wenn meine Eltern abends eingeladen waren, bin ich zu ihr runter ins Erdgeschoss. Stühle raus. Tisch an die Wand. Teppich aufgerollt. Und dann ging’s los: Dreher, Rheinländer, Polka.

„Mach’s nit, Kind!“, riet mir meine fromme Oma, kurz bevor sie starb. Und sogar der Klarenthaler Pfarrer war dagegen.

Nachdem ich es am 30. Mai 1960 meinen Eltern gestanden hatte, eilte ich sofort zu Pastor Weber, der mir sehr gewogen war, um es ihm zu erzählen. Ich war mir sicher, dass ich ihm eine freudige Botschaft überbringe. Keine Spur von Freude! Er wurde leichenblass.

„Aus meiner warmherzigen kleinen Schwester, die ich früher über alles geliebt habe“, sagte er mit Tränen in den Augen, „ist im Kloster eine verbitterte, engstirnige Frau geworden.“

Pastor Weber ergriff meine Hand und drückte sie fest.

„Um Gottes willen, Lea! Lass es!“

Doch noch ist es nicht so weit.

Noch sitze ich im Bus von Saarbrücken nach Klarenthal.

Die Hälfte der Strecke haben wir zurückgelegt.

In zehn Minuten werde ich zu Hause sein.

Meine Hände zittern, meine Knie beben.

„Sei froh“, ermutige ich mich selbst, „dass endlich die Stunde der Wahrheit schlägt!“

Das hilft.

Meine Sturheit kommt zum Vorschein.

Ich bin es leid, mich zu verstellen.

Nach meinem zwölften Geburtstag habe ich jahrelang so getan, als ob ich meinen Wunsch, ins Kloster zu gehen, aufgegeben hätte.

Damit ist jetzt Schluss.

Ein für allemal!

Auch, wenn Babba es mir nie verzeiht.

Hätte ich gegen seinen Willen studiert, hätte er zwar zuerst geschimpft und dann wochenlang nicht mehr mit mir gesprochen, denke ich heute. Aber irgendwann hätte er sich damit abgefunden. Dass Babba mich nicht studieren lassen wollte, lag nicht am Annelies, der Sekretärin. Der kleine Bauunternehmer Willi Ackermann, Sohn eines Maurers und Schwiegersohn eines Arbeiters, hat nie eine Hochschule von innen gesehen. Doch er kannte Hochschulabgänger: Architekten und Bauingenieure, mit denen er sich tagtäglich herumschlug. Vor allem seine beiden Schwäger – der Arzt und der Chemiker, die sich als was Besseres fühlten – ließen ihm Akademiker als suspekt erscheinen.

Doch im Gegensatz zu den meisten Klarenthaler Vätern, die für ihre Töchter eine Zukunft als Ehefrau und Hausfrau vorgesehen hatten, legte Babba Wert darauf, dass ich einen „ordentlichen Beruf" lernte: „Auf Männer ist kein Verlass. Du musst unabhängig sein und dein eigenes Geld verdienen."

Obwohl ich keine Lust dazu hatte, fing ich 1953 die Banklehre an. Babba hatte es arrangiert, dass ich zur *Landesbank Saar* in Saarbrücken kam. Ein Privileg. Das Gros der Bankkaufleute wurde in Kreissparkassen ausgebildet. Dass die Landesbank mich nahm, lag auch an meinem guten Französisch.

Trotz der Nähe zur Grenze hatte ich es in meiner Kindheit kaum gelernt. Ich konnte bloß ein wenig radebrechen. Denn drüben, im ehemaligen Elsass-Lothringen, sprachen sie überwiegend deutsch. Obwohl es ihm finanziell schwer fiel, schickte mich Babba nach der Volksschule für ein Jahr auf eine Internatsschule in Commercy bei Nancy. Ich hatte mir das gewünscht. Die Adresse hatte ich von einer Nachbarstochter meiner Tante Maria in Schoenecken bekommen, die dort war. Die Internatsschule war eine Mittelschule. Ich habe die Abschlussklasse besucht – als einzige Deutsche unter lauter Französinnen. Wegen meiner dürftigen Sprachkenntnisse empfand ich es anfangs als Qual. Doch gegen Ende konnte ich fließend Französisch.

Babba meinte, das wäre wichtig für eine Bankkauffrau bei der Landesbank, die enge Geschäftskontakte nach Frankreich unterhielt. Das interessierte mich nicht. Für mich war entscheidend, dass ich als Missionsschwester nach Afrika wollte: In den afrikanischen Kolonien Frankreichs und Belgiens war Französisch Amts- und Verkehrssprache. Wie Recht Babba mit seiner Einschätzung hatte, begriff ich erst, als mich die Landesbank 1958 nach Paris schickte.

Bei meinem Lehrbeginn 1953 war das Saarland noch ein Zwitterwesen: halb französisch, halb deutsch. Die beiden ehemaligen „Erzfeinde" Frankreich und Deutschland zerrten an ihm. Es war noch nicht entschieden, wie der Streit ausgehen würde. Zwar hatte das Saarland seit Dezember 1947 eine eigene Verfassung, in der stand, dass die Saarländer einen Landtag wählen durften. Doch Parteien, die eine Angliederung an die BRD befürworteten, waren dabei nicht zugelassen. Die Landtagswahl am 18. Dezember 1955 gewannen die erstmals zugelassenen Parteien, die einen Anschluss an die BRD forderten – der am 1. Januar 1957 dann offiziell vollzogen wurde. Der an diesem Tag in Kraft getretene deutsch-französische Staatsvertrag legte fest, dass das Saarland eines von elf Bundesländern der föderal strukturierten Bundesrepublik Deutschland ist.

Ich bin gerne Deutsche geblieben. Zwar bewunderte ich die französische Lebensart und die schicken Französinnen – sie waren so weltgewandt und zartgliedrig. Ich hingegen fand mich provinziell und grobschlächtig. „Typisch deutsch", dachte ich. Das Saarland hatte nichts von Frankreich übernommen, außer dem guten Essen. Noch heute bemühe ich mich, obwohl ich wenig Zeit habe, „à la française" zu kochen.

Die Banklehre beendete ich mit Auszeichnung. Ich habe meine Arbeit gut gemacht, obwohl sie mich nicht ausfüllte.

„Das soll mein Leben sein? Papier und Zahlen?", fragte ich mich.

Zum Glück hatte ich eine bessere Perspektive: „Mit 21 werde ich Missionsschwester! Einerlei, was Babba sagt." Zudem nahmen die meisten Missionsorden nur Volljährige auf. Also harrte ich aus – und genoss das Leben in vollen Zügen. Ausgehen. Tanzen. Reisen.

Mein französischer Cousin Pierre war im Priesterseminar. Priester zu werden, war sein sehnlichster Wunsch. Er fühlte sich von Gott dazu berufen. Nichts anderes wäre für ihn in Frage gekommen. Aber eines Tages, als er eine Ferienkolonie leitete, verliebte er sich in eine junge Frau. Es wurde mehr daraus, und sie wurde schwanger von ihm. Tante Maria, wie immer geradlinig und konsequent, verlangte von ihrem Sohn, dass er zu den Folgen seiner Liebesaffäre stand, das Priesterseminar verließ und die junge Frau heiratete. So dachte auch der Rest der Familie, die irritiert und aufgeregt über den „Fehltritt" diskutierte. Mein Vater bewahrter als Einziger die Ruhe.

„Selbstverständlich bist du für's Kind verantwortlich", sagte er zu meinem Cousin. „Nit bloß zahlen, auch kümmern!" Das mit der Heirat jedoch solle er sich gut überlegen: „Eine Ehe muss ein Leben lang halten, und ihr habt doch überhaupt keine Gemeinsamkeiten."

Ich ereiferte mich am lautesten – meine Frömmigkeit hatte damals bisweilen fundamentalistische Züge. Aber dann nahm ich mich selbst ins Gebet.

„Was maßt du dir an? Du bist doch selber so. Du vergnügst dich lieber, statt ins Kloster zu gehen."

Ich schob es immer wieder auf.

Auch als ich 21 war – und manchmal gar nicht fromm.

Eine Bankkollegin, die einen Tag nach mir volljährig wurde, und ich hatten beschlossen, unseren Geburtstag zu zweit an der Nordsee zu feiern. Elfi Sproß, Spitzname „Sprößling", war ähnlich gestrickt wie ich.

„Anfang Februar", sagte sie, „fährt keiner nach Holland. Aber wir!"

Wenn um Mitternacht mein Geburtstag endete und ihrer begann, würden wir am einsamen Strand eine Flasche Schampus köpfen und das wilde, ungezähmte Meer betrachten. Wir stellten uns vor, dass ein Wintersturm es peitscht. Hohe Wellen. Weiße Gischt. Rauschen und Brausen. Tosen und Toben. Jetzt, da wir endlich offiziell erwachsen waren und niemand uns mehr fremdbestimmen durfte, wollten wir uns um Mitternacht am Nordseestrand auf eine Zukunft freuen, die wie das Meer war. Überbordend. Grenzenlos. Frei.

Wir hatten uns vorgenommen, am 2. Februar 1958 in aller Herrgottsfrühe nach Nordwijk in Holland aufzubrechen. Babba hatte sich bereit erklärt, mich zum Saarbrücker Hauptbahnhof zu fahren. Was er auch tat. Aber übellaunig, mit mürrischem Gesicht und stumm wie ein Fisch. Er war sauer auf mich und enttäuscht von mir. Denn am Vorabend hatte ich mir etwas geleistet, was er zutiefst missbilligte – und ich eigentlich auch.

Weil ich an meinem Geburtstag nicht da sein würde, kam meine Freundin Rita aus der Nachbarschaft gegen acht Uhr abends unverhofft vorbei, um mir zu gratulieren. Ich hatte nichts anzubieten. Es war weder Wein noch Bier im Haus. Und auch kein Likör, den ich gern mochte (aber nie mehr als ein, zwei Gläschen). Im Küchenschrank entdeckte ich eine Flasche Klaren. Wir nahmen ihn mit ins Wohnzimmer. Der Schnaps – ein selbstgebrannter, hochprozentiger Obstler – schmeckte gut. Anfangs ätzte er in der Kehle, doch nach dem dritten Glas ging er runter wie Öl.

Um kurz nach eins wurden meine Eltern von dem Krach geweckt, den Rita machte. Sie wollte nach Hause, aber es wollte ihr nicht gelingen, auf allen Vieren rückwärts die Treppe runterzukriechen. Darüber beschwerte sie sich lauthals. Mutti griff sie sich und schleifte sie wie einen nassen Sack zum Nachbarhaus. Ich erbrach mich unterdessen im Bad. Dann schleppte ich mich mit letzter Kraft ins Bett – es drehte sich wie ein Karussell. Als Mutti zurückgekehrt war, hörte ich Babba nebenan im Elternschlafzimmer schimpfen:

„Hat die se nit alle? Seit wann trinkt die Schnaps? Meint die etwa, Volljährigkeit bedeutet, dass man sich voll laufen lassen darf?"

Am nächsten Morgen weckte er mich pünktlich um fünf.

„Los, aufstehn!"

„Babba, mir ist so schlecht. Ich kann nit nach Holland fahrn."

„Du fährst!"

Unser schöner Traum von der wilden Nordsee entpuppte sich als Alptraum. In Nordwijk waren alle erschwinglichen Unterkünfte geschlossen. Nur das teuerste Hotel am Platz hatte geöffnet. Eigentlich wollten wir drei Nächte bleiben. In dieser Nobelherberge reichte unser Geld gerade mal für zwei Übernachtungen. Restaurants konnten wir uns nun nicht mehr leisten, nicht mal eine Imbissbude. Und schon gar nicht eine Flasche Schampus. Mit unserem letzten Kleingeld kauften wir Brot und Käse, um unsere leeren Mägen zu füllen.

Zum Glück hatten wir Rückfahrkarten. Sprößling wohnte auch außerhalb. Busse fuhren nicht mehr, als wir spät nachts in Saarbrücken ankamen. Es blieb mir nichts anderes übrig, als meinen Vater anzurufen, der mich erst am nächsten Tag zurückerwartete, und ihn zu bitten, uns abzuholen. Wir hatten nichts, null, keinen einzigen Groschen. Geschweige denn zwei für eine Telefonzelle. In der Hoffnung, dass man uns umsonst telefonieren lassen würde, machten wir uns auf die Suche nach einer Kneipe. Doch alle gutbürgerlichen Gaststätten im Bahnhofsviertel hatten längst geschlossen. Schließlich landeten wir vor einem so genannten „Club".

Ich schellte. Eine Klappe in der Tür wurde geöffnet, ein Mann grinste breit. Er amüsierte sich köstlich über uns Irrgängerinnen.

„Dürfen wir bei Ihnen mal telefonieren?", fragte ich.

„Klar doch! So hübsche Mädels immer."

Er schloss die Tür auf. Wir folgten ihm in einen schummrigen Raum, wo an einer langen Theke spärlich bekleidete Frauen mit Männern in Anzügen schäkerten.

„Bei uns kostet ein Ortsgespräch 50 Pfennig."

„Wir haben kein Geld", gestand ich.

„Gezahlt wird! Ihr seid hier nicht bei der Bahnhofsmission."

„Mein Vater bezahlt's. Wenn ich ihn angerufen habe, holt er uns ab. Wir warten draußen auf ihn. Ich bringe Ihnen das Geld dann sofort."

„Nee, nee, nee! Ihr bleibt hier drinne! Sonst haut ihr mir noch ab."

An einem Tisch in einer dunklen Ecke warteten wir auf Babba. Die Viertelstunde, bis er kam – er hatte sich in Windeseile angekleidet und war wie ein Rennfahrer gerast –, schien ewig zu dauern. Ohne zu schimpfen, beglich er unsere Schulden. Doch kaum dass wir im Auto saßen, brach das Unwetter los: „Sag mal, spinnscht du? Du willscht Bankkauffrau sein? Legscht nit mal zwei Grosche fürs Telefoniere zurück? S'Lea geht lieber in en Puff. Es ist nit zu fasse! Ihr zwei habt se doch nit alle."

Anderntags berichtete Mutti, dass er mir mein Besäufnis inzwischen verziehen hatte. Das hatte ich einem Kunden meines Vaters zu verdanken. Der hatte sich bei Babba über seine Tochter beschwert: Sie sei sturzbetrunken aus der Kneipe heimgekommen. Das hat Babba getröstet, weil's mir zu Hause passiert ist. Und dann muss er mich aus dem Bordell auslösen!

Als ich wenige Wochen nach diesem Desaster meinen Eltern erzählte, dass ich in Paris arbeiten möchte, rechnete ich damit, dass Babba sich aufregt: Seine Tochter ganz alleine in der Stadt der Liebe! Ich staunte, denn er hatte nichts dagegen.

„Mach das ruhig mal", sagte er.

Im Frühjahr 1958 suchte die Landesbank Mitarbeiter und Mitarbeiterinnen, die fließend Französisch sprachen und bereit waren, in Paris beim Aufbau der *Banque Franco-Sarroise* zu helfen. Gleich nachdem Babba zugestimmt hatte, meldete ich mich – und wurde sofort losgeschickt.

Ach, was habe ich Paris genossen!

Theater, Museen, Konzerte.

Modellkleider aus schicken Geschäften.

Schlemmen in feinen Restaurants.

Das alles konnte ich mir leisten, denn ich verdiente mehr als mein Onkel, der Arzt. Zusätzlich zu meinem Gehalt – genauso viel wie bei der Landesbank – bekam ich einen hohen Tagesspesensatz. Den konnte ich sinnlos verprassen. Mein Hotelzimmer in der Nähe der Place de l'Étoile bezahlte die *Banque Franco-Sarroise*. Und noch dazu zweimal im Monat eine Bahnfahrt erster Klasse nach Saarbrücken.

Auf meinem Weg zur Arbeit kam ich täglich an den Prostituierten in der Rue La Boétie vorbei. „Habe ich ein Glück", dachte ich dann, „dass ich mein Geld nicht so verdienen muss!" Das betrachtete ich als Gottesgeschenk, aber nicht als Antrieb, gegen Prostitution zu kämpfen. So weit war ich noch nicht.

Als ein Jahr vergangen war, erfasste mich eine innere Unruhe. „Wenn du ins Kloster willst", dachte ich, „wird's allmählich Zeit."

Ich war nicht mehr ganz so fest entschlossen. Mein freies Pariser Leben gefiel mir zu gut. Deshalb gewährte ich mir Bedenkzeit. Ich kehrte zur Landesbank in Saarbrücken zurück und wohnte wieder bei meinen Eltern. Ihretwegen verließ ich Paris, das ich so liebte. Doch die Bedenkzeit wollte ich unbedingt bei ihnen verbringen. Sollte ich mich tatsächlich entscheiden, Missionsschwester zu werden – worüber ich spätestens nach zwölf Monaten zu Hause Klarheit haben wollte –, würde ich sie nur noch, wenn überhaupt, sehr selten sehen. Missionarinnen und Missionare gingen damals für den Rest ihres Lebens in die Mission.

Auf der Heimfahrt von Paris nach Saarbrücken im Frühjahr 1959 schaute ich aus dem Zugfenster und träumte von Afrika. Ich wusste fast nichts von diesem faszinierenden Kontinent. Was ich wusste, hatte ich in Missionszeitschriften und Romanen gelesen. Aus eigener Anschauung kannte ich nur Marokko ein wenig.

Meine Saarbrücker Kollegin Elfi Sproß und ich hielten auch während meiner Pariser Zeit Kontakt. Wir verabredeten eine Kreuzfahrt durch die Kanaren und an der nordwestafrikanischen Küste entlang. Im September 1958 ging's von Marseille aus los. In

Marokko haben wir nur eine Stippvisite gemacht. Wir besuchten die Hafenstädte Rabat, Tanger und Tétouan. Sprößling hätte so gerne Casablanca besichtigt, zu ihrem Leidwesen gingen wir dort aber nicht vor Anker. Sie schwärmte für den Kultfilm *Casablanca* von Michael Curtiz mit Ingrid Bergman und Humphrey Bogart.

„Das ist der beste Liebesfilm aller Zeiten“, versicherte sie mir auf dem Sonnendeck des Kreuzfahrtschiffes von Liegestuhl zu Liegestuhl. Sie nahm ihre Sonnenbrille ab, sah mich à la Bogart schmachtend an und zitierte: „Schau mir in die Augen, Kleines!“

Ich mochte den Film auch. Aber mehr als spannenden Politthriller und weniger als tragische Liebesgeschichte. Die Rettung des tschechischen Widerstandskämpfers Victor, dem mit Hilfe des amerikanischen Bar-Besitzers Rick in letzter Minute die Flucht vor den Nazis gelingt, war für mich ein Happy End. Für Sprößling nicht. Allein beim Reden darüber vergoss sie bittere Tränen, weil sich Ingrid Bergman und Humphrey Bogart am Schluss nicht kriegen.

Im Januar 2003 saß ich in der SWR-Talkshow *Lebens-Fragen* zum Thema „Leidenschaften“. Damit sei „Leidenschaft als Lebenslust und Lebensenergie, als Passion und als Mission“ gemeint, erläuterte der Moderator Andreas Malessa. Er konnte es sich nicht verkneifen, mich zu fragen:

„Waren Sie schon einmal leidenschaftlich verliebt, Schwester Lea?“

„Als ich ein junges Mädchen war, habe ich manchmal geschwärmt wie alle Backfische in den 50er Jahren“, antwortete ich. „Aber die Jungs, für die ich schwärmte, schwärmten nicht für mich. Oder umgekehrt.“

Da habe ich mich mal wieder herausgemogelt. Ich rede nicht gern über dieses Thema. Nicht etwa, weil ich prüde wäre. Mich nervt einfach, dass ich das ständig gefragt werde, nur weil ich eine Ordensfrau bin. Ich hege stets den Verdacht – oft einen falschen –, dass hinter dem Interesse für mein Liebesleben der pure Voyeurismus steckt. Nach dem Motto: Hat die keinen abgekriegt? Ist die verklemmt? Oder – noch schlimmer! – eine Männerhasserin? Bei der Feministin Alice Schwarzer wird das ebenfalls häufig gemutmaßt. So kann „mann“ – und leider auch „frau“ – beruhigt darüber hinwegsehen, dass dieser weibliche Mensch so beunruhigende Gedanken hat und sie sogar in die Tat umsetzt. Leidenschaftlich, mit brennendem Herzen. Aber nicht für einen Mann entflammt.

Ja, ich war verliebt!, gestehe ich hier, damit endlich Schluss ist mit diesen nervenden Fragen. Ein einziges Mal hat's mich erwischt. Ich glaube, es musste so sein, dass es ausgerechnet in meiner Bedenkzeit geschah.

Während ich innerlich mit mir rang, fragte auch ich mich oft: „Willst du ins Kloster, weil du nicht lieben kannst?“

Aber ich liebte doch! Meine Eltern, unsere Verwandten, die Nachbarschaft, den Pfarrer, meine Freundinnen. Menschen überhaupt. Auch Männer – platonisch.

Steckte in mir immer noch „das Hexen-Bärbel“, das sich mit Jungs messen wollte, statt sie zu bewundern? War ich zu arrogant für eine Zweierbeziehung mit einem Mann?

Heute noch habe ich ein schlechtes Gewissen, wenn ich an Alfred aus Klarenthal denke. Unerwidert war er jahrelang so schlimm in mich verliebt, dass er depressiv davon wurde. Sein Arzt riet ihm – da war Alfred schon Versicherungskaufmann –, so weit wie möglich von mir wegzuziehen. Er wanderte in die Schweiz aus, wo er beruflich sehr erfolgreich war.

Nach zwei Jahren Abwesenheit besuchte er Weihnachten 1959 erstmals wieder seine alte Heimat – ungeheilt von seiner Liebe zu mir. Anfang Dezember rief er von der Schweiz aus bei uns zu Hause an. Mutti ging dran, doch er wollte mich sprechen. „Lea, würdest du wohl Mama und Papa ausrichten, dass ich Heiligabend nach Hause komme?“

Das hätte auch meine Mutter erledigen können, wenn es nötig gewesen wäre. Aber seine Eltern hatten auch ein Telefon.

„Sehen wir uns, wenn ich in Klarenthal bin?“, fragte er mich.

Dass ich seine Liebe nicht erwiderte, nahm er mir nicht übel. Ende der 1960er Jahre ließ er sich – inzwischen verheiratet – als selbständiger Versicherungsvertreter in Klarenthal nieder und unterstützte mich so gut wie möglich, als ich in Ruanda war. Unser erstes Auto in Nyanza verdanken wir ihm, aber auch Spenden für „meine“ Mädchenschule.

Wegen der Zweifel, die mich wegen meines Klostereintritts quälten, entschloss ich mich im Sommer 1959, eine Wallfahrt nach Lourdes in Südfrankreich zu machen. Davon erhoffte ich mir Gewissheit. Ich buchte bei einem Reisebüro in Saarbrücken, das auf Pilgerfahrten spezialisiert war. Die Reiseleitung übernahm der Chef persönlich: Wilhelm Weiler. Ein großer, schlanker, sportlicher Mann. Gläubiger Katholik. Zwanzig Jahre älter als ich. Ich fand ihn sehr attraktiv, obwohl er geschieden war, was ich sonst missbilligte. Bei ihm nicht! Sich scheiden zu lassen, ist eine Todsünde, die damals mit Exkommunikation geahndet wurde. Heute ist das nicht mehr so. Aber Geschiedene dürfen nach wie vor nicht noch einmal katholisch heiraten. Wilhelm Weiler hatte gute Gründe für seine Scheidung, wie er mir erzählte.

„Im Zweiten Weltkrieg war ich Offizier an der Ostfront“, sagte er. „Als ich aus der Gefangenschaft in Russland zurückkam, hatte meine Frau einen anderen. Sie hat die Scheidung eingereicht.“

Er hatte beim Vatikan in Rom eine Annullierung der Ehe beantragt, weil seine Frau im Gegensatz zu ihm keine Kinder wollte – vergeblich. Bei der Wallfahrt war auch seine erst vor kurzem verwitwete Schwester dabei, um die er sich sehr bemühte. Sie mochte mich, und ich sie. Sie konnte kein Französisch. Ich übersetzte für sie. Aber vor allem wich ich nicht von ihrer Seite, weil sie so traurig war. „Ich bin in Lourdes“, sagte sie, „um dafür zu beten, dass ich weiterleben kann. Ohne meinen Mann ist mein Leben so trostlos.“

Das verstand ich. Ohneeinander wären auch meine Eltern verloren. Nur ich kam gut alleine klar. Was ich umso mehr zu bezweifeln begann, je häufiger ich Wilhelm Weiler begleitete.

Weil ich fließend Französisch sprach, bat er mich bei Geschäftsverhandlungen in Hotels, die er für künftige Pilgerreisen nach Lourdes reservieren wollte, als Dolmetscherin hinzu. Wenn ich von der Marien-Grotte vom Beten kam, kreuzte er oft meinen Weg.

„Leo!“ (so nannte er mich immer), sagte er dann. „Was für ein Zufall! Hätten Sie eventuell Lust, meiner Schwester und mir beim Essen Gesellschaft zu leisten?“

„Mit Vergnügen, Herr Weiler!“

Nach unserer Rückkehr ins Saarland war mir klar: Ich bin in ihn verliebt! Monatelang haben wir uns täglich in meiner Mittagspause im Café Menn gegenüber der Landesbank getroffen und über Gott und die Welt geredet. Wir blieben immer beim „Sie“, aber er machte mir Komplimente.

„Leo“, sagte er. „Wie hübsch und klug Sie sind!“

„Sie übertreiben, Herr Weiler!“, entgegnete ich.

Manchmal sind wir auch abends ausgegangen. Einmal hat er mich zu Hause besucht, zusammen mit seiner Schwester. Meinen Eltern stellte ich die beiden als gute Bekannte von der Pilgerreise vor. Babba hat sofort Lunte gerochen. Er kannte Wilhelm Weiler nicht persönlich, doch von der Scheidung hatte er gehört. Mehr noch als das erzürnte ihn der Altersunterschied.

„Komm mir bloß nit mit so'm alten Onkel daher! Un noch dazu geschieden.“

Ich weiß nicht, ob es an Babba lag oder an meinem Wunsch, ins Kloster zu gehen. Den Beschluss, von Wilhelm Weiler abzulassen, habe ich nicht bewusst getroffen. Es fing damit, dass er mich zu einer Gruppenreise ohne seine Schwester einlud. Ich lehnte ab. Nicht etwa, weil ich Angst davor hatte, dass er mich verführt – er war ein Kavalier der alten Schule. Aber irgendwie hatte ich ein brenzliges Gefühl dabei.

„Ich habe ihm geraten, dich zu der Reise einzuladen“, erzählte mir seine Schwester, als er schon tot war. „Mich hätte es so gefreut, wenn ihr geheiratet hättet. ‚Das ist ein Mädchen', habe ich zu meinem Bruder gesagt, ‚das man mit Gewalt zum Traualtar schleppen muss'."

Statt mit Wilhelm Weiler zu verreisen, fuhr ich in den Winterurlaub. Am Tag vor der Abreise ging ich in Saarbrücken zum Friseur. Dort kaufte ich mir auch ein Après-Ski-Outfit. Die cremefarbene Steghose ließ ich gleich an, weil ich mich so schick darin fand. Es war kurz nach Ladenschluss, als ich zum Bahnhof ging, um von da aus mit dem Bus nach Klarenthal zu fahren. Ich kam an Weilers Reisebüro vorbei, noch hell erleuchtet.

„Wenn ich jetzt da reingehe", dachte ich, „ist alles zu spät."

Ich bin um den Block. Einmal, zweimal, dreimal. Nach meiner dritten Runde brannte im Reisebüro immer noch Licht. Inzwischen hatte es zu schneien begonnen. Während Schneeflocken meine vor Aufregung heißen Wangen kühlten, betrachtete ich ihn durch die Schaufensterscheibe. Er stand im Hintergrund vor einem Regal mit Reiseprospekten und wandte mir den Rücken zu. Ich weiß nicht, wie lange ich so verharrte. Wahrscheinlich nur Sekunden. Aber sie kamen mir wie eine Ewigkeit vor. Ich gab mir einen Ruck und lief zum Bahnhof.

Nun war ich sicher. Ich war fähig, mich zu verlieben. Also konnte ich beruhigt ins Kloster gehen.

Gleich nach meiner Rückkehr aus dem Winterurlaub – Anfang 1960 – kaufte ich mir ein Büchlein über Missionsorden. Ich hatte schon eine engere Wahl getroffen. Die Steyler Missionarinnen wären auch in Frage gekommen, aber mein Favorit waren die Weißen Schwestern. Ihr Motto faszinierte mich, weil es meiner Vorstellung von gelebtem Christentum entsprach.

„Die Liebe Gottes spürbar machen durch den Dienst an den Menschen Afrikas."

Ich verabredete mich mit Wilhelm Weiler im *Café Menn*, um ihn von meinem Entschluss zu unterrichten. Er erschrak furchtbar und rang nach Fassung. Zuerst fehlten ihm die Worte, dann sagte er: „Leo, Sie im Kloster? Das kann ich mir nicht vorstellen!"

Er ist immer Junggeselle geblieben.

Ich hatte lange nicht mehr an ihn gedacht, als ich von München, wo ich studierte, mit dem Zug ins Saarland fuhr. Im Saarbrücker Hauptbahnhof kam mir auf einmal der Gedanke:

„Du müsstest eigentlich mal wieder bei Wilhelm Weiler vorbeischauen."

Er wohnte bei seiner Schwester, nach meiner Rückkehr aus Ruanda hatte ich ihn schon einmal besucht. Weil ich wenig Zeit hatte, ließ ich es dann doch.

In dieser Nacht ist er gestorben. Unerwartet plötzlich, an einem Herzstillstand, während er schlief.

Ob ich das intuitiv gespürt habe?

Habe ich darum wieder an ihn gedacht?

Vielleicht.

Am 30. Mai 1960, kurz vor Dienstschluss, klopfte ich bei unserem Personalchef Herrn Kaspar an, um zu kündigen. Damit hatte er nun gar nicht gerechnet.

„Warum wollen Sie uns denn verlassen, Fräulein Ackermann? Ich dachte, es gefällt Ihnen bei uns. Möchten Sie vielleicht lieber wieder nach Paris? Kein Problem! Das regele ich sofort! Die bei der Banque Franco-Sarroise wären begeistert."

„Ich habe vor, in einen sozialen Beruf zu wechseln. Vielleicht werde ich Lehrerin. Das war schon immer mein Traum."

Dass ich ins Kloster gehe, habe ich in der Landesbank nicht erzählt. Ich war mir zu unsicher. Was, wenn die Weißen Schwestern mich nach dem Postulat – so wird im Kloster die Probezeit genannt – wieder wegschickten? Oder ich es bei ihnen nicht aushielt? Spott und Häme wollte ich mir ersparen. Herumgesprochen hat es sich trotzdem.

Frau Bayer, Chefsekretärin bei Generaldirektor Dohmen, war die Seele des Hauses. Eine warmherzige, mütterliche Frau. Mich mochte sie sehr. Mit allen Problemen bin ich zu ihr, sie wusste meist eine Lösung. Als ich im Postulat war, hat sie mir nach Trier geschrieben: Hubert Dohmen sei aus allen Wolken gefallen, als ihm zu Ohren kam, dass ich im Kloster bin.

„Fräulein Bayer, haben Sie das auch gehört?", fragte er sie. „Fräulein Ackermann ist eine Nonne? Die war doch so ein weltoffener Mensch! Ist die plötzlich durchgedreht?"

„Nein, das ist sie sicher nicht! Es braucht doch auch weltoffene Frauen im Kloster."

Kopfschüttelnd sei er gegangen.

In dem Brief hat mir Frau Bayer anvertraut, ihr größter Wunsch sei immer gewesen, in einen Karmel einzutreten. Sie habe darauf verzichtet, weil sie ihre kranken Eltern pflegen wollte. Nach dem Tod meines Vaters besuchte sie oft meine Mutter. Zu allen Festtagen schickte sie uns Päckchen. Von Anfang an unterstützte sie *Solwodi* – wie viele meiner früheren Kollegen von der Landesbank.

Ignaz Lay, vor seiner Pensionierung stellvertretender Leiter der Treuhandabteilung, war auf Betriebsfesten und Betriebsausflügen mein bevorzugter Tänzer. Mit ihm bin ich bis heute gut befreundet, ebenso mit seiner Frau Ilse. Bei der Feier zu seinem 40-jährigen Dienstjubiläum im November 1989 bat er anstelle von Zuwendungen und Geschenken um eine Spende zugunsten von *Solwodi*. Zur Spendenübergabe wurde ich nach Saarbrücken eingeladen.

Heute heißt die Landesbank *Saar LB*. Sie ist die *Solwodi*-Hausbank und steht uns stets mit Rat und Tat zur Seite. Der stellvertretende Vorstandsvorsitzende Werner Severin ist Stiftungsrat der *Solwodi-Stiftung*. Als mich die *Europäische Bewegung Deutschland* zur „Frau Europas 1998" kürte, gab die *Saar LB* mir zu Ehren einen Empfang.

Wie mich das freute!

Schade, dass Babba es nicht miterleben konnte. Er wäre so stolz auf mich gewesen. Mutti war leider auch nicht dabei. Zwar lebte sie noch, aber in einer anderen Welt – sie war oft geistesabwesend und vergaß alles.

Sie sind in der Küche. Babba sitzt am Tisch und liest Zeitung. Mit dem Rücken zu ihm steht Mutti an der Spüle und schält Kartoffeln. Sie haben mein Kommen nicht bemerkt. Im Türrahmen lehnend betrachte ich ihre Zweisamkeit, die so gut funktioniert, weil sie sich aufeinander verlassen können und sich gegenseitig unterschiedliche Interessen gestatten.

„Der Mütterverein macht am Sonntag 'ne Wallfahrt nach Blieskastel", sagt Mutti. „Die Männer sind auch eingeladen. Fährste mit?"

„Nee, fahr du mal. Ich hab' genug zu tun."

„Willst doch bloß nit auf deinen Frühschoppen verzichten!"

Ich fotografiere alles, gerade zu besessen. Am 30. Mai 1960 habe ich keinen Fotoapparat dabei. Von dieser Szene gibt es kein Foto. Aber ich habe sie als Bild in meinem Kopf gespeichert – und in meinem Herzen. Für immer, solange ich lebe. Könnte ich sie als Foto in ein Album kleben, würde ich darunter als Bildzeile schreiben: „Abschiedsblick".

„Ich muss euch was sagen!", platzt es aus mir heraus. „Ich geh' ins Kloster und hab' auch schon gekündigt."

Sie erstarren wie vom Blitz getroffen.

„Das darfste uns nit antun, Kind!", stammelt Mutti und fängt an zu weinen.

„Um Gottes willen, Lea!", poltert Babba los. „Spinnschte? Das ist doch nit dein Ernst!"

Was soll ich darauf entgegnen? Mein Entschluss steht felsenfest. Ich gehe. Draußen auf dem Flur höre ich noch, wie Babba Mutti tröstet: „Das hält die sowieso nit durch."

Ich habe durchgehalten!

Dabei wäre ich am liebsten schon im Postulat weggelaufen. In den ersten sechs Monaten durften uns noch nicht einmal unsere Eltern besuchen. Nach der Einkleidung, im Noviziat, das auf das Postulat folgte, waren einmal im Monat Besuche von Verwandten erlaubt. Nach Hause zu fahren, wurde uns erst nach dem ersten

Gelübde – „Profess“ – gestattet, aber nur in Begleitung einer älteren Mitschwester. Das erste Gelübde legten wir nach zwei Jahren ab, die wir – von kurzen Spaziergängen abgesehen – ununterbrochen hinter Klostermauern verbrachten.

Das ist heute nicht mehr so. Was wir dem Zweiten Vatikanischen Konzil zu verdanken haben, das von 1962 bis 1965 tagte und zahlreiche Reformen beschloss. Unter anderem stellte es den Orden und Kongregationen frei, selbst zu entscheiden, ob sie weiter Habit tragen oder sich lieber wie Weltmenschen kleiden wollen. Meine Gemeinschaft war eine der ersten, die es erlaubte, den Schleier abzulegen. Unsere französischen Schwestern taten es sofort. Sie hatten schon immer ein Problem mit dem Schleier, weil sie ihn veraltet fanden – nicht zeitgemäß.

Als mich im Januar 2003 Andreas Malessa in der SWR-Talkshow über „Leidenschaften“ fragte, warum ich keinen Schleier trage, antwortete ich:

„Aus drei Gründen. Erstens: Das Nonnenhabit ist die Tracht von mittelalterlichen Witwen; weder bin ich Witwe, noch lebe ich im Mittelalter. Zweitens: Ich will mich durch meine Kleidung nicht als Unberührbare oder gar Heilige von anderen Frauen abheben. Drittens: Ich als Frau habe mich ganz in den Dienst der Nachfolge Jesu gestellt. Die Männer, die in der Kirche ohnehin alles zu sagen haben, sollen mir nicht auch noch vorschreiben, was ich anzuziehen habe.“

1960 sah ich das noch anders. Wie viele Katholikinnen meiner Generation hatte ich Gertrud von Le Fort gelesen, eine Konvertitin, die überzeugt war, dass der Schleier die Frau heiligt. In ihrem Hauptwerk *Die ewige Frau* schreibt Gertrud von Le Fort: „Der Schleier ist das Symbol des Metaphysischen auf Erden. Er ist aber auch das Symbol des Weiblichen – alle großen Formen des Frauenlebens zeigen die Gestalt der Frau verhüllt.“

Obwohl ich damals den Schleier akzeptierte, ließ ich mir vor meinem Eintritt ins Kloster noch eine frische Dauerwelle legen. Von

Kopf bis Fuß schick stieg ich am 15. August 1960 in Trier-Heiligkreuz vor dem deutschen Mutterhaus der Weißen Schwestern aus dem Auto meines Vaters. Zu meiner Überraschung hatte Babba darauf bestanden, mich zusammen mit Mutti hinzubringen. Wir waren spät dran. Die sieben anderen jungen Frauen, die mit mir das Postulat begannen, waren schon dabei, sich umzuziehen. Die Novizenmeisterin Sr. Friedburga wartete an der Pforte auf mich. Sofort nahm sie mich mit in die Klausur – der Teil eines Klosters, zu dem Weltmenschen keinen Zutritt haben –, wo ich mich schleunigst umkleiden musste.

Um meine Eltern kümmerte sich die Provinzialoberin Mutter Fabiana. Sie bat die beiden, im Besucherzimmer Platz zu nehmen. Unterdessen mühte ich mich in der Klausur mit meiner neuen Postulantinnen-Ausstattung ab: ein schwarzes, knöchellanges Kleid mit einer schwarzen Pelerine und einem weißen Krägelchen; dazu ein kurzer, schwarzer Schleier. Das Haar – zumindest den Großteil davon – und das Gesicht ließ er frei.

„Um Gottes willen, Lea! Was haben Sie sich denn dabei gedacht?“, wetterte die Novizenmeisterin, die mir beim Umkleiden half, über meine frische Dauerwelle. Der Schleier wollte einfach nicht auf ihr halten, mit so vielen Haarnadeln wir ihn auch festzustecken versuchten.

Ich durfte mich noch von meinen Eltern verabschieden, weil ich sie sechs lange Monate nicht wiedersehen würde. Auf dem Weg zum Besucherzimmer spiegelte ich mich in einer gläsernen Tür – der Schreck fuhr mir in sämtliche Glieder. Wenn ich schon so entsetzt über mein neues Aussehen war, was sollte mein Vater dann denken?

Ich fand meine Beine zu dick, doch jetzt wurden sie ja von dem langen Kleid verdeckt. Damit versuchte ich ihn zu trösten: „Ei, Babba, sei doch froh! Jetzt sieht man meine Sauerkrautstampfer nit mehr.“

Aber er war nicht froh – er schluckte schwer.

Mutter Fabiana tat das einzig Richtige in dieser Situation: Sie kredenzte meinem Vater einen Schnaps, schenkte sich auch einen ein und stieß mit ihm an. Später hat mir Babba erzählt, das habe ihn versöhnt, weil es eine „so normale, gastfreundliche Geste" gewesen sei. Durch den Schnaps gewann er seine Fassung wieder.

„Sie wissen gar nicht, was Sie sich da eingehandelt haben!", sagte er, mit seinem Glas auf mich deutend, zur Provinzialoberin. „Die hat ihren eigenen Kopf."

„Mir ist klar", erwiderte Mutter Fabiana, „dass Ihre Tochter widerspenstig ist. Aber so eine können wir hier gut gebrauchen."

Davon habe ich anfangs nichts gemerkt.

Es war auch das Eingesperrtsein, das mir in meinen ersten beiden Jahren im Kloster – Postulat und Noviziat – ständig Fluchtgedanken bescherte. Was schwerer wog … Wie soll ich es ausdrücken? … Es war alles so kalt und unpersönlich.

Wir wurden nur mit „Schwester" angeredet. „Schwester, können Sie mal gerade kommen? Schwester, tun Sie dies, Schwester, tun sie das!"

Ich hörte nie mehr meinen Namen, den ich sehr liebte. Fast noch schlimmer waren die langen Gebetszeiten.

Die anderen haben immer vom „Gebetsleben" geschwärmt, womit sie eine „meditative Form des Betens" meinten. Meditieren fällt mir schwer. Ich bin kein in sich gekehrter Mensch, sondern ein nach außen gerichteter. Wie schon gesagt: Ich wollte das Evangelium leben, aktiv mit anderen. Darum war ich ja in diese weltoffene Gemeinschaft eingetreten und nicht in eine kontemplative. Auch ich bete. Ständig sogar. Wo ich gehe und stehe, halte ich eine stumme Zwiesprache mit Gott. Seit ich 1985 in Kenia *Solwodi* gegründet habe, behellige ich ihn unentwegt mit der Bitte: „Lieber Gott, ich will deinen an den Rand gedrängten, chancenlosen Kindern helfen. Nun lass du mich nicht im Stich!"

Das wäre, wurde mir während meines Postulats in Trier-Heiligkreuz vermittelt, eine „primitive Form des Betens". Wie meine meditativen Mitschwestern kniete auch ich stundenlang in der Kapelle. „Lieber Gott", entschuldigte ich mich dann, „ich schenke dir meine Knie. Sonst hab' ich leider nix zu bieten."

Aber es gab auch viele gute Momente. Ich weiß noch, gleich zu Anfang hatte ich einen Traum. Einen Alptraum. Ich träumte, ich wäre mit einem meiner Verehrer aus Klarenthal verheiratet. Das hat mich so erschreckt, dass ich aufwachte. Mit Erleichterung stellte ich fest: „Gott sei Dank, ich bin im Kloster!"

Nach den sechs Monaten Postulat wurden wir feierlich „eingekleidet": am 15. Februar 1961. Dazu durften wir Gäste bitten: Verwandte und Bekannte. Weil unsere Kapelle in Trier-Heiligkreuz zu klein für eine so große Veranstaltung war, wurde sie im Kloster der Weißen Väter in der Dietrichstraße im Stadtzentrum ausgerichtet. Sogar Ruhrbischof Franz Hengsbach reiste eigens aus Essen an, wegen seiner ehemaligen Sekretärin. Sie war eine von den sieben jungen Frauen, die zusammen mit mir am 15. August 1960 als Postulantinnen eingetreten waren. Nun vollzogen wir den nächsten Schritt – ins Noviziat.

Ich hatte nur meine Eltern und meinen Bruder eingeladen. Zu meiner Überraschung kam eine komplette Busladung an: Tanten, Onkel, Cousinen, Vettern, die Nachbarschaft, Freundinnen, Kolleginnen und Kollegen von der Landesbank. Sie hatten den Bus gemeinsam gemietet.

Obwohl nicht getanzt wurde, erinnere ich mich an die Einkleidungsfeier wie an ein rauschendes Fest. Doch wenn ich heute in dem Fotoalbum blättere, das ich darüber angelegt habe, sehe ich überwiegend Trauermienen. Vor allem bei Babba, Mutti und Rainer. Keine Spur von Feiertagsstimmung auf ihren Gesichtern. Alle drei – auch mein zwölfjähriger kleiner Bruder – wirken auf dem Gruppenfoto so, als ob sie auf einer Beerdigung wären. Der Grund klebt in Gestalt eines Porträtfotos auf der Albumseite gegenüber: ich in meiner neuen Tracht – dem Habit –, nach der Einkleidung aufgenommen.

Wenn ich nicht wüsste, dass ich es bin, würde ich mich selbst nicht wiedererkennen.

Nicht ein einziges Haar lugt unter der Gimpe hervor, die den

Schleier hält. Kein kurzer, leichter wie der, den ich als Postulantin getragen habe, sondern ein langer, schwerer, dominanter, der mich zu verschlucken scheint. Die so genannte Gimpe (ein Ausdruck aus dem Mittelalter) habe ich eng um mein Gesicht gebunden. So eng, dass nur noch Augen, Nase und Mund zu sehen sind. Wangen und Kinn sind verdeckt.

Das seltsame Wesen auf dem Bild ist ein entpersönlichter Mensch, denke ich heute. Aber damals wollte ich es so. Andere Schwestern gingen entspannter damit um. Sie verbargen sich nicht komplett unter dem Habit. Bei ihnen waren Haare zu sehen und mehr vom Gesicht. Sie nahmen es beim Beten genau – ich beim Verschleiern. Da hielt ich es damals noch mit Gertrud von Le Fort. Für sie ist der Schleier, mit dem sich „die gläubige christliche Frau" verhüllt, ein Symbol für ihren Auftrag, „die Fürsorge Gottes nachzuahmen".

Auch wenn es mir auf dem Porträtfoto nicht anzusehen ist – ich war immer noch dieselbe. Ohne groß zu fragen, organisierte ich selbständig einen „kleinen Umweg" für mich und meine Mitschwestern, die mit mir nach dem Noviziat zum Juniorat nach Toulouse geschickt wurden. Ich war so lange eingesperrt gewesen und wollte unbedingt „selbstbestimmt" verreisen.

Beim ersten Gelübde, das wir nach dem Noviziat für ein Jahr ablegten, mussten wir Armut, Ehelosigkeit und Gehorsam geloben. Auf der Profess-Feier am 15. August 1962 in der Kirche der Weißen Väter in Trier wurden uns die Insignien überreicht: ein Kreuz an einer roten Kordel, ein Ring und ein Rosenkranz. Und – wir bekamen einen neuen Namen.

Mein Favorit war „Diana". Da dieser Name schon vergeben war, schlug die Provinzialoberin „Signata" vor. Den fand ich schrecklich und war wie erlöst, als ich in der Kirche einen anderen Namen hörte, den ich allerdings nicht richtig verstanden hatte, als der Zelebrant sagte: „Verlasse das Haus deines Vaters und nenne dich von nun an Schwester …!"

Es stellte sich heraus, dass es „Leontia“ war, die weibliche Form von Leontius – nach einem Trierer Bischof. Dieser Name gefiel mir zwar auch nicht besonders, aber allemal besser als „Signata“. Das Zweite Vaticanum gestattete es Ordensleuten, ihren Ordensnamen abzulegen und wieder ihren Taufnamen anzunehmen. Wie beim Schleier gehörte ich auch da nicht zu den Ersten, die diese Freiheit nutzten. Inzwischen hatte ich mich an „Schwester Leontia“ gewöhnt. Aber offenbar hatten unsere Oberen erkannt, dass der Taufname der eigentlich wichtige Name im Leben einer Christin ist. Das Generalat der Weißen Schwestern in Rom forderte uns auf zu begründen, warum wir unseren Ordensnamen behalten wollen. Es fielen mir keine Gründe ein, und aus „Leontia“ wurde wieder „Lea“.

Nach der Profess wurden wir ins Juniorat entlassen. Ein einjähriges Theologiestudium im Ausland, gemeinsam mit Mitschwestern unterschiedlichster Nationalitäten. Das Juniorat wurde auch als „Verschmelzungsjahr“ bezeichnet, weil wir in dieser Zeit lernten, uns als internationale Gemeinschaft zu fühlen. Vier Mitschwestern aus Trier und ich sollten an der Dominikaner-Hochschule in Toulouse studieren.

Zu meiner Profess-Feier hatte ich auch Wilhelm Weiler und seine Schwester eingeladen. Beim Essen nach der Zeremonie in der Kirche saßen wir an einem Tisch.

„Sie, Herr Weiler“, fragte ich ihn. „Wann veranstalten Sie Ihre nächste Pilgerreise nach Lourdes?“

„Am 2. September“, antwortete er.

„Haben Sie da noch Platz frei?“

„Ja! Wollen Sie mitfahren?“

„Mit vier Freundinnen.“

„Alles Nonnen?“

„Ja.“

„Dann nehme ich alle fünf kostenlos mit.“

„In Lourdes können wir zwei Tage bleiben. Dann müssen wir nach Toulouse.“

„Wie wollen sie denn da hinkommen?“

„Mit der Bahn."

„Haben Sie denn das Geld für die Bahnfahrt?"

„Nein."

„Ich bin nicht nur Katholik, ich bin auch Geschäftsmann." Er seufzte. „Also gut, die Bahnfahrt spendiere ich Ihnen auch."

Weil es gewissermaßen eine Spende war, wollte unsere Oberin nichts dagegen einwenden, dass wir fünf jungen Frauen, bevor wir unser Juniorat in Toulouse antraten, noch zwei Tage in Lourdes verbrachten.

Bevor ich nach Frankreich aufbrach, durfte ich zum ersten Mal nach zwei Jahren wieder nach Hause – in Begleitung einer älteren Mitschwester.

Meine Eltern hatten sich gut auf meinen Besuch vorbereitet und unser Haus umgebaut. Größer und schöner. Um mich zu überraschen, hatten sie mir nichts davon erzählt. War es ein Zeichen der engen Verbundenheit oder ist es einfach nur nicht erklärbar? In der Nacht vor der Heimreise träumte ich vom meinem Elternhaus und sah es in allen geänderten Details. Meine Eltern erschraken, als ich nichts sagte. Sie meinten, ich wäre traurig, weil ich statt des Altvertrauten etwas unvertrautes Neues vorfand. Mir gefiel die Veränderung. Sprachlos hatte mich bloß gemacht, dass ich sie schon aus meinem Traum kannte.

Meine Eltern hatten ein Sommerfest für mich ausgerichtet. Die lange Tafel im Garten bog sich unter der Last von Torten, Napfkuchen, Schlagsahne, Kakao, Kaffee, Schnaps und Likör. Unsere Dorf-Humoristin, „S'Schilz Alwine", erzählte einen ihrer Witze, über die Babba so gerne lachte. Obwohl sie nicht verheiratet war, spielte immer „mein Otto" die Hauptrolle darin.

„Also, ich und mein Otto, wir haben uns endlich ein Auto gekauft. Wir und alle vier Kinder rein. Und auch noch der Picknickkorb. Also, das Auto hammer gepackt bis unter die Deck. Es ging nix mehr. Wir kommen an eine Kreuzung, da steht da ein Polizist und winkt. Da hab' ich zum Otto gesagt: ‚Fahr weiter! Den könne wa nit mehr unterbringen.'"

Dieses Mal lachte Babba nicht.

„Ei, Willi, was is denn mit dir los?", wunderte sich Alwine.

Keine Reaktion.

Sie und die anderen Gäste verabschiedeten sich beklommen. Die ältere Mitschwester, die mich begleitet hatte, half meiner Mutter beim Geschirrabwaschen. Mein Vater und ich blieben allein im Garten. Schweigend betrachteten wir den Sonnenuntergang. Als es dunkel war, fragte ich ihn:

„Ei, Babba, warum sagste nix?"

„Hab' schon viel zu viel gesagt", antwortete er. „Dachte, wenn ich stille wär', kämst du vielleicht zurück."

1964 ist er gestorben, viel zu früh, mit 56 Jahren. Er hatte Krebs. Als er mich in Toulouse besuchte, war er schon von der Krankheit gezeichnet. Ich glaube, es war Fügung, dass ich nicht so schnell nach Afrika geschickt wurde, wie ich es mir erhofft hatte. Ich studierte damals an der Frauenfachschule der Armen Schulschwestern in München. Babba starb drei Tage nach Pfingsten. Zu Hause in seinem eigenen Bett, nicht im Krankenhaus. So hatte er es sich gewünscht. Ich war nicht dabei, weil ich meinen Pfingsturlaub nicht verlängern konnte.

Am Pfingstmontag, dem Tag meiner Abreise, saß ich an seinem Bett und schwieg beklommen. Er sagte auch nichts.

„Ich bin eine Ordensfrau", dachte ich, „und kann mit meinem eigenen Vater nicht über seinen Tod sprechen."

Um zehn Uhr ging ich ins Hochamt, wie immer an Feiertagen. Ich betete. Für meinen Vater, für mich – für uns, auch wegen unserer Sprachlosigkeit. Danach habe ich mich wieder zu ihm ans Bett gesetzt. Auf einmal brach er das Schweigen. „Sage mal, was glaubscht du, wie es ist, wenn man stirbt? Kommt was danach?"

Ich war so gerührt, dass ich kaum sprechen konnte. Aber dann sagte ich zu ihm, dass ich felsenfest an ein Leben nach dem Tode glaube. „Es wird schön sein, Babba. Ganz bestimmt! Denn Jesus hat gesagt: ‚Ich gehe voraus, euch eine Wohnung zu bereiten.' Er hat uns versprochen, dass es in der Nähe Gottes weitergeht."

Ich glaube, das hat ihn getröstet. Gesagt hat er nichts mehr. Aber er griff nach meiner Hand – ich habe seine nicht mehr losgelassen, bis ich abreisen musste.

Der Abend im Sommer 1962, als wir zu zweit im Garten saßen, ist einer unserer letzten Sommerabende gewesen. An den anderen, den vielen, als wir noch wähnten, wir hätten alle Zeit der Welt, lag ich drinnen in meinem Bett und hörte durchs offene Fenster die Erwachsenen im Garten. Ich weiß noch, wie beschützt und geborgen ich mich fühlte, wenn meine Eltern und die Nachbarn über einen Witz von Schilzes Alwine lachten.

Einmal, als ein Gewitter aufzog, bin ich in meinem Nachthemd auf die Terrasse hinaus, um die Blitze zu betrachten, dem Donner zu lauschen und den Regen zu spüren.

„Du wirst dir noch 'ne Erkältung holen!", warnte meine Mutter.

„Die doch nicht", sagte mein Vater. „Die ist unverwüstlich."

Das bin ich, Babba!

Drittes Kapitel

„Wir sind in einem Niemandsland vom Himmel gefallen.“

Das ist mein erster Gedanke, als wir am Freitag, dem 5. August 1994, mittags bei glühender Hitze auf dem Flughafen von Kigali landen. Bei meinem letzten Besuch in Ruanda, 1988, herrschte hier der rege Betrieb des internationalen Flugverkehrs. Jetzt sieht das von Einschusslöchern versehrte Rollfeld wie ein halb verlassenes Militärlager aus. Auf der riesigen Fläche haben die wenigen UN-Blauhelme, die den Flughafen bewachen, ihre schutzlos wirkenden Zelte aufgeschlagen. Nicht ein einziges Personenflugzeug. Außer unserer Iljuschin nur noch zwei andere Frachtflugzeuge mit Hilfsgütern, die gerade entladen werden.

Die deutsche Hilfsorganisation *Cap Anamur* hat die russische Iljuschin von der Aeroflot gechartert. Da die zivile Luftfahrt von Europa nach Ruanda seit Monaten eingestellt ist, hat sich der *Cap-Anamur*-Chef Rupert Neudeck bereit erklärt, mich mitzunehmen. Insgesamt haben wir 18 Stunden von Köln-Bonn nach Kigali gebraucht, wegen Zwischenstopps zum Auftanken in Nairobi und Entebbe. Die elf Flugstunden habe ich zusammen mit Rupert Neudeck, einem Arzt und einer Krankenschwester im Frachtraum gesessen, eingekeilt zwischen Medikamenten, technischem Material und einem Geländewagen. Mit diesem Toyota will das deutsche Hilfsteam zu einem Flüchtlingslager bei Goma fahren, einer kongolesischen Stadt direkt an der Grenze zu Ruanda.

„Wissen Sie schon, wie Sie zurückkommen, Schwester Lea?“, fragte mich Dr. Neudeck besorgt, nachdem wir am Vortag pünktlich um 18 Uhr in Köln-Bonn gestartet waren, wo alles bestens für uns organisiert worden war.

„Nein! Aber das wird sich schon irgendwie ergeben.“

Als ich über das leere Rollfeld zum Flughaufengebäude gehe, bin ich nicht mehr ganz so optimistisch. Auch die Abfertigungshalle ist nahezu verwaist. Drei Blauhelme aus den USA, Kanada und Ghana versuchen mit vereinter Kraft, eine provisorische Wasserleitung zu installieren, damit die Toiletten wieder benutzt werden können.

Der Flughafen liegt in Kanombe, etwa zehn Kilometer von Kigali entfernt. Vor der Abfertigungshalle warten weder Taxis noch Busse. Das *Cap Anamur*-Team hat seinen Geländewagen startklar gemacht. Der Toyota hält in der Einbuchtung der Bushaltestelle, an der ich etwas ratlos stehe. Rupert Neudeck streckt seinen Kopf zum Fenster raus:

„Sollen wir Sie nach Kigali bringen?"

„Vielen Dank, sehr freundlich. Doch das ist nicht nötig. Ich finde eine andere Mitfahrgelegenheit. Ganz bestimmt!"

Ich will diese in dem Flüchtlingslager bei Goma so dringend gebrauchten Helfer nicht aufhalten. Ich bleibe allein zurück und weiß nicht, was ich machen soll. Da nähert sich ein Auto mit einem schwarzen Mann am Steuer und einer weißen Frau auf dem Beifahrersitz. Die beiden stellen sich als UNICEF-Mitarbeiter vor, die etwas abholen wollen. Die Frau, eine Engländerin, bietet mir an, mich nach Kigali mitzunehmen.

„Wir müssen zum Uno-Hauptquartier im Zentrum. Wohin wollen Sie?"

„Zum Kloster der Benebikira im Stadtteil Nyamirambo."

Ich hatte fünf Jahre, von 1967 bis 1972, in Ruanda verbracht. Zunächst sechs Monate auf der Sprachenschule *Cela* der Weißen Väter in Kigali und danach viereinhalb Jahre – zuerst als Lehrerin, dann als Direktorin – an einer Internats-Mittelschule für Mädchen mit angeschlossenem Lehrerinnen-Seminar in Nyanza, dem alten ruandischen Königssitz. Anschließend war ich immer wieder, wenn sich eine Möglichkeit bot, zum Land der tausend Hügel im Herzen Afrikas gereist.

Als mich im Sommer 1994 die Nachricht von dem Genozid erreichte, hielt mich nichts mehr in Hirzenach: Innerhalb von nur hundert Tagen, von Anfang April bis Mitte Juli, waren in Ruanda, einem kleinen Land mit acht Millionen Einwohnern, 800.000 Menschen ermordet worden – überwiegend Tutsi, aber auch Hutu. Ich setzte alle Hebel in Bewegung, um nach Kigali zu gelangen. Ich wollte meine ehemaligen Schülerinnen sehen und vor Ort klären, wie ich ihnen von Deutschland aus helfen konnte. Und ich wollte die Benebikira-Schwestern Veneranda, eine Hutu, und Raphaela, eine Tutsi, zur Erholung mit nach Deutschland nehmen. Ich kannte die beiden aus Nyanza. Angeblich hielten sie sich schwer verletzt in dem Benebikira-Kloster in Nyamirambo auf.

Die Benebikira sind eine afrikanische Kongregation; meine Gemeinschaft, die Weißen Schwestern, hatte sie 1914 in Ruanda gegründet. Unser Gründer, Kardinal Lavigerie, hatte uns im 19. Jahrhundert angewiesen, auf die Aufnahme von Afrikanerinnen zu verzichten, denn:

„Wenn ihr selber Schwestern aufnehmt, sucht ihr euch die besten heraus, und einheimische Gemeinschaften können nicht entstehen. Wenn es vitale einheimische Gemeinschaften gibt, werden sie später, wenn ihr nicht mehr in Afrika seid, eure Werke fortführen."

Kigali war früher eine *boma* – eine Art Festung mit Verwaltungsgebäuden, Kasernen, einer Post und einer Missionsstation. Die deutschen Kolonialherren hatten sie 1907 als ihren Verwaltungssitz in einer unbesiedelten, strategisch günstig gelegenen Gegend mitten im zentralen Hochland errichtet. Die *boma* entwickelte sich allmählich zu einem Handelszentrum. Auch die belgischen Kolonialherren, die 1916 die deutschen vertrieben, verwalteten die Kolonie von Kigali aus. Doch erst nach der Unabhängigkeit im Jahre 1962 wuchs es zu der Metropole heran, die es heute – wieder – ist. 1962 hatte Kigali gerade einmal 5000 Einwohner; 1994, vor dem Genozid, waren es 500.000.

Die Hauptstadt Ruandas liegt auf 1540 Metern Höhe über viele Hügel verstreut. Der Hügel im Zentrum mit der Hauptgeschäftsstraße Avenue du Commerce heißt Nyarugenge. Nyamirambo erreichen wir nach einer halben Stunde Fahrt, die uns durch fast menschenleere Straßen führt. Sauber gekehrt. Und doch hängt ein süßlicher Geruch von Verwesung darüber. Die wenigen Menschen, die wir sehen, kommen mir wie geisterhafte Schatten vor. Sie verbrennen Unrat auf kleinen Feuern.

„Wenn wir erst mal wieder eine funktionierende Wasserversorgung und Elektrizität haben, geht es uns besser", sagt die nette Engländerin. Als wir vor dem Benebikira-Kloster halten, schreibt sie mir zum Abschied die Adresse des UNO-Hauptquartiers auf, in dem auch das Kinderhilfswerk UNICEF zu erreichen ist: „Melden Sie sich, wenn Sie Hilfe brauchen!"

Ich bin wieder allein. Eine tödliche Stille umfängt mich – so scheint es mir. Kein Mensch weit und breit, obwohl dies eine typische Wohnstraße ist, eng bebaut mit eingeschossigen Häusern. An allen finden sich Spuren von Vandalismus und blinder Zerstörungswut. Ich klopfe an die Klosterpforte, die nur an einer Angel hängt, und rufe:

„Hodi!" – „Hallo!"

Ich stoße sie auf – dahinter bietet sich mir ein Bild der Verwüstung. Zertrümmerte Fenster, eingetretene Türen. Zerhacktes Mobiliar auf dem Innenhof, über den der Wind Papiere aus zerfetzten Aktenordnern treibt. Überall rostbraune Flecken auf dem Boden.

„Ist das geronnenes Blut?", frage ich mich entsetzt, als ich hinter mir das Geräusch von leisen Schritten höre. Ich fahre erschrocken herum und sehe eine verhuschte alte Frau, die anscheinend Angst vor mir hat. Ich lächele sie beruhigend an und sage: „Nda shaka Benebikira." – „Ich suche die Benebikira."

Sie macht mir ein Zeichen, ihr zu folgen, und führt mich hinaus zu einem Haus auf der anderen Straßenseite.

„Sind die Schwestern hier?", frage ich die alte Frau auf Kinyarwanda. Sie nickt stumm und verschwindet so leise, wie sie gekommen ist.

Das zum Teil zerstörte Haus gehörte einer Tutsi, deren Mann und Kinder ermordet worden waren. Sie hatte zwei Benebikira bei sich aufgenommen. Andere, hieß es, hätten sich zu den Soeurs Bernardines und in die Pfarrei Saint-Michel geflüchtet. In dem Haus traf ich auch einen Abbé und zwei Schwestern, die auf der Durchreise nach Rwamagana waren, wo sich angeblich ein Lager für Waisenkinder befand. Verwandte und Bekannte aus Butare hatten von diesem Gerücht gehört. Die beiden Ordensfrauen hatten sich angeboten, den Wahrheitsgehalt zu überprüfen. Sie wurden mit einem Auto versorgt und mit Namenslisten vermisster Kinder ausgestattet, die sie in Rwamagana suchen sollten. Da sie ohnehin bald aufbrechen wollten, fuhren sie sofort weiter und setzten mich in der Pfarrei Saint-Michel ab.

Dort platzte ich unversehens in eine offizielle Versammlung, die im Pfarrsaal der Kathedrale tagte. Etwa 50 ruandische Schwestern, Patres, Brüder und Priester saßen zusammen. Vor ihnen stand der katholische Erzbischof von New York, flankiert von seinem Sekretär und dem amerikanischen Botschafter. Der Erzbischof war einer der so genannten Delegates Apostolic American, die recherchierten, wie sich die katholische Kirche in Ruanda während des Genozids verhalten hatte.

Der hohe US-Kleriker hatte nicht viel Zeit, nur 45 Minuten, um sich die Berichte der hier Versammelten anzuhören. 35 Minuten redete er selbst. Ich kann nicht wiedergeben, was er gesagt hat. Niemand hat es verstanden, weil er Französisch zu sprechen versuchte, obwohl er es kaum konnte. In den zehn verbleibenden Minuten lauschte er mit starrer Miene den Selbstbezichtigungen dieser trauernden, verzweifelten Menschen.

„Ja, es ist wahr! Tutsi wie Hutu sind katholisch. Katholiken haben Katholiken getötet."

„Wir Priester haben es nicht verhindert."

„Auch wir Schwestern und Brüder haben das Morden nicht gestoppt."

„Warum waren wir nicht so mutig wie die urchristlichen Märtyrer?"

Erst als ein Vorwurf geäußert wurde, kam wieder Bewegung in den Erzbischof. Ein junger Priester stand auf und klagte an:

„Als wir Schwarzen euch am nötigsten brauchten, habt ihr Weißen uns schmählich im Stich gelassen!"

Der Erzbischof schaute auf seine Armbanduhr – und eilte hinaus. Sein Sekretär und der amerikanische Botschafter folgten ihm auf dem Fuße.

Auf der Versammlung hatte ich zufällig meinen alten Freund Jean Damascen wiedergetroffen, Theologie-Professor und Pfarrer. Ich saß neben ihm. Als sich die anderen zu Wort meldeten, spürte ich, dass auch er gerne etwas gesagt hätte, aber er konnte nicht – er war zu erschüttert. Nachdem die Delegation aus den USA gegangen war, zeigte er mir zitternd einen hellen Streifen an seinem linken Handgelenk.

„Bis vor kurzem hatte ich auch noch eine Armbanduhr."

Jean hatte in seiner Kirche 140 Tutsi Asyl gewährt. Keine Chance! Hutu-Milizen stürmten die Kirche, trieben die Tutsi nach draußen und erschossen sie auf dem Vorplatz. Jean wurde auf einen Lastwagen geladen, auf dem Tutsi und oppositionelle Hutu saßen, die in einem Massengrab außerhalb der Stadt „entsorgt" werden sollten. Der junge Hutu-Milizionär, der die Menschen auf der Ladefläche mit seinem Gewehr in Schach hielt, war früher ein Schüler Jeans gewesen. Als er seinen Lehrer erkannte, zögerte er kurz. Dann riss er ihm die Armbanduhr vom Handgelenk und versetzte ihm einen kräftigen Tritt mit seinem genagelten Stiefel. Jean flog rücklings über die Ladeklappe und landete im Straßengraben, wo er das Bewusstsein verlor. Als er wieder aufwachte, wurde ihm bewusst: „Dieser Milizionär hat mir das Leben gerettet!"

Aber er habe sich nicht darüber freuen können, sagte Jean. Er fühlte sich schuldig, weil die anderen sterben mussten und er lebte.

Bereits 1959, als Ruanda noch von Belgien als Treuhandgebiet der UNO verwaltetet wurde, kam es zu bürgerkriegsähnlichen Ausschreitungen zwischen der Hutu-Mehrheit (etwa 85 Prozent der Bevölkerung) und der Tutsi-Minderheit (etwa 14 Prozent). Viele Tote und eine Massenflucht von 150.000 Tutsi in Nachbarländer waren die Folge. 1963, ein Jahr nach der Unabhängigkeit, tobte wieder ein Bürgerkrieg. Geflohene Tutsi – inzwischen lebten rund 350.000 im benachbarten Ausland oder im europäischen Exil – versuchten, die Macht in Ruanda an sich zu reißen, was die Hutu-Regierung blutig verhinderte. Ab 1990 forderte die Tutsi-Rebellenarmee FPR (Front Patriotique Rwandais), die sich in Uganda formiert hatte, die Rückkehr der Tutsi-Flüchtlinge nach Ruanda. 1993 wurde unter Federführung der Vereinten Nationen der Friedensvertrag von Arusha ausgehandelt. Die UNO stationierte Blauhelme in Ruanda, um von ihnen die Umsetzung des Abkommens überwachen zu lassen.

Da der Vertrag von Arusha Teilung von Macht und Verlust von Privilegien für die Hutu-Regierung bedeutete, bereiteten extremistische Hutu-Kreise einen Völkermord an der Tutsi-Minderheit und Hutu-Oppositionellen vor, wobei sie sich auch der einheimischen Medien bedienten, um den Hass gegen die „Tutsi-Kakerlaken" zu schüren. Die Extremisten waren bereits seit 1990 aktiv, gefördert von der führenden Hutu-Clique *Akazu*. Vor den Augen der Blauhelme von UNAMIR (United Nations Assistance Mission for Rwanda) rekrutierten die Extremisten parastaatliche Hutu-Milizen: „*Interahamwe*" – „die zusammen kämpfen".

Der Massenmord begann am 6. April 1994. Auslöser war ein Attentat auf den ruandischen Staatspräsidenten Juvénal Habyarimana, einen Hutu, dessen Flugzeug abgeschossen worden war – von Tutsi, wie behauptet wurde. Doch vieles spricht dafür, dass radikale Hutu das Attentat verübt haben, um einen Brand zu legen, der sich rasant zum Flächenbrand ausweitete.

Am 21. April 1994 beschlossen die Vereinten Nationen, den

Großteil ihrer Blauhelme abzuziehen. Nur der kanadische General Roméo Dallaire blieb mit 270 Soldaten zurück. Erst als im Juli 1994 von Uganda aus die Tutsi-Truppen der FPR eingriffen und Kigali einnahmen, wurde das Morden und Metzeln beendet.

Der einstige UNAMIR-Befehlshaber Roméo Dallaire leistet in seinem Buch *Handschlag mit dem Teufel* (2005 auf deutsch erschienen) aufwühlende Erinnerungsarbeit. Der Kanadier klagt nicht nur den Westen an, der bei dem größten Genozid des ausgehenden 20. Jahrhunderts wegschaute, statt hinzusehen – er geht auch mit sich selbst hart ins Gericht. Dallaire bedauert zutiefst, dass er auf seine Vorgesetzten gehört und nicht eigenmächtig gehandelt hat.

Bereits im Januar 1994 wusste der UNAMIR-Kommandant, dass Hutu-Extremisten – unterstützt von höchsten Regierungskreisen – gezielt ein Massaker vorbereiteten und sich dafür illegal Waffen beschafften. Er bot der UNO an, diese Waffenlager auszuheben. Doch das wurde ihm mit dem Argument untersagt, dies sei durch das Mandat nicht abgesichert. Dallaire in einem Interview mit *3sat*:

„Ich hatte beschränkte Autorität über eine gemischte Truppe. Wenn es nur kanadische Soldaten gewesen wären, hätte ich vielleicht mit meiner Regierung verhandeln können. Aber so nicht. Die Belgier unter meinem Kommando wollten mitziehen, auch sie wurden zurückgepfiffen."

Anfang April 1994, gleich nach Beginn des Genozids, wurde das Blauhelm-Kontingent kurzfristig durch belgische, italienische und französische Soldaten verstärkt – sie sollten nicht dem Morden und Metzeln Einhalt gebieten, sondern Landsleute retten. Dallaire weiter:

„Ich habe Europäer gesehen, die dort seit Jahrzehnten lebten, wie sie mit schweren Koffern und ihrem Hund wegliefen und sich von den Soldaten zum Flughafen bringen ließen. Um Tutsis und Hutus, die ihr Leben lang für sie gearbeitet hatten, kümmerten sie sich nicht. Sie ließen Menschen, die sich mit Herz und Seele für sie eingesetzt hatten, die ihre Kinder aufgezogen hatten, einfach hängen. Auch die europäischen Soldaten ignorierten Ruander, die laut um Hilfe flehten."

Dallaire, dieser hagere Mann mit gebeugtem Rücken und schwermütigen Augen, den lange Selbstmordgedanken quälten, hat sein Buch im Untertitel *Das Scheitern der Menschlichkeit in Ruanda* genannt. 2004, am zehnten Jahrestag des Genozids, ist er an den Ort des Verbrechens zurückgekehrt, um etwas zu tun, was eigentlich Pflicht von uns allen gewesen wäre. Er entschuldigte sich öffentlich für die Unmenschlichkeit des Westens und übernahm persönliche Verantwortung. Vor den vollbesetzten Rängen des Sportstadions in Kigali sagte er:

„Ich, Roméo Dallaire, Uno-Kommandant, habe seit Januar 1994 dem ruandischen Volk gegenüber versagt."

Es wird oft behauptet, Tutsi, die in Kirchen und Klöstern Schutz gesucht hatten, seien von Priestern und Nonnen den Milizen übergeben worden. So ungeheuerlich es auch klingen mag – es gab sie, die Priester, Brüder und Schwestern, die zu Verrätern der Menschlichkeit und des christlichen Glaubens wurden. Aber es gab auch die Abbés Célestin und Bosco, die immer wieder ihren eigenen Tod riskiert hatten, um andere zu retten. Es gab Jean Damascen, der zutiefst verzweifelt war, weil sein Rettungsversuch misslang und 140 Menschen, die er in seiner Kirche versteckt hatte, sterben mussten. Ich habe im August 1994 vor Ort viele solcher Geschichten gehört.

Am Samstag besuchte ich die Pfarrei Sainte-Famille, wo ich zwei Biseramariya-Schwestern antraf. Sr. Apollonia zeigte mir die Kirche, in der Hunderte von Tutsi Zuflucht gesucht hatten – vergeblich. Alle waren ermordet worden.

„Es war so schrecklich", sagte Apollonia bitterlich weinend. „Vor unseren Augen sind diese Menschen, Erwachsene wie Kinder, mit Macheten zerstückelt oder erschossen worden, und wir konnten nichts dagegen tun. Nach dem Massaker die Toten begraben war alles, was uns übrig blieb."

Ich war tief beeindruckt von diesen Ordensfrauen, die trotz all der Grausamkeiten, die sie miterlebt hatten, durchhielten und die Not zu lindern versuchten, unter der nach dem Genozid die gesamte Bevölkerung litt. Jetzt lebten auf dem Gelände der Pfarrei Frauen und Kinder, viele davon Waisen, die aus ihren Häusern vertrieben worden waren oder ihre Familien verloren hatten. Die beiden Biseramariya verbanden Wunden, pflegten Kranke und verteilten ihre letzten Lebensmittelreserven. Bohnen und Reis waren fast aufgebraucht. Sie wussten nicht, wie sie neue Lebensmittel beschaffen sollten. Die *Caritas* war geplündert worden, das *Internationale Rote Kreuz* hatte auch keine Vorräte mehr. Es gab nur noch auf dem Schwarzmarkt Lebensmittel, die Unsummen kosteten.

Den Pfarrgarten mit Obst und Gemüse hatten die Milizen verwüstet. Auch im verlassenen, fast völlig zerstörten Kloster der Weißen Schwestern – meiner Gemeinschaft – waren Bananenstauden und Papayabäume abgehackt worden. Ebenso im *Cela*, der Sprachenschule der Weißen Väter. Die Hutu-Marodeure hatten alles vernichtet, was wuchs und gedieh. In ihrem blindwütigen Hass gingen sie sogar so weit, auch ihrer eigenen ethnischen Gruppe die letzten Lebensgrundlagen zu rauben.

In der Pfarrei Saint-Paul das gleiche Elend wie in Sainte-Famille. Auch hier waren Familien, Witwen und Waisen untergekommen. Die Kinder litten unter der Eiweißmangel-Krankheit Kwashiokor: aufgedunsene Bäuche, streichholzdünne Gliedmaßen, glattes, fahles Kopfhaar. Auch die Patres und Schwestern, die sich um die Obdachlosen kümmerten, sahen mager und ausgezehrt aus.

Am Freitagabend nach der Konferenz in der Kathedrale Saint-Michel hatten mich Ordensfrauen mit zu den Soeurs Bernardines genommen, wo ich übernachten konnte. Das Bernhardinerinnen-Kloster war nahezu unversehrt geblieben. Hierher hatten sich Schwestern aus verschiedenen Ordensgemeinschaften geflüchtet. Vier Karmelitinnen erzählten, dass alle 13 Schwestern ihrer Gemeinschaft überlebt hatten, aber ihr Kloster in Nyamirambo war dem Erdboden gleichgemacht worden. Die Assumptionistin Sr. Astérie berichtete, dass von sieben ruandischen Schwestern ihrer Gemeinschaft sechs umgebracht worden waren. In ihrem Kloster hatten sie zwei Monate lang Tutsi versteckt. Hutu-Milizen haben diese Menschen zerhackt oder lebendig begraben. Fast alle Schwestern hatten Verwandte verloren: Sr. Carola von den Bernhardinerinnen neun Familienmitglieder; Sr. Christine, eine Karmelitin, war als einziges von acht Geschwistern am Leben geblieben.

In dem Bernhardinerinnen-Kloster fand ich dann endlich auch die Benebikira-Schwester Veneranda. Schwester Raphaela, erfuhr ich zu meiner Freude, lebte auch noch. Sie war zu Verwandten in Uganda geflüchtet. Veneranda saß in einem Rollstuhl, von der Taille an abwärts gelähmt, weil sie bei dem Überfall auf das Kloster in Nyamirambo, wo die Benebikira Tutsi-Familien versteckten, durch fünf Granatsplitter im Rücken verletzt worden war. Als erste Hilfe war sie notdürftig im Krankenhaus des Internationalen Roten Kreuzes versorgt worden, aber dort konnte sie weder geröntgt noch operiert werden. Ich entschloss mich, sie nach Deutschland zu bringen – einerlei, wie schwierig das sein würde.

Am Samstag, dem 6. August 1994, fuhr ich mit dem Auto der Bernhardinerinnen in die Innenstadt zum UNO-Hauptquartier. Dort bat ich die UNAMIR wegen Schwester Veneranda um Hilfe. Nach einem langem Hin und Her erklärten sich schließlich die Briten bereit, Veneranda und mich in einem Militärflugzeug mitzunehmen. Wann genau, konnten sie samstags noch nicht sagen.

Über einen hilfsbereiten Oberst der Tutsi-Befreiungsfront FPR gelang es mir nach zähen Verhandlungen, eine Ambulanz zu organisieren, die Veneranda, wenn es so weit war, zum Flughafen bringen würde. Vorher allerdings, das wurde zur Bedingung gemacht, musste ein UNAMIR-Mediziner sie untersuchen und ihre Transportfähigkeit bescheinigen. Der amerikanische Arzt war nicht davon überzeugt, dass die schwer verletzte, querschnittsgelähmte Veneranda transportfähig war. Doch er sah ein, dass es besser war, eine Verschlechterung ihres Zustands durch die Reisestrapazen in Kauf zu nehmen, als sie ohne Behandlung in Kigali zurückzulassen.

Veneranda besaß keine Papiere, und eine neue Regierung, die einen provisorischen Pass hätte ausstellen können, gab es noch nicht. Die UNAMIR verwies mich an die belgische Botschaft, wo ich ein Eilvisum beantragen sollte. Der arrogante Botschaftssekretär behandelte mich wie Luft. Ich brach einen handfesten Streit vom Zaun, woraufhin er sich bemüßigt fühlte, „die Angelegenheit bis Montag zu prüfen".

Am Sonntagvormittag um elf Uhr sollte ich erneut im UNO-Hauptquartier vorsprechen, um mich nach dem Flug mit der *Royal Air Force* zu erkundigen. Es stellte sich heraus, dass es nun doch keine Möglichkeit gab – was nicht ganz so schlimm war, weil sich unsere Reiseroute inzwischen geändert hatte: Wir wollten nicht mehr nach Deutschland, sondern nach Belgien. Am Samstag hatte ein soeben in Kigali gelandeter belgischer Priester die Bernhardinerinnen umgehend darüber informiert, dass Pater Vermersch von den Weißen Vätern in Brüssel für Venerandas kostenlose Behandlung in einem Brüsseler Klinikum gesorgt hatte. Das hatte Vermersch sich auch gleich schriftlich geben lassen. Mit dieser Bescheinigung, so hoffte ich, würde uns die belgische Botschaft vielleicht „etwas aktiver" helfen.

Bei meinem zweiten Besuch dort bestand ich darauf, den Botschafter persönlich zu nerven. Er ließ mich sofort vor und versprach mir, sich nicht nur um ein Visum, sondern auch um den Transport nach Belgien zu kümmern. Am Montagmorgen um neun Uhr sollte ich wiederkommen. „Bis dahin habe ich alles geregelt", versicherte er mir.

Im UNO-Hauptquartier hatte ich die hilfsbereite Engländerin von UNICEF wiedergetroffen. Sie bat mich, mit nach Nyanza zu kommen, weil sie sich dort nicht auskannte. Ich freute mich sehr über diese Möglichkeit. Am Sonntag fuhren wir in einem offiziellen UNO-Wagen nach Nyanza und Gatagara. Dank des UNO-Wimpels konnten wir die Straßensperren der FPR immer schnell passieren.

In den vier Tagen, die ich im August 1994 in Ruanda verbrachte, habe ich es geschafft, Schwester Veneranda zu finden. Und ich habe es geschafft, einen Transport für sie nach Belgien zu organisieren – am Dienstag, dem 8. August 1994, landeten wir nach diversen bürokratischen Widrigkeiten morgens um sechs Uhr in Brüssel. Zurück in Deutschland habe ich es auch noch geschafft, dafür zu sorgen, dass sich acht schwer an Körper und Seele verletzte ruandische Waisenkinder ein Jahr lang in einem Franziskanerinnen-Kloster in Wadgassen bei Saarbrücken erholen konnten: Clementine, Jean Marie, Jean de Dieu, Ivette, Olivier, Albertina, Paulette und Sylvie.

Mich hat es geschafft, als ich am 7. August 1994 meine alte Schule in Nyanza wiedersah.

Ich war ja nicht dabei gewesen. Ich hatte den Genozid nicht miterlebt. Ich konnte nur darüber lesen oder mir Geschichten von Menschen erzählen lassen, die ihn überlebt hatten. Aber jetzt stand ich vor einem Trümmerhaufen, der mir, obwohl keine Toten mehr darunter lagen, wie eine Leiche vorkam. Ich bin keine leibliche Mutter, ich habe keine Kinder zur Welt gebracht – diese Schule war mein Kind gewesen.

Und nun war es tot.

So erschien es mir damals, im August 1994.

Während meines Juniorats an der Dominikaner-Hochschule in Toulouse ging ich fest davon aus, dass ich nach Ablauf dieses theologischen Jahres Ende September 1963 nach Afrika ernannt werden würde (wie man bei uns sagt). Die einzige Sorge, die mich quälte, war: „Hoffentlich nicht als Sekretärin von irgendeinem Bischof!“ Oder – noch schlimmer: „Als Küchenhilfe!“

Als meine Mitschwestern, die mit mir in Toulouse waren, im Juli 1963 ihre Ernennung nach Afrika bekamen und ich nicht, dachte ich: „Es ist ja noch Zeit.“ Außerdem hatte ich den eitlen Hintergedanken: „Vielleicht haben meine Oberen mit mir ja etwas ganz Besonderes vor.“

Der Juli verstrich, der August, auch der September war fast schon vorbei – nichts!

Obwohl das nicht gern gesehen wurde, weil wir uns in Bescheidenheit üben sollten, entschloss ich mich, bei meiner französischen Oberin Sr. Marie-Josée Dor nachzufragen. Doch die wusste auch nicht, was los war. Also erkundigte ich mich bei meiner deutschen Provinzialoberin Sr. Elfriede in Trier – die fiel aus allen Wolken.

„Um Gottes willen, Lea! Sie habe ich ja ganz vergessen!“

Die anderen flogen nach Afrika – und ich musste zurück nach Deutschland. Im Zug habe ich Rotz und Wasser geheult. Aber letztlich erwies es sich als göttliche Fügung, dass ich vergessen worden war. Wäre auch ich im Herbst 1963 nach Afrika geflogen, hätte ich mich nicht von meinem todkranken Vater verabschieden können. Und – ich wäre nicht Lehrerin geworden.

Gleich nach meiner Ankunft in Trier rief mich Schwester Elfriede in ihr Büro: „Was halten Sie von einem Lehramtsstudium bei den Armen Schulschwestern in München? Zwei andere Weiße Schwestern aus Deutschland haben das auch gemacht. Sie unterrichten inzwischen afrikanische Mädchen.“

Begeistert willigte ich ein. Endlich durfte ich den Beruf erlernen, den ich schon immer ergreifen wollte.

Kaum dass ich meine Ausbildung in München abgeschlossen hatte, erhielt auch ich meine Ernennung nach Afrika. Dass ich in ein Krisengebiet sollte, störte mich nicht. Meine Abenteuerlust überwog die Angst vor drohenden Gefahren. Aber über das, was mich erwartete, machte ich mich so gut wie möglich sachkundig.

Als ich Ende August 1967 als Vorbereitung für meine Tätigkeit in Nyanza den Kinyarwanda-Lehrgang auf der Sprachenschule *Cela* der Weißen Väter in Kigali begann, hatte ich alles über Ruanda gelesen, was es auf Deutsch und Französisch zu lesen gab. Viel war es nicht. Nach dem Genozid von 1994 ist eine Flut von Büchern erschienen. Doch das des belgischen Missionars Louis de Lacger über die *Geschichte Ruandas* von 1939 (1959 neu aufgelegt und erweitert durch P. Nothomb) scheint mir immer noch das hellsichtigste zu sein. Laut Lacger ist das vorkoloniale Ruanda ein nicht von Rassen-, sondern von Klassengegensätzen geprägtes Königreich, die niemandem auffielen – weder Außenstehenden noch Einheimischen, denn:

„Die Eingeborenen haben wirklich das Gefühl, einem einzigen Volk anzugehören. Es gibt nur wenige Völker in Europa, unter denen man diese drei Faktoren nationalen Zusammenhalts findet: einen Glauben, ein Recht, eine Sprache."

Die ruandische Kultur ist keine Schriftkultur; sie erzählt ihre Geschichte durch Geschichten, von Generation zu Generation. Daher ist es schwer, die Historie Ruandas – nach westlichen Maßstäben – wissenschaftlich zu rekonstruieren. Aber neuere archäologische Funde und linguistische Forschungen deuten darauf hin, dass Lacger Recht gehabt hat.

Zuerst seien die Twa da gewesen, schreibt er, die heute nur noch ein Prozent der ruandischen Bevölkerung ausmachen. Diese Pygmäen streiften als Jäger und Sammler durch die Urwälder Ruandas, bis in einer ersten Zuwanderungswelle die Hutu kamen, ein Bantu-Bauernvolk. Sie rodeten die Wälder, um Felder anzulegen. In großen Familienverbänden, „Clans", lebten sie auf jeweils einem Hügel, mit einem „Chief" als Oberhaupt. Etwa im 14. Jahrhundert nach christlicher Zeitrechnung erschienen in einer weiteren Wanderungswelle – womöglich von Äthiopien aus – Nomaden mit ihren Rindern in Ruanda. Im Gegensatz zu anderen Regionen Ost- und Zentralafrikas, wo die Urwälder noch nicht gerodet waren, fanden sie hier saftige Weidegründe vor – und ein Gemeinwesen, das sich in einer Art von Fürstentümern (den Sultanaten im arabischen Raum vergleichbar) organisiert hatte, die sich von Hügel zu Hügel bekämpften.

Die Tutsi akklimatisierten sich schnell, sie übernahmen die Sprache der Hutu und auch deren *Imana*-Glauben. Sie schafften es sogar, bei den Hutu den Eindruck zu erwecken, der Gott Imana persönlich hätte sie geschickt. Die in Kriegsführung geübten Tutsi boten den zerstrittenen Hutu ihren Schutz an und ließen sich dafür durch Abgaben und Frondienste entlohnen. So entstand ein feudales Staatssystem, das dem mittelalterlichen Lehnswesen in Europa vergleichbar ist.

Oberster Lehnsherr war der Tutsi-König, „Mwami" genannt. In der königlichen Armee gab der Tutsi-Adel den Ton an, als einfaches Fußvolk dienten Twa-Krieger. Zudem ernährten sich die Ureinwohner Ruandas, die durch die Abholzung der Urwälder ihrer Lebensgrundlage beraubt worden waren, als Hofnarren, Tänzer und Töpfer. In ihr Gerichts- und Verwaltungswesen hatten die Tutsi geschickt Oberhäupter der Hutu als Vasallen eingebunden, indem sie ihnen Schlüsselpositionen in den vom Königssitz Nyanza aus regierten Provinzen übertrugen. Nur die Hutu in der Nordprovinz leisteten erbitterten Widerstand.

Obwohl 1885 auf einer internationalen Konferenz der europäischen Kolonialmächte in Berlin Ruanda-Urundi den Deutschen als Kolonie zugeteilt worden war, ließen sie sich mit der Inbesitznahme Zeit. Erst 1892 gelang es dem österreichischen Naturforscher Oscar Baumann als erstem Europäer, bis ins südliche Ruanda vorzudringen. Zwei Jahre später bereiste der deutsche Graf von Goetzen das ganze Land. Er stellte sich auch am Königshof in Nyanza vor, wo er freundlich empfangen wurde. Warum, konnte er sich nicht erklären. Von Goetzen hatte damit gerechnet, dass er als erster Weißer, den diese Schwarzen sahen, Abwehr und Furcht erzeugen würde. Wie sollte er ahnen, dass den Ruandern die weiße Hautfarbe vertraut war, weil sie in ihrer Mythologie als etwas ganz Besonderes galt? Die Tutsi sagten, ihre Vorväter wären als weiße Söhne Imanas vom Himmel gefallen. Tutsi wie Hutu glaubten: Die schwarze Haut ihrer Verstorbenen wird weiß, wenn sie zu den verehrten Ahnen gehen.

1898 stationierten die Deutschen einen ersten Militärposten am Kivu-See. 1899 brachen Weiße Väter von der belgischen Kolonie Uganda aus nach Ruanda auf, um dort das Christentum zu verbreiten. Der Belgier Monsignore Hirth, der seit 1878 apostolischer Vikar in Zentralafrika war, begleitete die Missionare. „Die Eingeborenen machen einen sehr guten Eindruck", schrieb Hirth in einem Brief nach Rom über die Einheimischen. „Sie flüchten nicht wie anderswo beim Erscheinen der Weißen." Auch Hirth wusste nicht, dass die weiße Hautfarbe eine zentrale Rolle im Imana-Glauben und Ahnenkult der Ruander spielte.

Die Weißen Väter und später auch andere Missionsorden errichteten Missionsstationen und Missionsschulen. In rasant wachsender Zahl ließ sich die Hutu-Mehrheit bekehren, vor allem, weil damit das Angebot verbunden war, Lesen und Schreiben zu lernen. Die Tutsi-Minderheit, die ihren Herrschaftsanspruch direkt von Imana herleitete, lehnte den neuen Glauben zunächst ab. Durch die Bildung sei in den Hutu, schreibt Lacger, ein Klassenbewusstsein erwacht. Für sie war der Katholizismus auch eine Möglichkeit, sich aus der feudalen Knechtschaft zu befreien.

Die deutschen Kolonialherren hatten auf eine Politik des Laisser-faire gesetzt. Die Macht des Mwami und des Adels ließen sie unangetastet, ja sie halfen den Tutsi sogar militärisch dabei, den Hutu-Widerstand in der Nordprovinz zu brechen. Die belgischen Kolonialherren, die sich die deutsche Kolonie Ruanda-Urundi im Ersten Weltkrieg aneigneten, teilten ihre Macht nicht mit dem Mwami und dem Adel. Für Verwaltungsaufgaben brauchten sie gebildete Einheimische. Da nur Hutu alphabetisiert worden waren und zunehmend auch an den Priesterseminaren studierten, gerieten die Tutsi bald ins Hintertreffen. Darum kam es Pfingsten 1931 zu einer spektakulären Massentaufe, durch die der Mwami mit seinem gesamten Hofstaat zum katholischen Glauben übertrat. Danach errangen die Tutsi führende Positionen in der belgischen Kolonialverwaltung, an den neuen Schulen und Hochschulen. Ein erbitterter Konkurrenzkampf zwischen den beiden Bevölkerungsgruppen war die Folge – und ein wachsender Hass.

Weil ich Ruanda gut kenne, werde ich immer wieder gefragt, ob ich eine Erklärung dafür habe, wie es zu dem Genozid kommen konnte. Ich weiß es nicht. Ich habe die Ruander als liebenswürdig und hilfsbereit kennen gelernt. Ich weiß nur, dass Hass die Mitmenschlichkeit zerstört und dass wir Menschen dafür anfällig sind.

Am 25. Mai 1972 habe ich meiner Mutter in Klarenthal aus Nyanza einen kurzen Eilbrief geschickt. Ich wollte sie unbedingt beruhigen:

Liebe Mutti! Du hast bestimmt von den Unruhen in Burundi gehört. Dort soll es schlimm sein, hier merkt man praktisch nichts davon. Kein Grund zur Sorge!

Auf der internationalen Konferenz in Berlin 1885 wurden Ruanda und Burundi – zwei benachbarte Regionen mit einer identischen Kultur und Gesellschaftsstruktur – zu Ruanda-Urundi zwangsvereinigt. 1962 wurden sie als zwei getrennte Staaten selbständig. In Ruanda regierte die Hutu-Mehrheit und in Burundi die Tutsi-Minderheit. Die Hutu-Rebellion im Mai 1972 in Burundi diente dem Tutsi-Regime als Vorwand, einflussreiche oder unliebsame Hutu „verschwinden" zu lassen. Abertausende wurden ermordet, überwiegend Menschen, die sich gar nicht an dem Aufstand beteiligt hatten. Genaue Zahlen fehlen, die Schätzungen schwanken zwischen 50.000 und 300.000.

Es gab durchaus Grund zur Sorge, aber das verschwieg ich meiner Mutter. Doch unserem Klarenthaler Pfarrer Herbert Spaniol, mit dem wir beide gut befreundet waren, schrieb ich:

Lieber Herbert, bitte sag Mutti nichts davon! Aber die momentan noch ruhige Lage hier kann sich schlagartig verändern. Was zur Zeit in Burundi passiert, muss unbeschreiblich entsetzlich sein. Ich habe die Befürchtung, dass es gravierende Folgen für Ruanda haben wird. Die Hutu hier werden sich noch entsetzlicher an den hiesigen Tutsi rächen. Das ist nur eine Frage der Zeit.

Die Menschen hassten einander nicht zwangsläufig, weil die einen Tutsi und die anderen Hutu waren. So genau konnte man die Trennlinie ja auch gar nicht ziehen; schließlich waren viele durch Heirat miteinander verwandt oder verschwägert. Es waren kleine, machtbesessene Cliquen, die den Hass schürten, um ihn für ihre Zwecke zu nutzen.

Als ich 1967 nach Ruanda ernannt wurde, war es seit fünf Jahren eine „Demokratische Republik". In Kigali regierte die Hutu-Partei *Parmehutu*. An der Internatsschule in Nyanza in Trägerschaft der Weißen Schwestern unterrichteten wir 200 Schülerinnen: Hutu und Tutsi. Zu meiner Überraschung erkannte ich, dass das alte Feudalsystem aus vorkolonialer Zeit weiterlebte.

Bei Lehrproben fiel mir auf, dass eine Tutsi aus unserem Lehrerinnen-Seminar mit größerem Selbstbewusstsein vor der Klasse stand als eine Hutu. Auch wenn die Tutsi schlecht vorbereitet war, wurde sie als Autorität anerkannt.

Einmal, gleich zu Anfang meiner Zeit in Nyanza, habe ich mit einer Schülerin ihre Familie besucht. Mit ihren Verwandten saßen wir abends am Feuer. Einer erzählte, ein Nachbar habe ihm seine einzige Kuh gestohlen und behaupte nun, sie gehöre ohnehin ihm, weil sie ständig ausgebrochen sei und die Süßkartoffeln auf seinem Feld gefressen habe. Ich argumentierte mit dem mir vertrautem westlichen Rechtsdenken:

„Der Eigentümer der Kuh sind Sie! Der Nachbar muss sie Ihnen zurückgeben."

„Sie irren sich, Schwester Lea!", sagte meine Schülerin. „Dass die Kuh unentwegt weglief, ist ein Zeichen dafür, dass ihr Eigentümer sie nicht gut versorgt hat. Wenn sie nicht auf dem Feld des Nachbarn gefressen hätte, wäre sie wahrscheinlich schon längst verhungert. Dass sie noch lebt, ist ihm zu verdanken. Also gehört diese Kuh dem Dieb!"

Das leuchtete allen am Feuer ein, weil es der Rechtsprechung aus vorkolonialer Zeit entsprach.

Die Verinnerlichung dieses uralten Feudalsystems führte sogar dazu, dass europäische Lehrer und Lehrerinnen von den Schülerinnen als Hutu oder Tutsi klassifiziert wurden. Ich galt anfangs als Tutsi, sie nannten mich „Nyiramahembe“ – „Mutter des Horns“. Vermutlich, weil ich vergleichsweise groß war und mein langes Haar wie ein „Horn“ aufgesteckt trug – ich weiß es nicht. Allerdings bekam ich schon bald einen anderen Spitznamen: „Mistschwester“.

Kurz nach meiner Ankunft in Nyanza hatte ich begonnen, auf dem Schulgelände einen Gemüsegarten anzulegen. Ich animierte Straßenkinder, die bei uns bettelten, mir Kuhdung als Dünger zu bringen; im Gegenzug bekamen sie Essen oder Kleidung. Ließ ich mich draußen auf der Straße blicken, war ich sofort von Kinderhorden umzingelt, die riefen: „Die Mistschwester ist da! Die Mistschwester ist da!“

Die belgischen Kolonialherren hatten das Schulsystem aus Belgien in Ruanda eingeführt. Nach der Unabhängigkeit 1962 wurde es von der Hutu-Regierung übernommen. In Nyanza gab es vier Schulen: eine koedukative staatliche Volksschule; ein katholische Mittelschule für Jungen; ein katholisches Jungengymnasium; eine katholische Mittelschule für Mädchen – „meine“ Schule – mit angeschlossenem Lehrerinnen-Seminar, in dem sich Schülerinnen mit einem guten Mittelschulabschluss für das Volksschullehramt in den Klassen 7 bis 9 qualifizieren konnten.

Das belgische Schuljahr war nicht in zwei Halbjahre unterteilt wie in Deutschland, sondern in drei Trimester. Es begann im Herbst und endete im Sommer. Die Sommerferien waren die einzigen langen Ferien. Die Trimester-Ferien in der Weihnachts- und Osterzeit waren so kurz, dass es sich für das Gros unserer Schülerinnen nicht lohnte, die beschwerliche Heimreise in entlegene Gegenden anzutreten. Bis auf sechs Wochen im Jahr lebten wir zusammen: die 200 Mädchen, das weltliche Lehrerkollegium und die Weißen Schwestern.

Ruanda kennt keine Dorfstruktur; Streusiedlungen sind typisch für dieses bevölkerungsreiche, kleine Land. Die Hütten und Häuser der Bauern und Viehzüchter liegen meist dicht beieinander – und doch um Abstand bemüht. Zu meiner Zeit in Ruanda bestimmte noch der *rugo* das Landschaftsbild: ein von einer hohen Hecke umgebener, runder Hof, in dem sich das Familienleben abspielte. Hier wurde gearbeitet, gekocht und palavert.

„Hodi!", rief ein Gast, der abends am Feuer mitpalavern wollte, draußen vor der Hecke.

„Komm rein!", tönte es vielstimmig von drinnen.

Als Schlafraum für Menschen und Kleintiere diente eine Rundhütte mit geflochtenen Wänden und einem je nach Region wechselnden Schilf- oder Strohdach. Die Wohlhabenderen waren Ende der 1960er Jahre schon zu einer moderneren Bauweise übergegangen: rechteckige, eingeschossige Häuser aus Backsteinen mit einem Ziegel- oder Blechdach. Ton gibt es reichlich in Ruanda. Aber es mangelt an Holz. Zur Ziegel- und Backsteinherstellung wird Holzkohle verwendet, was zur Abholzung der Waldbestände führt.

Die Kleinbauern – und ebenso die kleinen Rinderzüchter – waren bitterarm. Sie bewirtschaften nur winzige Anwesen mit dem *rugo* in der Mitte. Die Erträge reichten meist nicht einmal für die Selbstversorgung. Grundnahrungsmittel waren Bohnen, Maniok, Süßkartoffeln und Bananen. Ruanda ist ein Land der Bananen-Haine; aus Bananen wird Brei, Bier und Schnaps zubereitet.

Frauen und Männer teilten sich die Arbeit. Für das Vieh und die schwere Feldarbeit waren die Männer zuständig. Frauen machten die leichtere Feldarbeit, holten Wasser von Brunnen oder Verkaufsstellen und trugen auf ihren Köpfen landwirtschaftliche Überschüsse, falls vorhanden, kilometerweit zu den Märkten. Diese Marktflecken, meist rund um Missionsstationen entstanden, waren die einzigen Orte, die man nach westlichen Maßstäben – wenn überhaupt – Dörfer oder Kleinstädte nennen könnte. Auch der alte Königssitz Nyanza entwickelte sich zu einem Marktflecken, nachdem dort eine Missionsstation gegründet worden war.

Die Belgier hatten in den 1950er Jahren noch einen Palast für den vorletzten Mwami Mutara III. (1931–1959) errichtet. Nicht direkt in Nyanza auf einem relativ dicht bebauten Hügel, wo vormals auch die Könige residierten, sondern auf dem Nyanza zugewandten Hang eines unbesiedelten Hügels. Dieser einsame Palast, der von europäischen Architekten im sachlich-kühlen Bauhaus-Stil entworfen worden war, ist nie bezogen worden – noch heute steht er leer.

Bevor der Palast fertiggestellt war, floh Mutara vor den Unruhen im Jahr 1959 nach Uganda. Dort sei er bei einem Zahnarztbesuch auf ungeklärte Weise ums Leben gekommen, hieß es. Sein Nachfolger Kigeri V. (1959–1961) fristete ein Schattendasein, immer auf der Flucht. 1961 ging er ins Exil nach Uganda. Später soll er sich als Nähmaschinen-Verkäufer in Ruanda durchgeschlagen haben. Auch auf dem Markt in Nyanza wurden Nähmaschinen feilgeboten. Einmal deutete eine Schülerin auf einen der Händler. „Das ist unser Mwami", flüsterte sie ehrfurchtsvoll.

Es ist schwer, einen Ort wie Nyanza zu beschreiben, weil er so gar nicht westlichen Vorstellungen von einem Dorf oder einer Stadt entspricht. Außer Indern und Pakistani, die sich mit kleinen Geschäften rund um den Markplatz am Fuße des Hügels niedergelassen hatten, lebte kaum jemand auf Dauer hier. Die meisten Einwohner waren „Zugereiste", die kamen und gingen, weil Nyanza vor allem ein „Service-Zentrum" für das Umland war: eine Pfarrei mit 20 Nebenstellen, Klöster, Schulen, eine Post mit Postfächern, ein Krankenhaus, eine Distriktbehörde, eine Polizeiwache, ein Gefängnis und ein Oberlandesgericht.

Die drei Sekundarschulen waren Internatsschulen. „Meine" auf der Spitze des Hügels besaß am landwirtschaftlich genutzten Nordhang einen Bananen-Hain, ein Bohnenfeld und einen Süßkartoffel-Acker. Diesen Landbesitz ließen die Weißen Schwestern von Landarbeitern bewirtschaften. Das hört sich „hochherrschaftlich" an. Doch das war es nicht. Die Landarbeiter waren Tagelöhner, die sich – je nachdem, was reif war – mal hier und mal dort verdingten.

Das Wort „Internat" klingt für europäische Ohren immer nach „reich" und „elitär", à la Eaton und Harrow in Großbritannien. Davon waren wir in Nyanza weit entfernt. Von unserem Landbesitz konnten wir uns kaum ernähren. Wir waren auf die Hilfe eines internationalen Food-Programms angewiesen, das uns Öl, Haferflocken und Reis schenkte. Nur einmal im Monat gab es Fleisch. Den Gemüsegarten, der mir den Spitznamen „Mistschwester" eintrug, legte ich an, um unsere eintönige Speisekarte mit Vitaminen von Salat, Kohl und Tomaten zu bereichern. Die Stromversorgung klappte nur, wenn unser Generator ausnahmsweise mal nicht streikte. Nach Einbruch der Dunkelheit behalfen wir uns mit Petroleumlampen.

Einen Großteil unseres knappen Geldes investierten wir in Wachschutz, denn immer wieder überfielen marodierende Banden von Zaire oder Uganda aus Klöster und Schulen in Ruanda. Unser Gelände auf der Spitze des Hügels bestand aus zwei Karrees mit jeweils einem Innenhof: der Schulbereich und der Klosterbereich. Die Innenhöfe waren von eingeschossigen Gebäuden umgeben, die das Areal nach außen wie eine Mauer abschirmten. Unsere sechs Wachleute saßen in Hütten an drei „neuralgischen" Punkten: hinten an unseren Feldern, vorne am Schultor und gegenüber dem Klostereingang auf der anderen Straßenseite. Die beiden Innenhöfe wurden nachts von freilaufenden Hunden bewacht.

Ich hatte ein kleines Zimmer im Schlaftrakt des Klosters, etwa neun Quadratmeter groß. Darin standen ein schmales Bett, ein wackeliger Stuhl und ein Mini-Tisch, auf den gerade mal meine Reiseschreibmaschine passte. Einen Kleiderschrank besaß ich nicht, meine „Garderobe" hing an drei Nägeln. Später, als ich Schulleiterin war, schrieb ich meine Briefe im Direktorinnen-Büro. Aber in dieser Schreckensnacht, über die ich jetzt erzähle, war ich noch eine einfache Lehrerin. Normalerweise übernachtete ich in einem der zwei Aufsichtsräume für die beiden Schlafsäle. Sie waren jeweils für maximal 80 Schülerinnen gebaut – insgesamt schliefen 200 Mädchen darin.

Weil Sommerferien waren, waren sie alle nach Hause gefahren. Auch der Großteil des weltlichen Lehrerkollegiums, das in einem Lehrerhaus auf dem Schulgelände wohnte, machte Urlaub. Nur zwei Lehrerinnen aus Kanada waren in Nyanza geblieben. So ganz allein in dem Lehrerhaus fürchteten sie sich, darum waren sie in zwei Durchgangszimmer im Kloster gezogen, die zur Straße hinaus lagen. Wir waren zu siebt: die beiden Kanadierinnen und fünf Schwestern.

Die Sommerferien waren die einzige Zeit, die ich auch im Kloster übernachtete. Für mich war das Erholung. In dem Aufsichtsraum für den Schlafsaal bemühte ich mich, auch wenn ich schlief, meine Ohren weit offen zu halten. In meiner Klosterzelle schlummerte ich so tief und fest, dass ich die aufgeregten Rufe nicht hörte:

„Voleurs, Voleurs!“ – „Diebe, Diebe!“

Ich wurde erst wach, als die Direktorin mich rüttelte. Sie war so verängstigt, dass sie kein Wort herausbekam. Nach und nach entlockte ich ihr, was geschehen war.

Eine Kanadierinnen war von einem Geräusch geweckt worden; sie sah das Bein eines Mannes, der ihr Zimmer durch das Fenster an der Straße zu entern versuchte. Sie floh in das andere Durchgangszimmer, wo ihre Kollegin schlief.

„Amafranka? Amafranka?“ – „Wo ist das Geld? Wo ist das Geld?“, hörte sie es hinter sich rufen.

Die beiden Kanadierinnen alarmierten die Oberin, dann verbarrikadierten sie sich in der Toilette. Die Oberin rannte auf den Innenhof, um die Hunde zu holen. In der Zwischenzeit hatte der Dieb, der durch das Fenster eingedrungen war, die Eingangstür von innen aufgeschlossen. Als die Oberin die Hunde hereinbrachte, kamen ihr drei finstere Gestalten entgegen. Die Wächter, erfuhren wir später, wurden von vier weiteren Räubern in Schach gehalten. Nach dem Überfall fanden wir sie bewusstlos in ihren Hütten, brutal zusammengeschlagen.

Als die drei finsteren Gestalten die Oberin mit den Hunden sahen, traten sie den Rückzug durch die Eingangstür an. Die Hunde hinterher, nicht angriffslustig – nein! –, mit eingezogenem Schwanz ergriffen sie die Flucht. Die Oberin verriegelte die Eingangstür von innen, doch da setzten die Räuber zu einer neuen Attacke an und traten die Tür von außen samt Türrahmen ein.

Die Oberin floh in den Schlaftrakt, dort hatten sich inzwischen alle Schwestern versammelt. Bebend und bibbernd hörten wir, dass die Diebe die beiden Durchgangszimmer zur Straße hinaus durchsuchten. Später stellten wir fest, dass sie alles mitgenommen hatten, was nicht niet- und nagelfest war: Schmuck und Geld der Kanadierinnen, aber auch Kleidung, Handtücher, Bücher.

Wir fünf Schwestern hatten uns gerade ein Herz gefasst und uns als Formation, eng beieinander, auf den Weg nach vorne gemacht, um den Räubern die Stirn zu bieten … plötzlich Stille.

Kaum dass der Spuk begonnen hatte, war er anscheinend auch schon wieder vorbei.

Auch die Kanadierinnen wagten sich nun aus der Toilette hervor. Mit vereinter Kraft setzten wir die Eingangstür mit Rahmen notdürftig wieder ein und schoben einen schweren Schrank davor. Leichenblass und zitternd vor Angst beratschlagten wir, was wir tun sollten.

Was, wenn die Diebe noch da waren? Nebenan im Schulgebäude? Oder im Lehrerhaus? Wie auch immer: Wir mussten die Polizei alarmieren!

Doch die Wache lag weit entfernt am Fuße des Hügels. Ein Auto hatten wir damals noch nicht. Über Telefone verfügten nur die Post, die Polizei und das Oberlandesgericht. Wir entschlossen uns, die Weißen Väter in der nahe gelegenen Christ-König-Pfarrei um Hilfe zu bitten. Die drei stärksten von uns erklärten sich bereit, dorthin zu gehen: Sr. Jeanne Dollinger, Sr. Marie Louise Moulard und ich.

„Wir müssen uns bewaffnen!“, schlug ich vor.

„Womit denn?“, fragte Schwester Jeanne.

„Mit den Speeren aus unserem Museum!“

„Museum“ ist leicht übertrieben. In unserem Besucherzimmer im Kloster hatten wir für europäische Gäste eine kleine volkskundliche Ausstellung arrangiert: Keramiken, Trommeln, Ruanda-Tücher – und Twa-Speere.

Wir gelangten unbehelligt zum Pfarrhaus und läuteten Sturm. Pater De Cannière öffnete die Tür. Als er uns sah, brach er in schallendes Gelächter aus. Damals erzürnte mich seine Heiterkeit, aber im Nachhinein verstehe ich sie. Wir müssen wirklich einen komischen Anblick geboten haben: Drei europäische Ordensfrauen in Nachthemden, über die wir in der Eile Ruanda-Tücher aus unserem Museum geworfen hatten, fuchtelten wild mit Speeren von Twa-Kriegern herum.

Pater De Cannière nahm sein Gewehr und brachte uns zum Ausbilder der Polizei, ein Belgier, der zwei Häuser weiter wohnte. In der Ferienzeit lieferten seine Landsleute, bevor sie nach Hause flogen, ihre Wertgegenstände bei ihm ab. Der Polizeiausbilder bewaffnete sich ebenfalls – mit der einzigen Waffe im Hause. Die beiden Männer gingen zur Polizeistation und ließen uns drei Frauen unbewaffnet (abgesehen von den Twa-Speeren) mit den belgischen Wertgegenständen zurück – worüber ich mich später sehr geärgert habe, weil das hochgefährlich war. Denn es stellte sich heraus, dass die Diebesbande aus Uganda sich weiter in der Gegend herumtrieb. Drei Tage nach dem Einbruch bei uns wurde sie bei einem Überfall auf indische Geschäftsleute am Marktplatz von Nyanza festgenommen.

Denke ich heute an diese Schreckensnacht zurück, danke ich immer noch dem lieben Gott dafür, dass uns Frauen nichts passiert ist. Unvorstellbar, was „mann“ uns hätte antun können! So komisch wir drei Schwestern auch ausgesehen haben mögen – es war nicht zum Lachen, dass wir einer brutalen Bande, die weder von Wärtern noch von Wachhunden abgewehrt werden konnte, nichts anderes als museale Twa-Speere entgegenzusetzen hatten.

„Typisch Mann!“, dachte ich wütend. „Weil wir Frauen sind, sind Pater De Cannière und der Polizeiausbilder gar nicht auf die Idee gekommen, uns eine ihrer Waffen dazulassen.“

Ein befreundeter Pater, dem ich von meiner Wut erzählte, gab mir daraufhin seine Pistole, bevor er auf Heimaturlaub fuhr – und mit der hätte ich mich dann beinahe aus Versehen selbst getötet.

Meine Mutter hat mich zweimal in Ruanda besucht: einmal mit meinem Bruder Rainer und einmal mit unserem Klarenthaler Pfarrer Herbert Spaniol. Mit dem Pfarrer kam sie zu meinem ewigen Gelübde am 15. August 1968 nach Nyanza. Die beiden brachten mir ein Geschenk mit, über das ich mich unglaublich gefreut habe: einen nagelneuen VW-Käfer. Er war nicht nur ein Geschenk für mich, sondern für uns alle in der Schule auf dem Hügel – Mutti und Herbert hatten dafür in Klarenthal gesammelt.

Wenn wir die Tagelöhner und Wachleute bezahlen mussten, war eine von uns Schwestern bislang mit dem Bus oder einer Mitfahrgelegenheit zur Bank in Kigali gefahren, um die Löhne abzuheben. Von nun fuhr ich mit dem Käfer hin. Die 100 Kilometer hin und zurück waren auf der unbefestigten Hauptstraße eine Tagesreise. Da es auf dieser Strecke weder Tankstellen noch Kfz-Werkstätten gab, hatte mir der Schuster in Nyanza, der auch Autoreifen flickte, beigebracht, Reifen zu wechseln und einen gerissenen Keilriemen durch eine Damenstrumpfhose zu ersetzen. Zudem hatte er mich mit einem Zehn-Liter-Kanister Reserve-Benzin versorgt.

Weil ich meistens allein unterwegs war und mich vor Pannen im Dunkeln fürchtete, nahm ich die geladene Pistole im Handschuhfach mit. Der Pater hatte mir gezeigt, wie sie geladen, gesichert und entsichert wird. Schusswaffen sind mir nicht geheuer. Schon als Mädchen in Klarenthal hätte ich nie eins von Babbas Jagdgewehren angefasst, mit diesen Tötungsinstrumenten wollte ich nichts zu tun haben. Die geladene Pistole im Handschuhfach jedoch verschaffte mir ein beruhigendes Gefühl. Allerdings hatte ich schon längst wieder vergessen, wie sie gehandhabt wird, als ich Monate nach dem Überfall zum Geldabheben nach Kigali musste.

Auf der Rückfahrt sollte ich Schwester Zita in einer Missionsstation im Busch absetzten. Als wir sie um halb sechs erreichten, war es noch hell. Ich ließ mich überreden, eine Tasse Tee zu trinken und etwas zu essen, bevor ich weiterfuhr. In absoluter Dunkelheit stieg ich eine Stunde später wieder in den Käfer. Ich rumpelte über den Feldweg in Richtung Hauptstraße. Nach ein, zwei Kilometern begann der Motor zu stottern. Ein leises „Tack, Tack". Und dann Stille. Die Scheinwerfer glommen wie Glühwürmchen in der Finsternis, die unheimliche Umgebung erhellten sie nicht. Die Tankuhr zeigte halb voll an. Ich verließ mich nicht auf sie. Vielleicht würde es ja helfen, wenn ich Benzin aus dem Reserve-Kanister in den Tank füllte. Genau! Das würde ich tun, obwohl ich allein in der Wildnis war – mit einer Menge Geld in meiner Brieftasche.

Um den Tankdeckel zu finden, brauchte ich eine Taschenlampe. Die Brieftasche wollte ich nicht unbeaufsichtigt im Wagen lassen, die Pistole wollte ich auch mit nach draußen nehmen. Wie sollte ich das alles gleichzeitig bewerkstelligen?

Ich klemmte mir die Brieftasche unter den linken Arm, die Pistole nahm ich in die linke Hand; die Taschenlampe klemmte ich mir unter den rechten Arm, mit der rechten Hand füllte ich Benzin ein. Die Hälfte floss vorbei, weil ich vor Angst zitterte und nicht richtig sah. Die Pistole war eher eine Gefahr. Ich hätte mich womöglich selbst erschossen oder in die Luft gesprengt, wenn ich an den Abzug geraten wäre, während ich mit dem Kanister hantierte.

Wieder einmal war ich mit Glück gesegnet – weder habe ich mich aus Versehen getötet noch kamen Diebe, die ich nicht hätte abwehren können, weil ich alle Hände voll hatte. Es erwies sich, dass die Tankuhr tatsächlich defekt war. Das bisschen Benzin, das ich nicht daneben geschüttet hatte, reichte bis Nyanza.

Die meisten meiner Schülerinnen stammten aus armen Elternhäusern, einige aber auch aus reichen. Alle Mädchen gleich zu behandeln, war mir oberstes Gebot. An den Wochenenden und in den Trimesterferien gingen wir auf die Hügel zu den Armen, suchten

Feuerholz für sie, brachten ihnen Wasser, Essen und selbstgenähte Kleidung. Ich wollte den Mädchen zeigen: „Ihr seid privilegiert, weil ihr eine Ausbildung bekommt, die euch die Chance bietet, Armut von euch abzuwenden."

Auch motivierte ich sie, im Krankenhaus von Nyanza zu helfen. Dort waren ein Arzt und zwei Krankenschwestern für Dutzende von Patienten zuständig, die in einem großen Saal auf Strohsäcken lagen. Es fehlten Medikamente und Instrumente. Trinkwasser musste in Kanistern herangeschleppt werden. Eine Krankenhausküche, wie wir sie kennen, gab es nicht. Gekocht wurde auf drei aus Backsteinen geformten Feuerstellen im Innenhof. Weibliche Verwandte übernachteten dort, um ihre kranken Angehörigen mit Nahrung zu versorgen. Patienten, um die sich niemand kümmerte, waren auf fremde Hilfe angewiesen.

Über Wochen hinweg haben wir jeden Samstag eine Hütte für eine obdachlose, geistig verwirrte Greisin gebaut. Meine „Mistkinder" hatten mich darauf aufmerksam gemacht, dass sie in einem Verschlag vegetierte, wo nachts Ratten an ihr nagten.

Die Christ-König-Pfarrei war für insgesamt 20 Nebenstellen zuständig. Um Pater De Cannière und seinen beiden Mitstreitern zu helfen, fuhr ich sonntags mit unserem VW-Käfer in den Busch, wo ich Wortgottesdienste abhielt und die Kommunion austeilte. Jeden Sonntag begleiteten mich Schülerinnen, die mich dabei unterstützten, arme Bäuerinnen und ihre Töchter nach dem Gottesdienst zu unterrichten: zum Beispiel gesunde Ernährung, Säuglingspflege, Hygiene vor und nach der Geburt.

Während der sozialen Freizeitaktivitäten mit meinen Schülerinnen habe ich mich immer gefragt, ob ich sie auch wirklich verstehe. Ich war mir bewusst, dass wir von völlig unterschiedlichen kulturellen Erfahrungen geprägt worden waren. Umso mehr freute ich mich, als ich das wachsende Vertrauen „meiner" Mädchen spürte. Wenn sie mich „Mama Lea" nannten – „Mama" werden alle Schwestern genannt – empfand ich das als Ehrennamen. Ehrennamen spielten eine wichtige Rolle in der Tradition Ruandas. Der ehrenvollste für Frauen war „Umuketschuru“ – „Alte“. Er bedeutete: „Du bist weise.“

Der Dichter und Priester Michel Kayoya, ein Hutu-Bauernsohn, wurde 1934 in Burundi geboren; bei den Mai-Unruhen 1972 ließ ihn das Tutsi-Regime als angeblichen Rädelsführer standrechtlich erschießen. Nach einem glänzenden Gymnasialabschluss in einer Internatsschule der Weißen Väter hatte er katholische Theologie in Belgien studiert. 1963 wurde er seinem inzwischen unabhängigen Heimatland zum Priester geweiht. Danach war er immer wieder nach Europa gereist, um seine Theologie-Kenntnisse zu vervollkommnen. Eines Abends besuchte Michel Kayoya seine Eltern, die auch Katholiken waren. Seine Mutter sprach vor dem Abendessen ein Gebet – sein Vater wirkte wie üblich unbeteiligt. Dieser einfache Hutu-Bauer war ein echter Patriarch, der sich von der Frömmigkeit seiner Frau nicht beeindrucken ließ. Auch sein studierter Sohn wagte es kaum, ihm die Frage zu stellen:

„Warum betest du nicht, Vater?“

„Imana verlangt nicht nach Formeln, die man eintönig hersagt“, antwortete er ungehalten. „Wenn ich das Werk betrachte, das Imana in meinem Hause wirkt, brauche ich ihm nichts zu sagen. Vor ihm schweige ich, und schweigend biete ich ihm das Haus an, zu dessen Haupt er mich gemacht hat.“

Von diesem Augenblick an, schreibt Kayoya in seinem Buch *Auf den Spuren meines Vaters*, habe er seine Aufmerksamkeit auf die Bedeutung der Namen gerichtet, die den Kindern in seiner Heimat gegeben wurden. Zum Beispiel: Bimenyiamana – „Imana, der es wirklich weiß“. Oder: Birikumana – „Ihr wahres Gefäß ist Imana“. Und: Hatangimana – „Imana allein stellt zufrieden“. Kayoya listet über 50 Beispiele auf.

„Als ich diese Imana geweihten Namen entdeckte, wurde ich mir des Gedanken- und Lebensreichtums unserer Väter bewusst. Ich empfand ein tiefes Gefühl der Ehrfurcht.“

1969 tagte in Nyondo eine Konferenz der katholischen Kirche zum Thema Inkulturation, auf der überlegt wurde, ob Elemente des alten ruandischen Glaubens in den neuen christlichen Glauben integriert werden können. Da mich dieses Thema brennend interessierte, nahm ich an der Konferenz teil. Ich war täglich in meiner Schule damit konfrontiert, keinesfalls nur positiv.

Der Ahnenkult faszinierte mich – er rührte meine Seele an, die sich nach Ganzheitlichkeit sehnte. Durch die Verehrung der Ahnen fühlte sich das Individuum als Teil einer Kette, die Vergangenheit mit Gegenwart und Zukunft verband. Die Ahnen waren nicht tot, sie lebten in jedem Menschen weiter und in der Natur, die ihn umgab. Der ruandische Gott Imana war mit dem christlichen Gott vergleichbar. Aber die Ruander glaubten auch an böse Geister, Magie und Hexerei – und das artete manchmal in Terror aus.

Jedes Jahr lud ich die Abgangsklasse unseres Lehrerinnen-Seminars zu Exerzitien in das Benediktiner-Kloster Gihindamuyaga ein, das mitten im Busch lag. In Nyanza stiegen wir in den Überlandbus Kigali–Butare; zwölf Kilometer vor Butare setzte er uns ab, von der Haltestelle aus mussten wir die fünf Kilometer bis zum Kloster zu Fuß gehen. Um unabhängiger zu sein, weil der Bus nur einmal am Tag nach Butare fuhr, nahm ich einmal den VW-Käfer mit. Im Gegensatz zu Nyanza war Butare eine richtige Stadt mit einer Universität, einer Bibliothek, Restaurants, Bistros und Modegeschäften. Ich bot meinen Schülerinnen an, jeweils drei von ihnen täglich in der Mittagspause zu einem Stadtbummel nach Butare zu bringen. Eines Nachmittags verfranzte ich mich auf der Rückfahrt so hoffnungslos, dass ich befürchtete, ich würde das Benediktiner-Kloster nie wiederfinden. Nach zwei Stunden Irrfahrt durch den Busch erreichten wir dann doch das Ziel.

„Der liebe Gott hat uns beschützt", freute ich mich, als wir aus dem Auto stiegen.

„Ja, zum Glück!", sagte eine aus dem Trio, „es hätte viel Schlimmeres passieren können."

„Selbstverständlich hätte es das. Wir haben uns im Busch verirrt!“

„So meine ich das nicht.“

„Wie meinst du es dann?“

Stockend kam die Antwort.

„Wir hatten doch Thérèse im Wagen!“

Es stellte sich heraus, dass sie einem Clan angehörte, der angeblich Unglück brachte. Begegnete man einem Mitglied dieses Stammes morgens vor dem Frühstück, wurde mir erzählt, hatte man den ganzen Tag Pech. Es sei besser, sich von diesen Menschen fernzuhalten; darum würden sie auch nur untereinander heiraten.

Ich war entsetzt. Was musste Thérèse gelitten haben, in ihren ganzen Schulzeit! Und wir Lehrkräfte hatten nichts dagegen unternommen, weil wir nichts von ihrer Isolierung wussten.

Als wir montags wieder in Nyanza waren, habe ich sofort die Klasse zusammengetrommelt, ohne Thérèse. Ich sprach über meine Betroffenheit und fragte die Schülerinnen, wie sie ein solch grausames, unmenschliches Verhalten mit ihrem Christsein vereinbaren könnten. „Wer die Geringsten unter meinen Brüdern und Schwestern verachtet, verachtet mich, sagt Jesus.“

Ich stellte ihnen ein Ultimatum. Entweder würden sie sich bis Samstagabend bei Thérèse entschuldigen, oder ich würde sie am Sonntagmorgen nicht zur heiligen Messe gehen lassen.

Damit hatte ich mich ganz schön weit vorgewagt. Zu dieser Klasse gehörten zwei Töchter von hohen Politikern, die eng mit dem für mich zuständigen Bischof befreundet waren. Hätte der Bischof von meiner Drohung erfahren, hätte er mich sofort nach Deutschland zurückbeordern lassen. Bis Samstag verbrachte ich fünf schlaflose Nächte. Aber ich hatte mir unnötig Sorgen gemacht. Am Samstagmorgen bat mich die Klassensprecherin, ein gemeinsames Gespräch mit der Klasse und Thérèse zu moderieren. Am Ende entschuldigten sich die anderen tatsächlich bei ihr – nicht weil ich es wollte, sondern weil sie es wollten.

Ein andere Geschichte nahm kein so gutes Ende.

Gegen den Willen ihres Clans hatte eine Mutter ihre Tochter bei uns eingeschult. Bigira war ein hochbegabtes Mädchen, das ein Universitätsstudium mit Bravour absolviert hätte. Aber ihr Clan, auch ihr eigener Vater, nahm ihr diese Klugheit übel, weil ihre Brüder und Cousins nicht so intelligent waren wie sie. Sie brillierte in allen Fächern, besonders in den naturwissenschaftlichen – doch ihr Glaube an böse Kräfte war stärker als ihr kühler Verstand. Ich konnte ihr nicht die Angst davor nehmen, dass ihr Clan sie verhext hatte. Schließlich begann sie unter Verfolgungswahn zu leiden – wir mussten Bigira nach Hause lassen.

Ich werde mich nie damit abfinden, dass im Namen einer Tradition Frauen unterdrückt und entrechtet werden.

Bei der ersten Stundenplan-Konferenz unter meiner Schulleitung kämpften unsere männlichen ruandischen Lehrer erbittert darum, die Unterrichtsstunden, die auf meine folgten, zu ergattern.

„Warum ist das denn so wichtig für Sie?“, fragte ich.

„Wir müssen den Schülerinnen“, lautete die Antwort, „den Kopf wieder zurechtrücken.“

„Wie meinen Sie das?“

„Sie haben doch Marcelina eingeredet, dass Sie auf der Schule bleiben darf, obwohl ihr Vormund etwas anderes angeordnet hat!“

Mir blieb die Spucke weg. Marcelina, eine angehende Lehrerin, war achtzehn, und ihr so genannter Vormund war der fünfzehnjährige Bruder ihres verstorbenen Vaters! Dieser Knabe, noch grün hinter den Ohren und zudem auch noch Analphabet, hatte die Witwe seines Bruders und deren Töchter als Familienoberhaupt übernommen.

„Obwohl ich eine Frau bin“, wetterte ich, „bin ich hier die Chefin, meine Herren! Wenn ich die erste Stunde habe, kriegen Sie die sechste!“

Mädchen wurden zu bescheidenem, unterwürfigem Auftreten angehalten – Jungen wurden ermutigt, sich zu brüsten und zu prahlen. Wenn wir die Schüler aus dem Jungengymnasium zu einer Filmvorführung in unseren Speisesaal einluden, war immer die Platzverteilung ein großes Problem. Während die Jungen sofort die ersten Reihen in Beschlag legten, wollten sich die Mädchen gar nicht erst hinsetzen. Obwohl es ihre Schule war, drückten sie sich stehend im Hintergrund herum. Am liebsten hätten sie sich in Luft aufgelöst – was mich stets von Neuem auf die Palme brachte. Es waren dieselben Mädchen, die ich laut und lärmend kannte, intelligente, wissbegierige weibliche Menschen, die den Schulalltag und das Leben im Internat mit ihren eigenen Ideen und Vorstellungen aktiv mitgestalteten.

Das Jungengymnasium leitete der belgische Abbé Chanoine Ernotte. Wir waren beide der Meinung, dass junge Männer und junge Frauen es lernen müssen, sich miteinander argumentativ über Sachthemen auseinanderzusetzen. Darum hatten wir vereinbart, dass seine Abiturklasse und meine Abschlussklasse aus dem Lehrerinnen-Seminar sich zu einem „Debattier-Tag“ treffen sollten. Die Themen durften sich die jungen Leute selbst aussuchen. Die Vorbereitung wurde an drei Schüler und drei Schülerinnen delegiert, die abwechselnd in Ernottes und meinem Büro tagten. Es war so schrecklich! Meine klugen, redegewandten Schülerinnen sagten kein einziges Wort. In geduckter Körperhaltung, mit gesenktem Blick saßen sie auf ihren Stühlen und ließen alles die „Herren der Schöpfung“ entscheiden. Bei einer Zusammenkunft in meinem Büro grinste mich ein Junge provozierend an:

„Sagen Sie mal, Schwester Lea! Sind Ihre Mädels dumm oder schüchtern?“

„Weder noch!“, erwiderte ich erbost. „Die spielen euch doch bloß Theater vor! Wenn ihr aufhören würdet, sie mit eurer männlichen Überheblichkeit zu erniedrigen, wenn ihr endlich mal akzeptieren würdet, dass auch Frauen denken – dann könntet ihr erkennen, was für tolle Menschen das sind!“

Kein Mädchen, das sich selbstsicher gab, wäre damals geheiratet worden. Und heiraten wollten die meisten.

Die „Promotion der Frau" – das war von Anfang an das Anliegen der Weißen Schwestern, die ab 1909 in Ruanda Mädchenschulen errichteten und 1914 die Gemeinschaft der Benebikira gründeten sowie 18 weitere Frauengemeinschaften in Afrika. Die Neue Frauenbewegung, die Anfang der 1970er Jahre aufgebrochen ist, sagte „Emanzipation". Mit „Promotion der Frau" meint meine Gemeinschaft auch heute noch eine auf Bildung basierende Frauenförderung, die zu Eigenständigkeit und Unabhängigkeit führen soll.

Meine alte Schule in Nyanza, früher in Trägerschaft der Weißen Schwestern, wird inzwischen von den Benebikira geleitet. Als ich 2004 zur Feier des 50-jährigen Bestehens der Schule dort war, erklärte mir eine junge Schwester voller Stolz: „Wir Benebikira waren die ersten ruandischen Frauen, die lesen und schreiben konnten. Und wir waren die ersten Frauen, die unterrichtet haben."

Die Benebikira sind Ordensfrauen, sie haben sich für ein Leben ohne Männer entschieden. Dadurch haben sie sich aus der Tradition der Frauenunterdrückung befreit. Sie haben in die Tat umgesetzt, was der Schöpfungsbericht meint, wenn er sagt: Frauen wie Männer sind nach dem Bild Gottes erschaffen. Denn Bildung ist es nicht allein. Sie nützt nichts, wenn sie keine Bewusstseinveränderung in den Köpfen bewirkt – und keine brennende Sehnsucht nach Freiheit in den Herzen entfacht.

Ich steckte in einer Zwickmühle: Ich sah mich nicht nur mit der traditionellen Frauenfeindlichkeit der ruandischen Gesellschaft konfrontiert, sondern auch mit dem konservativen Frauenbild in den noch aus der Kolonialzeit stammenden belgischen Lehrplänen, an die ich mich zu halten hatte. Sie sahen für die Mädchenbildung vor allem „typische Frauenfächer" vor: Hauswirtschaftlehre, Handarbeit, Säuglingspflege.

1970 ging meine Direktorin Schwester Cécile Devriese auf Heimaturlaub, der Missionarinnen und Missionaren damals nur alle sieben Jahre zustand. Meist wurde ihnen nach einigen Monaten Erholung zu Hause eine neue Aufgabe in einem anderen Land zugewiesen. Schwester Cécile allerdings sollte nach Nyanza zurückkehren, darum wurde mir die Leitung der Schule als vorübergehende Vertretung übertragen. Doch dann erkrankte Cécile in Belgien, und ich blieb Direktorin.

Ich hatte mich mit Cécile sehr gut verstanden, aber jetzt, da ich freie Bahn hatte, krempelte ich meine Ärmel hoch. Ich schleppte Mörtel, Backsteine, Ziegel und Holz, um einen Chemie- und einen Physiksaal zu bauen. Ich war beseelt von dem Gedanken, unser Lehrerinnen-Seminar zu einer höheren Frauenfachschule auszubauen. Etwas Vergleichbares gab es damals in Ruanda nur für Jungen.

Das Konzept hatte ich mir zusammen mit Mademoiselle Desmet ausgedacht – diese belgische Schulinspektorin im ruandischen Kultusministerium setzte sich leidenschaftlich für Mädchen ein. Wir wollten es jungen Frauen mit guten Abschlüssen an dem zweijährigen Lehrerinnen-Seminar, das als „Einbahnstraße" zu einer Lehrtätigkeit an Volksschulen führte, ermöglichen, sich in zwei zusätzlichen Jahren weiter zu qualifizieren: zum Beispiel für eine Beamtinnen-Laufbahn, eine technische Fachausbildung oder ein Universitätsstudium. Das allerdings setzte voraus, dass wir unser „typisch weibliches" Fächerspektrum erweiterten.

Es fragte sich nur, wie wir das finanzieren sollten. Wir zapften alle erdenklichen Entwicklungshilfe-Töpfe an. Doch es reichte hinten und vorne nicht. Darum mussten unsere Schülerinnen, meine Mitschwestern und ich beim Bau der beiden Säle für den Physik- und Chemieunterricht selbst mit Hand anlegen. Unsere 17 weltlichen Lehrkräfte aus Ruanda, Belgien und Kanada machten sich die Hände nicht so gerne schmutzig. Aber auf meine Klarenthaler konnte ich mich wie immer verlassen.

Bei meinem Eintritt ins Kloster hatte ich mir geschworen, dass ich nie betteln würde – Bettelorden und karitative Hilfsorganisationen, die nur die Hand aufhielten, ohne die Menschen, die Geld spendeten, zu tätiger Nächstenliebe zu motivieren, verabscheute ich. Doch mein Heimatdorf betrachtete ich als „Großfamilie“, in der es selbstverständlich ist, sich gegenseitig zu unterstützen.

Liebe Mutti,

ich lege Dir einen unentwickelten Film mit Fotos über die Bauarbeiten bei. So könnt Ihr Euch in etwa ein Bild machen von den Veränderungen hier. Ich finde es ganz großartig von Herbert, dass er uns mit einer großen Klarenthaler Spendenaktion helfen will.

Ich habe eine günstige Gelegenheit, Euch für Euren Basar zugunsten unserer Schule typisch ruandisches Kunstgewerbe, Textilien und Schmuck zu schicken. Ein junger Mann wird von der hiesigen Justizbehörde zum Jura-Studium nach Belgien entsandt. Er heißt Jean Bosco und will die Sachen für uns transportieren. Aber ich komme einfach nicht dazu, sie einzukaufen. Dazu müsste ich nach Kigali fahren. Darum schicke ich Euch einfach, was wir selber gemacht haben und was ich in Nyanza kaufen kann.

Im August 2004, genau zehn Jahre nach meiner Ruanda-Reise im August 1994, habe ich meine alte Schule wiedergesehen – beinahe hätte ich sie nicht wiedererkannt. Bei dem Genozid hatten Milizionäre in ihren blindwütigen Zerstörungswut alles niedergerissen. Aber nun waren die Gebäude auf dem Hügel wieder instand gesetzt worden, viele Neubauten waren hinzugekommen. Heute werden dort 600 junge Menschen unterrichtet: 400 Mädchen und 200 Jungen. Seit die Benebikira die Trägerschaft übernommen haben, heißt meine alte Schule, die früher keinen Namen hatte, *Groupe scolaire MATER DEI*.

Am 28. August 2004 nehme ich an einem Fest teil, mit dem auf dem Innenhof der Schule ihr 50-jähriges Bestehen gefeiert wird. Als ich auf den Festplatz komme, eilt mir meine ehemalige Schülerin Marie Mukantagara entgegen. Sie umarmt mich und flüstert mir ins Ohr:

„Mama Lea, endlich bist du wieder da! Ach, wenn du doch auch bei dem Genozid hier gewesen wärest! Du hättest mich beschützt! Direkt vor meinen Augen haben sie meinen Mann ermordet. Kurz darauf haben sie auch noch meine beiden Söhne umgebracht. Aber ich lasse mich nicht unterkriegen. Nein, auf keinen Fall!"

Marie Mukantagara – diese elegante, kluge, stolze Frau – moderiert das Jubiläumsprogramm.

„Meine Schülerin!", denke ich gerührt.

Neben diversen Honoratioren bin auch ich eingeladen, eine Rede zu halten: „Wenn ich mich hier umschaue und all diese optimistischen jungen Gesichter sehe, habe ich die Hoffnung, dass wir Weißen Schwestern und die Benebikira trotz aller Schrecken der Vergangenheit eine reiche Ernte für die Zukunft eingebracht haben."

Bevor ich nach meiner Ankunft auf dem internationalen Flughafen in Kanombe zum Schulfest nach Nyanza weiterfuhr, habe ich in Kigali fünf der acht Waisenkinder wiedergetroffen, die sich nach dem Genozid ein Jahr bei den Franziskanerinnen in Wadgassen erholt haben.

Im Sommer 1994 hatte ich von dem schrecklichen Schicksal ruandischer Kinder gehört, die mit ansehen mussten, wie ihre Eltern, Geschwister und Verwandten bestialisch ermordet wurden. Manche dieser kleinen Menschen hatten Mordversuche überlebt, unter Leichenbergen verborgen. Schwer verletzt. Verstümmelt. Verbrannt. Vergewaltigt. Mit tiefen Wunden am Körper und in der Seele. Es waren viele, viele, viele. Wenigstens einigen wenigen wollte ich helfen. Darum hatte ich die Benebikira in Kigali gebeten: „Stellt eine Gruppe von Waisenkindern zusammen! Ich sorge dafür, dass sie nach Deutschland kommen können."

Als Sr. Raphaela in Uganda von meinem Plan hörte, reiste sie sofort nach Ruanda, um sich darum zu kümmern. Auch sie brauchte dringend Erholung. Sie war die einzige Tutsi-Schwester in dem Benebikira-Kloster in Nyamirambo gewesen. Ihre Mitschwestern hatten sie vor den Hutu-Milizen versteckt. Tagelang kauerte sie in einem Badezimmerschrank. Zeitweilig fand sie auch bei Nachbarn Unterschlupf. Ihre Rettung hat sie einem Nachbarssohn zu verdanken. Zwar war er ein Hutu-Milizionär, aber er war auch ein gebrochener Held. Unter Einsatz seines Lebens schleuste er sie auf Schleichwegen an Straßensperren vorbei in das von UN-Blauhelmen bewachte Rotkreuz-Krankenhaus, wo sie in Sicherheit war.

Es dauerte Monate, bis Sr. Raphaela die Ausreisepapiere beschafft hatte: für sich selbst, Clementine, Jean Marie, Jean de Dieu, Ivette, Olivier, Albertina, Paulette und Sylvie sowie für die ruandische Lehrerin Eugénie Mukarubangura – sie sollte die Kinder das Jahr in Wadgassen unterrichten. Endlich, im Januar 1995, trafen sie auf dem Stuttgarter Flughafen ein, wo wir – die Franziskanerin Sr. Hadwiga und ich – sie in Empfang nahmen.

„Jean Marie", erzählte Hadwiga der *Saarbrücker Zeitung*, „hat mich schon bei der Ankunft auf dem Flugplatz angelächelt, meine Hand genommen und sie nicht mehr losgelassen."

Im Sommer 2004 in Kigali drückt er meine Hand. 1995 war er ein kleiner Junge, jetzt ist er ein Jugendlicher. Von seinen körperlichen Wunden ist nichts mehr zu sehen, aber seine Augen sind tieftraurig: Jean Marie war drei Jahre alt, als er aus einem Massengrab kletterte, in dem er lebendig begraben worden war. Das, was er und die anderen Kinder erlebt haben, kann auch die beste Therapie nicht vergessen machen. Doch alle fünf jungen Leute, die ich in Kigali treffe, haben Zukunftsträume – sie träumen von einer Zukunft ohne Krieg und Gewalt. „Dafür werden wir uns mit aller Kraft einsetzen!", versichern sie mir.

In Kigali habe ich auch das dortige *Solwodi*-Projekt für Witwen und Waisen besucht. Im August 2004 unterstützten wir 72 Frauen und Mädchen, die eigene Kinder, Waisenkinder und jüngere Geschwister großzogen. Auch heute noch helfen wir mit Kleinkrediten für einen Marktstand, einen Kiosk oder ein kleines Geschäft. Für die Kinder – im August 2004 waren es 130 – bezahlt *Solwodi* das Schulgeld, um ihnen den Besuch einer höheren Schule und damit eine qualifizierte Berufsausbildung zu ermöglichen. 20 Frauen aus unserem Projekt, die ich in Kigali traf, habe ich in einem Reisebericht vorgestellt. Hier drei Beispiele:

Véronique hat zehn eigene Kinder und zusätzlich vier Waisenkinder aufgenommen. Drei sind noch nicht schulpflichtig, sechs besuchen die Primarschule, fünf gehen in die Sekundarschule. Véronique ist keine Witwe, sie hat einen Ehemann. Wenn er denn mal arbeitet und etwas verdient, vertrinkt er das Geld oder gibt es für Prostituierte aus.

Gracia Mukahagara, eine Witwe, deren Mann 1994 ermordet worden ist, verkauft auf einem Markt in Kigali Gemüse und Obst. Damit ernährt sie ihre sechs eigenen Kinder und vier Waisen.

Karihogo Modeste ist eine Waise, die sich um ihre sechs jüngeren Geschwister kümmert. Alle gehen zur Schule. Karihogo macht im Oktober ihr Abitur. Um ihre Familie zu ernähren, betreibt sie neben der Schule einen kleinen Kunstgewerbe-Handel.

Als ich im Sommer 2004 durch Ruanda reiste, bin ich in Save auch der Benebikira-Schwester Veneranda wiederbegegnet, die ich 1994 querschnittsgelähmt nach Brüssel brachte. Damals hieß es dort im Universitätsklinikum:

„Sie wird immer im Rollstuhl sitzen müssen."

Aber sie kann wieder gehen – an zwei Krücken.

Ja, es gibt Grund zur Hoffnung!

Viertes Kapitel

Nyanza, Karsamstag 1972

Meine liebe Mutti!

Eigentlich gibt es nicht viel Neues zu berichten. Ich habe Dir ja erst vor ein paar Tagen einen kleinen Brief aus Kigali geschrieben, um Dich zu beruhigen und Dir zu versichern, dass ich dieses Jahr wirklich Heimaturlaub für ein Studium bekomme und dass ich nun auch die feste Zusage von der Provinzialoberin habe. Wann ich hier weg kann, weiß ich immer noch nicht. Ich vermute, es wird in den Sommerferien sein.

Eben habe ich geduscht und mich festlich für die Osternachtsfeier angezogen. Hier beginnt sie schon um 22 Uhr, nicht um Mitternacht wie in Klarenthal. Jetzt ist es 20 Uhr, und ich habe etwas Zeit, mit Dir zu plaudern – an Festtagen denke ich immer besonders an Dich. Ich schreibe Dir nicht vom Büro aus wie sonst. Ich sitze in meinem Zimmerchen und höre Schallplatten. Stell Dir vor! Heute war ein Tag, an dem ich ein wenig faulenzen konnte. Obwohl mir die Arbeit hier bald über den Kopf wächst, habe ich es mir gegönnt, endlich mal wieder ein Buch zu lesen.

Ich freue mich, dass Dir Deine Arbeit im Krankenhaus so gut gefällt, wie Du in Deinem letzten Brief berichtet hast. Aber ich bin auch etwas ratlos, weil Du mich nicht, wie wir es verabredet hatten, über meine Weiterbildungsmöglichkeiten in Deutschland informierst. Wenn ich hier abfliege, muss ich wissen, wo und was ich studiere. Andernfalls macht mir meine Provinzialoberin in Kigali doch noch einen Strich durch die Rechnung.

Liebe Mutti, nun will ich ein bisschen beten, um mich in die richtige Stimmung für die Osternachtsfeier zu versetzen. Nur noch ein Gedanke. Wenn ich meine Rückreise nach Deutschland unterbrechen würde, zum Beispiel in Athen, würdest Du dann dorthin kommen und mit mir von Athen aus für einige Tage nach Israel fliegen? Du weißt ja, dass ich schon seit meiner Kindheit davon träume, das Hei-

lige Land zu sehen – am liebsten zusammen mit Dir. Was hältst Du von der Idee? Es geht allerdings nur, wenn es nicht zu teuer ist.

Liebe Mutti, nun sage ich Dir aber endgültig „Gute Nacht". Ich wünsche Dir ein frohes und gnadenreiches Osterfest. Möge der feste Glaube an die Auferstehung Christi und die Hoffnung auf die eigene Auferstehung uns Mut, Kraft und Zuversicht schenken! Ich umarme Dich herzlich. Nur noch ungefähr vier Monate, bis wir uns tatsächlich in den Armen halten!

In großer Freude auf unser Wiedersehen und im Gebet verbunden
Deine Lea

Ich war frisch geprüfte Lehrerin, als ich 1967 in Nyanza eintraf. Dass mir 1970 die Leitung der Schule übertragen wurde, war eine echte Herausforderung für mich. Aber es stand keine erfahrenere Schwester zur Verfügung, als die Direktorin Schwester Cécile Devriese auf Heimaturlaub ging. Wir hatten uns gut verstanden und eng zusammengearbeitet. Gleich nach meiner Ankunft in Nyanza teilte sie mich für den Unterricht im Lehrerinnen-Seminar ein. Eigentlich hätte ich das Studium, das ich dann später in München machte, damals schon gebraucht. Aber indem mir Cécile viel zutraute, stärkte sie mein Selbstvertrauen. Und – noch wichtiger – ich lernte viel von ihr.

2004 auf der Jubiläumsfeier zum 50-jährigen Bestehen „meiner" Schule in Nyanza habe ich mich sehr darüber gefreut, dass meine Arbeit als Direktorin gelobt wurde – offenbar hatte ich meine Sache gut gemacht. Auch die Schulinspektorin Mademoiselle Desmet, wegen ihres strengen Auftretens „der Dragoner" genannt, war meist mit mir zufrieden. Einmal pro Trimester musste ich für das ruandische Kultusministerium eine Beurteilung über alle 17 Lehrkräfte schreiben, nachdem ich jeweils eine Stunde in ihrem Unterricht hospitiert hatte. Der Staatssekretär für das Schulwesen, Herr Theonest, ein Ruander, bei dem ich die Beurteilungen abgab, hatte nie etwas auszusetzen.

Aber eigentlich war ich gar nicht als Direktorin qualifiziert. Ich sollte es ja ursprünglich auch nur vorübergehend sein. Doch als

Schwester Cécile Devriese während ihres Heimaturlaubs in Belgien erkrankte, wurde die Vertretung zur Dauereinrichtung. Mir gefiel diese verantwortungsvolle Aufgabe. Allerdings hätte ich jederzeit zurückgestuft werden können, wenn sich eine Qualifiziertere gefunden hätte. Darum wollte ich unbedingt ein Aufbaustudium machen.

Bei Herrn Theonest habe ich mich im Sommer 1972 persönlich verabschiedet. Über meine Studienpläne war er gar nicht erfreut.

„Ich habe an Ihren Fähigkeiten nie gezweifelt. Wir sind doch hier ein eingespieltes Team."

„Ich komme ja wieder!"

„Das glaube ich nicht."

Er sollte Recht behalten.

Meine Provinzialoberin Sr. Denise Molem hätte es gern gesehen, wenn ich an einer französischsprachigen Universität studiert hätte. Doch ich wollte nach Deutschland – vor allem wegen der Sorge um meine Mutter, die meinen Vater schmerzlich vermisste. Sr. Denise trug ich ein anderes Argument vor, nicht als Ausrede, mir war es durchaus ernst damit.

„Ich traue es mir nicht zu, Referate, Klausuren und die Diplomarbeit auf französisch zu schreiben."

„Das glauben Sie doch wohl selber nicht! Sie sprechen es fließend, ohne Akzent!"

„Aber es ist immer noch eine Fremdsprache für mich."

„Um Gottes willen, Lea! Müssen Sie denn immer Ihren Kopf durchsetzen? Also gut, mir soll's recht sein, wenn sie in Deutschland studieren. Hauptsache, wir sehen Sie hier wieder."

Bei meinem Israel-Reiseplan allerdings riss ihr der Geduldsfaden. Ich fragte sie ganz offen:

„Was halten Sie davon, wenn ich einen Umweg über das Heilige Land mache? Die Mehrkosten trägt meine Mutter. Es sei denn, es ist zu teuer. Sie hat nicht viel Geld."

„Das geht nicht, Lea. Keine Extratour! Sie fliegen direkt von Kigali nach Brüssel!“

„Aber …“

„Nein! Das ist mein letztes Wort.“

Der Preis für einen Abstecher nach Israel interessierte mich dennoch. Wäre es zu kostspielig, würde ich mich leichteren Herzens damit abfinden können, nicht ins Heilige Land zu dürfen. Ich erkundigte mich also bei nächster Gelegenheit in Kigali in dem damals einzigen Reisebüro Ruandas. Der Preis war horrend hoch und die Sache damit für mich erledigt. Was ein Priester der Weißen Väter, den ich zufällig in dem Reisebüro getroffen hatte, nicht wissen konnte. Bei einem Besuch, den er kurz darauf meiner Provinzialoberin abstattete, fragte er sie beiläufig:

„Ach, Ihre Schwester Lea reist nach Israel?“

„Das darf doch wohl nicht wahr sein!“

Zwei Tage später erschien Sr. Denise überraschend in Nyanza. Völlig ahnungslos begrüßte ich sie freudig, denn ich mochte sie sehr – aber sie war so wütend auf mich.

„Ich habe mich doch bloß nach dem Preis erkundigt!“, rechtfertigte ich mich. Das stimmte sie auch nicht milder. Nach ihrem Verständnis hatte ich den Gehorsam verweigert.

Doch die Gedanken sind frei – ich träumte weiter vom Heiligen Land.

Meine Mutter, die von meiner Sehnsucht wusste, schenkte mir 1977 zum mit magna cum laude erworbenen Doktortitel eine Reise nach Israel. Meine Freude darüber war von Sorge getrübt.

Als Witwe eines kleinen Bauunternehmers, der viel zu früh, mit 56, gestorben war und ihr nur eine kleine Lebensversicherung hinterlassen hatte, musste sie sich auf das Nötigste beschränken. Bei Babbas Tod war Mutti 48. Zwar hatte sie einen Buchführungskurs gemacht, aber speziell auf die Bedürfnisse der Firma meines Vaters zugeschnitten; als Buchhalterin war sie nicht qualifiziert. Weil sie dringend Geld für ihren und Rainers Unterhalt brauchte, hat sie es zuerst als Vertreterin für Strickmaschinen versucht. Doch dabei plagte sie ihr schlechtes Gewissen. Meist interessierten sich kinderreiche Mütter und arme Rentnerinnen für diese Geräte. Sie hatte das Gefühl, dass sie den Frauen „was andreht“. Sie kündigte und machte auf meine Anregung hin eine Ausbildung zur Schwesternhelferin im Heiliggeist-Krankenhaus in Saarbrücken. Nach der Ausbildung wurde sie übernommen. Diese Arbeit empfand sie als befriedigend und sinnvoll, der Verdienst jedoch war nur gering.

„Mutti, das kannst du dir doch gar nicht leisten!“, sorgte ich mich, als sie mir die Israel-Reise schenkte.

„Ich kann! Ich hab’ gespart. Und weißt du was? Es reicht sogar für uns beide!“

Am 17. September 1977 starteten wir von Frankfurt aus nach Tel Aviv; am 26. September kehrten wir zurück. Es war eine wunderschöne Reise mit bleibenden Erinnerungen für Mutti und mich. Weil die Weißen Schwestern in Deutschland zwei Wochen im Jahr mit ihren Eltern verbringen dürfen, sah ich kein Problem dabei, ohne groß zu fragen ins Heilige Land zu fliegen. Meine Oberinnen allerdings sahen das anders. Nicht *mit* unseren Eltern, sondern *bei* unseren Eltern durften wir Urlaub machen, wurde ich nach meiner Rückkehr belehrt.

Diese Regel ist keine willkürliche, sondern eine soziale. Die Weißen Schwestern stammen aus unterschiedlichen Gesellschaftsschichten, als Ordensfrauen sind sie gleich: die aus reichen Elternhäusern und die aus armen. Gegen das Prinzip habe ich nichts einzuwenden. Im Gegenteil, ich finde es absolut richtig. Vorausgesetzt, dass es nicht zu starr angewandt wird.

„Um Gottes willen, Lea!“, bekam ich zu hören. „Wenn das alle machen würden!“

Das war ein Totschlagargument. Denn viele wären gar nicht erst auf die Idee gekommen. Frauen, die sich für einen Missionsorden entscheiden, sind nicht automatisch reiselustig. Missionarinnen verbringen ihren Urlaub oft Jahr um Jahr ohne Ortswechsel in einem einzigen Kloster und sind zufrieden damit. Für viele ist es gar kein Verzicht, dass sie nicht reisen dürfen – aber für mich ist es einer.

Es ist und bleibt auch immer wieder Interpretationssache. Im Laufe meiner 45 Ordensjahre habe ich sehr viele, sehr verschiedene Oberinnen kennen gelernt. Manchmal hielt eine das krasse Gegenteil von dem für richtig, was eine andere vertrat. Ich bin überzeugt: Weder das Gehorsamsgelübde noch die Oberinnen können uns davon entlasten, unsere eigenen Entscheidungen zu treffen. Mit „entlasten" meine ich, dass es manchmal schwerer ist, selbst zu entscheiden, als ohne Nachdenken und Zweifeln einfach nur zu gehorchen.

Vor dem Ordensgehorsam hatte ich vor dem Eintritt ins Kloster am meisten Angst. Ich wollte die Werte des Evangeliums und die Lehren Jesu radikal leben. Den Gehorsam gegenüber rein juridischen Geboten konnte ich nur dann akzeptieren, wenn sie im Einklang mit dem christlichen Gebot der Nächstenliebe und der Bergpredigt standen. Bis heute ist mir fragloser, blinder Gehorsam suspekt. Ich ziehe es vor, in der Auseinandersetzung mit anderen – auch mit meinen Oberinnen –, nach einer gemeinsamen Entscheidung zu suchen. Was damit gemeint ist, nennt Pater Köster in dem von ihm gemeinsam mit Paul M. Zulehner herausgegebenen Buch *Macht und Ohnmacht auf den Philippinen*, 1986 erschienen, „Kirche nach Menschen-Maß":

„Während die Lehre von der ‚Gottessohnschaft' dazu neigt, die Freiheitsgeschichte des Menschen mit allen Gefahren und Möglichkeiten von Irrtümern und Abwegigkeiten zu verhindern, also hierarchische Ordnung und äußere Ruhe zu wahren, so dass es Sünder und auch den ‚verlorenen Sohn' nicht mehr geben darf, entstehen in der Dritten Welt Befreiungstheologien, in deren Mitte die Lehre vom ‚Menschensohn' steht. Sie stellen den urchristlichen Versuch dar, an die Stelle der Liebe zur Macht die Macht der Liebe zu rücken. Indem das Besondere der theologischen Argumentation Jesu herausgearbeitet wird – nicht Gesetze, Vorschriften, Verbote,

Strukturen, sondern das Heil des Menschen und der Welt –, wird jeder Wille zur Macht in Frage gestellt, was die Liebe der Mächtigen zur Macht empfindlich stört."

Nach meiner Rückkehr aus Ruanda Ende Juli 1972 schrieb ich mich an der Ludwig-Maximilians-Universität in München für Pädagogik als Hauptfach ein und für Psychologie und Theologie als Nebenfächer. Während des Studiums und später auch noch als *Missio*-Bildungsreferentin arbeitete ich nebenbei als Reiseleiterin beim *Bayerischen Pilgerbüro* – dagegen hatte meine Ordensleitung nichts. Auf diesen Pilgerreisen begleitete mich Mutti meist. Da ich umsonst mitfuhr und sie nur für sich selbst bezahlen musste, konnte sie sich das leisten. Früher hatte sie immer gesagt: „Dehemm" – daheim – „ist's am schönsten." Aber nun kam sie auf den Geschmack.

Auf einem Foto von unserer Pilgerreise nach Taizé, 1973, trage ich Tracht. Kein alles verhüllendes Habit, sondern ein graues, wadenlanges Kleid mit einem kurzen, grauen Schleier. Zur Uni ging ich immer „in Zivil", nur auf Pilgerreisen zog ich manchmal die Tracht wieder an. Bei der nach Taizé tat ich's zwei Mitschwestern zuliebe – damals war ich noch kompromissbereiter. Ende der 1970er Jahre habe ich den Schleier endgültig abgelegt. Denn Johannes Paul II., 1978 zum Papst gekürt, pries ihn hymnisch wie Gertrud von Le Fort – womit er signalisierte, dass er mit den Reformen des Zweiten Vaticanums nicht unbedingt konform ging. Das fand ich unmöglich.

Als ich zum Wintersemester 1972/73 mein Zimmer im katholischen Studentinnenheim an der Preysingstraße im Stadtteil Haidhausen bezog, wohnte dort schon eine andere Weiße Schwester, die auch in München studierte. Sr. Hilde Jäcker war eine junge, moderne Frau – ich hingegen war jahrelang in Ruanda gewesen, vom deutschen Zeitgeist unberührt. Als sie mich graue Maus in meiner grauen Tracht erblickte, lachte sie sich schief. Unter ihrem Einfluss begann ich mich wieder für Mode zu interessieren. Zuerst allerdings traute ich mich nicht so recht.

„Ich brauche bloß ein einziges Kleid, das ich immer tragen kann“, erklärte ich Hilde. „Ich näh’ es mir selber in dunkelblau.“

„Dann kannst du auch gleich die Tracht anbehalten!“

Nach vier Wochen allerdings hielt ich es in diesem langweiligen, tagtäglich gleichen Kleid nicht mehr aus.

„Wenn schon Zivil, dann richtig!“, dachte ich.

Obschon ich wenig Geld hatte, bemühte ich mich von nun an, schick auszusehen. Modische Schnittmuster waren erschwinglich. Ich achtete auf gute Qualität, wenn ich in der *Restetruhe* Stoffe kaufte. Auf meiner Nähmaschine zauberte ich einen Hauch von Paris daraus. Einen Friseur konnte ich mir nicht leisten, darum ließ ich mein Haar wachsen. Ich band es zum Pferdeschwanz oder steckte es hoch.

Auf einer Pilgerreise unter meiner Reiseleitung, die wir 1980 – da war ich schon bei *Missio* – durch die Bretagne machten, erzürnte mein Aussehen und Auftreten einen Pfarrer aus der Reisegruppe: ein alter Herr mit noch älteren Vorstellungen über die Kirche und das Amt der Kleriker. Pfarrer Möller bot sich ständig an, die Messe für uns zu zelebrieren. Dabei verweigerte er stets die Handkommunion – was zu einigen Auseinandersetzungen mit mir führte. Im Laufe der Reise wuchsen die Spannungen zwischen uns, weil ich seine Ansichten nicht teilte und er meine nicht tolerierte.

Ich ließ den Bus immer am Ortseingang anhalten, um der Reisegruppe aus einem Reiseführer vorzulesen, welche Attraktionen uns im Ortskern erwarten. In der Betragne sind das vor allem die legendären Calvaires – bildhauerische Nachempfindungen des Kalvarienberges.

„Der Calvaire in diesem Dorf“, informierte ich meine Pilgerreisenden, „soll sich durch die außergewöhnliche Darstellung eines weiblichen Teufels auszeichnen.“

Pfarrer Möller, der die Teufelin am eifrigsten suchte, sonderte sich von der Gruppe ab, die sich gemeinsam auf die Suche nach ihr machte. So viel Mühe wir uns auch gaben, wir entdeckten sie nicht.

„Haben Sie das Teufelsweib gefunden, Herr Pfarrer?“, fragte eine Mitreisende ihn schmunzelnd im Bus.

„Nein!“, antwortete er mürrisch. „Außer der Reiseleiterin habe ich keinen weiblichen Teufel gesehen.“

Butare, den 24. März 1978

Liebe Mutti,

ganz herzliche Grüße aus Ruanda! Hoffentlich erreichen sie Dich noch in Deiner Kur in Bad Sassendorf. Unsere Reise ist sehr schön und der Empfang herzlich. Überall erkundigt man sich nach Dir. Immer wieder höre ich: „Wie geht es Ihrer Mutter?“ Du hast hier ganz offensichtlich einen bleibenden Eindruck hinterlassen. Viele meiner alten Freunde habe ich wiedergesehen und dabei mit Freude feststellen können, dass sie mich nicht vergessen haben. Stell Dir vor, ich habe sogar den Professor aus Brüssel wiedergetroffen! Alle haben sich darüber amüsiert, wie er mir den Hof macht. Morgen fahren wir nach Burundi und sind sehr gespannt darauf.

Ich umarme und küsse Dich!

Deine Dich vermissende Lea

1977 hatte ich promoviert, meine Doktorarbeit über *Erziehung und Bildung in Ruanda – Probleme und Möglichkeiten eines eigenständigen Weges* wurde 1978 veröffentlicht. In diesem Jahr reiste ich auch zum ersten Mal wieder in das Land der tausend Hügel und der neun Seen. Diese private Reise hatte ich für drei meiner ehemaligen Hochschullehrer und ein befreundetes Ehepaar organisiert: Prof. Hans Schilling und Dr. Hubert Brosseder, beide Theologen; Prof. Elke Natorp, Psychologin; Rosemarie Buchner und Prof. Klaus Buchner, ein Mathematiker. Ich freute mich sehr, Ruanda wiederzusehen. Mehr noch freute es mich, dass ich endlich zeigen konnte, worüber ich so viel erzählte. Ich bin überzeugt, dass Erzählungen, Bücher, Artikel, Fotos und Filme über Afrika nicht ausreichen. Ein Europäer, der nie in Afrika war, kann es sich, wenn überhaupt, bloß annähernd vorstellen, wie die Menschen dort leben. Nur der direkte Kontakt vermittelt einen echten Eindruck – und ein mitmenschliches Gefühl. Wenn wir Europäer die Afrikaner aus der Nähe kennen würden, wäre auch unsere Bereitschaft größer, unseren Reichtum mit ihnen zu teilen. Denn sie teilen ihren gezwungenermaßen mit uns.

Zwei Wochen fuhren wir kreuz und quer durchs ganze Land, meist in überfüllten Überlandbussen. Wir besuchten Ordensgemeinschaften und Pfarreien; wir besichtigten Schulen und Hochschulen; wir führten Gespräche mit Pädagogen, Theologen und Politikern; aber wir sprachen auch mit Frauen am Marktstand, Männern in der Kneipe und Kindern auf der Straße. Weil das alles sehr anstrengend war, hatte ich eine dritte Woche für Erholung geplant, dann wollten wir im Hotel übernachten.

In den ersten beiden Wochen schliefen wir immer in Missionsstationen, manchmal tief im Busch gelegen. Zwar mussten wir nicht in Gemeinschaftsunterkünften nächtigen, wir hatten getrennte Schlafgelegenheiten; doch die Zimmer waren winzig und die Betten schlicht, Strohsäcke lagen auf den Bettgestellen. Oft gab es kein elektrisches Licht, obwohl es in Ruanda schon um sechs Uhr abends stockfinster ist. Die Toilette im Hof. Die Dusche auch draußen. Ohne fließendes Wasser. Beim Duschen mussten wir uns das Wasser aus Kübeln über die Köpfe schütten.

Die Ungezieferplage hielt sich in Grenzen. Das Schreckenserlebnis, das meine Mutter hatte, als sie mich mit Herbert Spaniol, unserem Klarenthaler Pfarrer, während meiner Zeit in Nyanza besuchte, blieb uns auf dieser Reise erspart. Als ich Mutti und Herbert Ruanda zeigte, übernachteten wir auch in Missionsstationen. In einer sagte der Pater, der sie leitete, als er meine Mutter sah: „Die Madame kriegt unser bestes Bett!“ Es galt als das beste, weil es statt eines Strohsacks eine Matratze hatte. Am nächsten Morgen war meine Mutter von oben bis unten mit Wanzenstichen übersät.

Hans Schilling litt unter diesen einfachen Verhältnissen. Zwar hatte er als Professor und Lehrstuhlinhaber für Pastoraltheologie schon die halbe Welt bereist, aber viel von ihr gesehen hatte er dabei nicht, weil er sich auf seinen Reisen meist in Universitäten und Tagungsstätten aufhielt. Er war ein typischer Intellektueller – „Stubenhocker“, hätte Babba gesagt –, der lieber am Schreibtisch in gepflegter Umgebung saß als in einem überfüllten Überlandbus. Kurzum: Professor Schilling sehnte sich nach einem Hotel.

Als wir am Anfang der dritten Woche im Akagera-Nationalpark im Osten Ruandas in einem mit allen Errungenschaften der westeuropäischen Wohnkultur ausgestatten Touristenhotel abstiegen, wähnte er sich am Ziel seiner Träume. Nachdem er ein ausgiebiges Bad mit viel Schaum genommen hatte, wollte er nur noch eins: stundenlang schlafen. Aber da hatte er die Rechnung ohne mich gemacht.

Wir anderen hatten vor, am nächsten Morgen um fünf zu einer Besichtigungstour durch den Nationalpark aufzubrechen. Im Morgengrauen kommen die wilden Tiere zu den Wasserstellen. Wenn wir sie sehen wollten, mussten wir früh los. Später am Tag sind sie schwerer aufzuspüren.

„Ich bin nicht wild auf wilde Tiere“, versuchte sich der Professor vor dem frühen Aufstehen zu drücken.

Ich kannte kein Pardon: „Wenn Sie schon mal hier sind, müssen Sie auch die Tiere angucken!“

Viel geguckt hat er nicht. Er duselte meist, während uns ein Wildhüter herumfuhr. Mittags sagte dieser: Eigentlich sei die übliche Tour jetzt zu Ende, aber er könne uns noch in einem weiter entfernten Areal Elefanten in freier Wildbahn zeigen.

„Sehr selten hier.“

Da war Hans Schilling plötzlich hellwach.

„Bitte nicht!“, flehte er.

Wir anderen wären auch lieber zurück ins Hotel. Doch als Rosemarie Buchner sich wünschte, diese „einmalige Gelegenheit“ nicht zu verpassen, schlug ich mich sofort auf ihre Seite.

„Rosemarie hat Recht. Das dürfen wir uns nicht entgehen lassen!“

„Also gut, wenn Sie meinen“, grummelte Schilling.

Keine Spur von freier Wildbahn! Es handelte sich um jüngst aus Gegenden mit Elefantenüberschuss einzeln umgesiedelte Tiere. Zum Eingewöhnen hatte man sie in ein umzäuntes Gehege gesperrt. An diesem Desaster gab Professor Schilling mir die Schuld.

„Um Gottes willen, Lea!“, schimpfte er. „Warum habe ich bloß auf Sie gehört? Solche Elefanten kann ich auch bei uns in München im Tierpark Hellabrunn besichtigen!“

Damit ist die Geschichte noch nicht zu Ende.

Ruanda hat zwei Nationalparks: Akagera im Osten und Virunga im Nordwesten. Auch den zweiten besichtigten wir, wie beim ersten mit Übernachtung im Hotel. Der deutsche Pater Maurer, Schulinspektor und Pfarrer in Ruhengeri, hatte Hans Schilling auf das „bahnbrechende Forschungsprojekt“ von Dian Fossey aufmerksam gemacht.

Diese Amerikanerin beobachtete aus nächster Nähe die vom Aussterben bedrohten Berggorillas in den Regenwäldern auf den Hängen der Virunga-Vulkane. Fossey nannte die als gefährlich geltenden Tiere zärtlich „sanfte Riesen“. Sie erforschte die Gorillas nicht nur, sie verteidigte sie auch vor Wilderern: rabiat und unerbittlich. Darum war die berühmte Affenforscherin bei den Einheimischen mehr gefürchtet als beliebt.

Professor Schilling bestand darauf, dass ich eine Führung zu den Berggorillas auf den Virunga-Vulkanen organisierte. Forschung interessierte ihn brennend, dafür nahm er sogar eine mühsame Klettertour durch den Regenwald in Kauf – die Berggorillas lebten etwa 3500 Meter über dem Meeresspiegel. Auf diese Strapaze hätten wir anderen liebend gern verzichtet. Aber dieses Mal kannte der Professor kein Pardon.

Noch vor Morgengrauen machten wir uns an den Aufstieg. Wir mussten uns sputen, weil wir bei Einbruch der Dunkelheit um 18 Uhr wieder unseren unterhalb des Gorilla-Gebiets geparkten Geländewagen erreichen wollten. Früh morgens verhüllt Nebel die Virunga-Vulkane. Dann ist es noch relativ kühl im Regenwald. Aber nach ein, zwei Stunden Sonneneinstrahlung beginnt er zu dampfen. Die hohe Luftfeuchtigkeit und das beschwerliche Klettern trieben uns den Schweiß aus allen Poren. Stöhnend und ächzend schleppten wir uns hinter dem Fährtenleser her, der uns – unterstützt von zwei anderen Wildhütern – mit seiner Machete einen Weg durchs Unterholz bahnte. Höher und höher hinauf, dem Kot der Berggorillas folgend.

Gegen Mittag beschwerte sich jemand – ich weiß nicht mehr wer – am Ende seiner Kraft und dementsprechend unflätig:

„Stundenlang laufen wir nun schon hinter dieser blöden Kacke her! Wann sehen wir denn endlich einen Affen?"

„Bald!", entgegnete der Fährtenleser, einen Kothaufen prüfend. „Der ist noch warm!"

Das gab uns Auftrieb, wir kletterten weiter.

Viel weiter waren wir noch nicht gekommen, als ich in das tiefe Wurzelloch eines umgestürzten Baumriesen fiel. „Wie vom Erdboden verschluckt", berichteten die anderen später, sei ich plötzlich verschwunden.

Die Grube, auf deren Grund ich leicht benommen hockte, verbarg sich unter Kletterpflanzen, die sich um die freiliegenden Wurzeln des Baumriesen rankten. Hätte ich „Hilfe!" gerufen, wäre ich wahrscheinlich sofort entdeckt worden. Doch ich war viel zu sehr damit beschäftigt, mich um meine am Morgen noch schneeweißen Jeans zu sorgen. Ihr desaströser Zustand bereitete mir mehr Schmerzen als mein durch den Aufprall schmerzendes Gesäß. Die Jeans hatten schon durch die Klettertour gelitten, aber nun waren sie völlig hin – was nicht so schlimm gewesen wäre, hätten sie mir gehört. Da ich damals nur Kleider und Röcke trug, hatte ich sie mir am Vorabend unserer Expedition bei Hubert Brosseder ausgeliehen. Sie waren nagelneu; während unserer gesamten Ruanda-Reise hatte er diese schneeweißen amerikanischen Levi's wie einen Goldschatz gehütet. Vielleicht als letztes Zipfelchen westlicher Zivilisation? Jedenfalls waren sie jetzt nicht mehr zu gebrauchen. Allenfalls für Gartenarbeit im beschaulichen München.

„Um Gottes willen, Lea! Da sind Sie ja! Haben Sie sich verletzt?"

Ich schaue hoch und blicke in das besorgte Gesicht von Professor Schilling.

„Ganz ruhig! Regen Sie sich nicht auf! Ich hole Sie da raus!"

Weg ist er.

Und schon wieder da.

Er wuchtet einen dicken Ast über den Rand.

„Halten Sie sich daran fest!", ruft er von oben, wahrend er unkoordiniert mit dem Ast herumstochert – nah an meinem Kopf.

„Haben Sie mir immer noch nicht verziehen? Wollen Sie mich jetzt auch noch erschlagen?"

Ein Lachanfall schüttelt mich.

Ich lache, lache und lache.

„Ich finde das gar nicht komisch!", tönt es beleidigt von oben.

Der Fährtenleser griff beherzt nach dem Ast und zog mich heraus. Oben angekommen, musste ich schon wieder lachen, als ich den gekränkten Hans Schilling sah, in seiner Männerehre verletzt. Durch meinen Sturz in die Grube und den damit verbundenen Zeitverlust hatten wir die Berggorillas verpasst. Weil der Einbruch der Dunkelheit nahte, mussten wir umkehren – was alle, bis auf Hans Schilling, mit Freude erfüllte. Irgendwie waren uns die sanften Riesen nicht geheuer. Am meisten freuten sich unsere ruandischen Führer. Vor den Gorillas fürchteten sie sich nicht, aber vor Dian Fossey. Sie waren froh, ihr nicht begegnen zu müssen.

Während meines Studiums habe ich mich oft als Grenzgängerin gefühlt – nirgends gehörte ich richtig dazu.

Zwar hatten die 68er-Revolutionäre inzwischen den „Marsch durch die Institutionen" angetreten, um den deutschen Staat von innen zu verändern statt von außen mit Demonstrationen; aber der Sturm, den die 68er entfacht hatten, wehte in den 1970ern nur noch als laues Lüftchen. Auch im als „tiefschwarz" verschrienen München war die Studentenschaft links orientiert, wenn sie nicht gerade Jura oder Medizin studierte. Ich, die Ordensfrau, war meinen Kommilitonen und Kommilitoninnen, von denen das Gros mein Hauptfach Pädagogik als Nebenfach fürs Lehramt belegt hatte, als reaktionär verdächtig. In meiner erzkatholischen Münchener Kirchengemeinde war es genau umgekehrt. Da beäugten mich die Konservativen misstrauisch, weil ich ihnen als zu progressiv erschien.

Sogar die Fakultät für katholische Theologie versuchte, sich fortschrittlich zu geben. In Pastoraltheologie, bei der es auch um praktische Seelsorge geht, waren damals gruppendynamische Wochenendseminare in Mode. Unsere durch die intensive Auseinandersetzung mit uns selbst und den anderen Gruppenmitgliedern gewonnenen Erfahrungen sollten wir auf unsere künftige Seelsorgearbeit übertragen. In einem dieser Seminare, das Klaus Dobler, ein von Professor Schilling eingeladener Psychologe, 1974 an mehreren aufeinander folgenden Wochenenden anbot, geriet ich gleich zu Anfang nach der Vorstellungsrunde mit einer Kommilitonin aneinander. Außer mir war sie die einzige Frau in unserer zwölfköpfigen Gruppe – wie so oft in dieser von Männern dominierten Fakultät.

„Du bist 'ne Nonne? Allen Ernstes? Das kapiere ich nicht!", platzte es aus ihr heraus. „Du passt ja gar nicht in mein Bild von einer Ordensfrau."

„Ich bin nicht ins Kloster gegangen, um deinen Erwartungen zu entsprechen!", erwiderte ich sauer. Dass sie mich in das enge Korsett ihrer Klischeevorstellungen zwängen wollte, erregte meinen Zorn.

In einem Pädagogik-Seminar über Rousseaus Erziehungsroman *Émile* gaben Marxisten den Ton an. Sie forderten lautstark, statt des Aufklärungsphilosophen Jean-Jacques Rousseau den antikapitalistischen Denker Karl Marx zum Seminarthema zu machen. Schließlich sei der auch ein großer Pädagoge gewesen, „ein Erzieher der werktätigen Massen".

„Ich bin hier, um mich mit Rousseau zu beschäftigen!", protestierte ich.

Zwar hatte ich mich in diesem Seminar nicht als Ordensfrau „geoutet", herumgesprochen hatte es sich trotzdem.

„Dass die nichts von Marx hält, ist doch glasklar!", brüllte ein Marxist mit hasserfüllter Stimme. „Das ist 'ne Nonne!"

„Ich bin mehr Kommunistin als ihr!", ereiferte ich mich. „Ich bin ins Kloster gegangen, um das Evangelium zu leben. Jesus lehrt uns, dass alle Menschen gleich sind. Jetzt habt ihr kein Geld, da seid ihr auch noch für Gleichheit. In ein paar Jahren werdet ihr als Studienräte über ein dickes Gehaltskonto verfügen. Ich bin gespannt, wie viele von euch dann noch bereit sind, mit den Armen zu teilen. Zum Beispiel mit den Menschen in Ruanda, wo ich fünf Jahre Missionsschwester war!"

Einige meiner linken Kommilitonen interessierte das brennend. Nach dem Seminar luden sie mich in ihre Kommune ein.

„Haste Lust, uns mal zu besuchen?"

„Sicher. Ich komme gern."

Die Kommune – Männer und Frauen – hauste in einer Altbauwohnung, ziemlich ungepflegt. Am Eingang musste ich meine Schuhe ausziehen, obwohl der Fußboden schmutziger als meine Schuhsohlen war. Betten, Sessel und Sofas hatte diese Wohngemeinschaft nicht. Matratzen, die auf dem Fußboden lagen, fungierten als Allzweckmöbel. Darauf hockten wir und tranken Tee mit Vanille-Aroma.

„Warum trägst du keine Kutte?", fragte mich einer.

„Wenn ich es täte, hättet ihr doch nicht den Schneid, euch in der Uni neben mich zu setzen."

„Du unterschätzt uns, Lea. Den hätten wir!"

Ich fand sie sympathisch und sie mich. Ich habe sie noch öfter besucht. Wenn ich über die Theologie der Befreiung erzählte, lauschten sie fasziniert.

In der Marxisten-Kommune war ich eine Exotin, aber akzeptiert. In dem gruppendynamischen Wochenendseminar für Pastoraltheologie hingegen hatte ich manchmal das Gefühl, mich verleugnen zu müssen. Beim gemeinsamen Mittagessen war es verpönt, ein Tischgebet zu sprechen. Anscheinend galt das als spießig. Pater Köster, den ich in diesem Seminar kennen gelernt habe, war der Einzige, der vor dem Essen laut betete. Samstags schlug er vor, am Sonntagmorgen vor Seminarbeginn zusammen in einen Gottesdienst zu gehen – außer mir begleitete ihn niemand.

Meine lebenslange Freundschaft mit Fritz begann mit einem Streit. In dem gruppendynamischen Seminar sollten wir durch ein Rollenspiel üben, eine Position argumentativ zu vertreten statt dogmatisch. Es ging um folgenden hypothetischen Fall: Ein Arbeitsteam bekommt von der Firmenleitung ein neues Auto zur Verfügung gestellt; die Kollegen sollen selbst entscheiden, wer von ihnen es nutzen darf. Für mich stand felsenfest: der Dienstälteste! Fritz hingegen wog das Für und Wider bei jedem einzelnen Kollegen ab. Der eine war im Außendienst tätig und am meisten unterwegs. Der Privatwagen eines Zweiten, mit dem er auch Dienstfahrten machte, war schon 200.000 Kilometer gelaufen. Ein Dritter hatte überhaupt kein Auto. So viele Argumente Fritz auch gegen meinen Standpunkt vortrug, ich ließ mich nicht davon abbringen und geriet in helle Wut, als er immer wieder mahnte: „Das kann man sehen wie du, Lea, durchaus. Doch darüber nachzudenken, ob es anders vielleicht auch richtig wäre, könnte nicht schaden."

Für mich war er eine Herausforderung. Im Laufe unserer Freundschaft, die inzwischen über 30 Jahre währt, hat er mir oft bewusst gemacht, dass meine Sichtweise bisweilen eng und einseitig ist. „Du wirst den Menschen nicht gerecht, wenn du sie nur aus einem einzigen Blickwinkel betrachtest."

Er war und ist ein unverbesserlicher Menschenfreund. Tief religiös und stets tolerant. Humorvoll, freundlich, charmant. Aber auch unbequem und unbestechlich. Fritz nimmt kein Blatt vor den Mund, wenn er überzeugt ist, dass „gemauschelt“ wird. Ein alter Jugendfreund aus dem Sauerland brüstete sich, nachdem er Bischof geworden war, mit den guten Beziehungen, denen er seinen Karrieresprung zu verdanke habe.

„Wenn man das Rennen gewinnen will, muss man auf das richtige Pferd setzen!“

„Ich halte nichts von Pferdewetten“, entgegnete Fritz.

Er wäre gern Politiker geworden, hat er mir gelegentlich anvertraut. Das konnte ich mir nicht vorstellen – dafür ist er zu gradlinig.

Fritz ist „Professor Doktor“, promoviert und habilitiert, aber er spricht eine Sprache, die alle verstehen. Von überall her kommen Menschen, die sonst nie in die Kirche gehen würden, zu seinen Gottesdiensten, weil er ihnen in seinen Predigten zeitgemäße Zugänge zum Evangelium öffnet.

Als Abteilungsleiter bei *Missio München*, als Dozent an der Katholischen Universität Eichstätt, als Honorarprofessor für Pastoraltheologie an der Theologischen Hochschule Vallendar, als Vortragsreisender, als Buchautor, als Fachjournalist – immer ist er neben- oder hauptberuflich auch Seelsorger und Pfarrer gewesen. In Milbertshofen, in Percha, in Münsing am Starnberger See, in Baldham bei München – und seit 17 Jahren in Boppard-Hirzenach am Rhein. Hier hat er eine lebendige Kirchengemeinde um sich geschart. Nicht nur alte, auch viele junge Leute.

Aus dem ersten Streit wurde Zusammenarbeit. 1977, direkt nach meiner Promotion, bot mir *Missio München* eine Stelle als Bildungsreferentin an. Dieses katholische Missionswerk fühlt sich der Kirche in der Dritten Welt verpflichtet und versteht sich als Anwalt ihrer Interessen in Deutschland. Das faszinierte mich. Stärker als meine Sehnsucht nach Ruanda war inzwischen der sehnliche Wunsch geworden, hierzulande darüber aufzuklären, dass die Menschen in Afrika ihr eigenes Christsein leben wollen, statt unhinterfragt unser Christentum nachzubeten. Als Leiter des *Missio*-Bildungsreferates war Fritz mein Chef. Er betraute mich mit der Aufgabe, die Ansätze der jungen Kirche in der Dritten Welt zum Zweck der „missionarischen Bewusstseinsbildung“ in die bayerischen Priesterseminare zu tragen. Denn Missionstheologie stand dort nicht auf den Lehrplänen – und schon gar nicht die Theologie der Befreiung.

1980 übernahm ich nebenberuflich einen Lehrauftrag im Fachbereich Sozialpädagogik der Katholischen Universität Eichstätt. Die Überlegung, die dahinter steckte, war: Weil immer mehr Menschen aus Afrika, Asien und Lateinamerika vor der Armut dort nach Deutschland fliehen, müssen hier künftige Sozialarbeiter und Sozialarbeiterinnen darauf vorbereitet werden. Ich war davon beseelt, sie für das Gedankengut des Brasilianers Paolo Freire zu begeistern. Dieser Christ und Humanist (1921–1997) ist der Begründer der so genannten „Basispädagogik“. Mit seiner zentralen Schrift *Pädagogik der Unterdrückten* hatte ich mich in meiner Dissertation auseinandergesetzt.

Meine sozialpädagogischen Seminare in Eichstätt waren immer gefüllt und so beliebt, dass ich, als ich 1985 nach Kenia berufen wurde, meinen Lehrauftrag behielt. Weil ich – anders als früher in Ruanda – von Kenia aus häufiger auf Vortragsreise nach Deutschland flog, terminierte die Eichstätter Fachbereichsleitung passend zu diesen Terminen Blockseminare für mich. Meine Veranstaltungen in den fünf bayerischen Priesterseminaren – München, Augsburg, Würzburg, Passau, Regensburg – waren nicht so gut besucht. Es sei denn, Fritz begleitete mich. Wir teilten uns die missionarische Bewusstseinbildung bei den angehenden Priestern: er als Theologe, ich als Pädagogin. Hielt der als brillanter Redner bekannte Pater Köster einen Vortrag, war der Hörsaal bis auf den letzten Platz besetzt. Ich war froh, wenn ich mal gerade die erste Reihe füllen konnte.

Zu meiner Überraschung empfingen mich die Leiter der Priesterseminare – die „Regenten“ – mit offenen Armen. Ich hegte das Vorurteil, dass sie allesamt stockkonservativ seien. Manche waren es und andere nicht. Wie auch immer, die Auseinandersetzung mit der Zukunft des Katholizismus in der Dritten Welt fanden alle Regenten wichtig. Sie versicherten mir einhellig: „Unsere Seminaristen wollen überhaupt nicht mehr ins Ausland. Junge Priester von heute interessieren sich nicht für die Mission."

Dennoch gelang es mir, in jedem der fünf bayerischen Priesterseminare einen Missionsarbeitskreis auf freiwilliger Basis zu gründen. In Regensburg habe ich es sogar einmal geschafft, alle Priesteramtskandidaten – nicht nur die aus meinem Arbeitskreis – zu einer lebendigeren Form von Liturgie zu animieren. Als die Orgel am Ende einer gemeinsamen Messe in der Kapelle des Priesterseminars nach dem Schlusssegen eine mitreißende Melodie intonierte, dachte ich: „Diese jungen Männer musst du aus der Reserve locken!"

Ich bin aus meiner Bank raus und habe laut im Takt in die Hände geklatscht. Singend und klatschend tanzte ich zur Tür hinaus. Auch klatschend, singend und swingend folgten sie mir in den Speisesaal. Dort staunte der Regens nicht schlecht über seine vermeintlich braven Seminaristen, aus denen plötzlich temperamentvolle Afrikaner geworden waren.

Einmal im Quartal lud ich die fünf Arbeitskreise zu einem Vernetzungstreffen bei *Missio München* ein. Dann schleppte ich alle Tische und Stühle aus der Cafeteria. Manchmal half mir Pater Köster dabei. Der Hausmeister half mir nie, weil er diesen „Folklore-Quatsch" für Unfug hielt. Ich breitete Teppiche und Kissen auf dem Fußboden aus und servierte afrikanisches Essen, das ich für die jungen Leute gekocht hatte. Ohne Unterstützung der Cafeteria-Chefin. Sie empfand mich als so große Belastung, dass sie es schließlich beim Verwaltungschef durchsetzte, die Tische aneinander festschrauben zu dürfen, damit ich sie nicht mehr verrücken konnte.

Ich ärgerte mich zunehmend über die Rolle der Frau in der katholischen Kirche. Bei einem 1981 von *Missio* ausgerichteten missionarischen Pfingsttreffen in Mainz wurde darüber auf einem Frauen-Forum diskutiert. Eine Hauptamtliche im kirchlichen Dienst gestand:

„Ich habe mir meinen Platz in der Kirche mit List und Tücke erobert. Ich mache alle Arbeiten, die den Männern unangenehm oder unwichtig sind. Das ist mein Rezept. So halte ich den Fuß in der Tür."

„Was ist denn das für eine Kirche", fragte eine junge Katholikin empört, „in der wir Frauen – mehr als die Hälfte der Gläubigen! – mit einem Fuß in der Tür abgespeist werden? Ist das die Kirche, die Jesus gewollt hat? Die uns Heimat ist? In der wir uns zu Hause fühlen können?"

Was mich 1981 in Mainz besonders aufgeregt hat: Das Frauen-Forum diente dazu, uns zu beschwichtigen! Die „Herren der Schöpfung" saßen weder auf dem Podium noch im Auditorium. Wir Frauen besprachen „unsere" Probleme unter uns – in eine Frauenecke abgeschoben.

Der größte und aktivste meiner fünf Arbeitskreise war der in München. In ihm engagierten sich auch Theologie-Studentinnen. Eine von ihnen war Gisela Schreyer, die später bei den Weißen Schwestern eingetreten ist. 1979, nach zweijähriger Vorbereitungszeit, reiste ich mit dem Münchner Arbeitskreis nach Tansania, wo ein einheimischer Bischof ein ungewöhnliches Konzept erfolgreich in die Tat umsetzte. Er arbeitete mit pastoralen Teams, die mitten unter den Menschen in gemischtgeschlechtlichen Wohngemeinschaften lebten: Priester, Ordensfrauen, Katechetinnen und Katecheten. Das hatte Gisela so sehr begeistert, dass in ihr der Entschluss reifte, Missionsschwester zu werden. Während ich in Mainz zum Frauen-Forum ging, besuchte sie eine zeitgleich angebotene Veranstaltung über katholische Basisgemeinden in der Dritten Welt.

„Um Gottes willen, Lea, das darf doch wohl nicht wahr sein!", ereiferte sie sich, als wir uns anschließend in einem Café trafen.

„Was ist los?", fragte ich.

„Dass ich bei den Weißen Schwestern eintrete, kannst du vergessen. Das tue ich mir nicht an."

In dem Forum über Basisgemeinden, erzählte Gisela, hätten bloß Männer den Ton angegeben. Obwohl im Auditorium überwiegend

Ordensfrauen aus Missionsländern saßen, habe das ausschließlich männlich besetzte Podium über die Köpfe der vielen Missionarinnen hinweg nur mit den wenigen Missionaren diskutiert.

„Und weißt du, was das Schlimmste ist, Lea? Die Schwestern fanden das völlig normal."

Im Gegensatz zu Gisela. Sie ist aufgestanden und hat gefragt, warum die Frauen im Saal nicht mitreden dürfen. Der Diskussionsleiter antwortete mit einer Gegenfrage:

„Haben Sie sich verlaufen?"

„Wieso?"

„Frauenprobleme werden auf dem Frauen-Forum besprochen!"

Zu meinen Aufgaben als *Missio*-Bildungsreferentin gehörte es auch, deutsche Theologen in die Dritte Welt zu begleiten. Oft auf die Philippinen. Einmal, im Februar 1984, hatte ich eine Philippinen-Reise für Pater Köster und Paul Zulehner, Professor für Pastoraltheologie in Wien, organisiert. Sie wollten sich über die Praxis der Befreiung in dem überwiegend katholischen Inselreich informieren. Bevor wir auf die Philippinen flogen, nahmen wir an einer missionarischen Bildungswoche über die „Theologie der Gemeinde" im Süden Taiwans teil. Dort übernachteten wir in einem buddhistischen Kloster mit Männer- und Frauenabteilung.

Zu meinem Erstaunen stellte es sich heraus, dass die drei Nonnen in diesem Kloster europäische Konvertitinnen waren. Die Leiterin der Frauenabteilung war eine französische Ex-Kommunistin mit Universitätsabschluss. Sie hielt es für selbstverständlich, für Männer zu putzen, zu kochen und zu waschen. Gegen die mir befremdlich erscheinende Regel, dass die Wäsche der Mönche auf der oberen Leine zum Trocknen aufgehängt werden muss, die der Anwärter auf der mittleren Leine und die der Nonnen auf der unteren, rebellierte die frühere Rebellin nicht.

Die Nonnen galten als „unrein". Berührte eine aus Versehen einen Mönch, musste der sich komplizierten Reinigungsritualen unterziehen. Gegessen wurde im Gebetsraum des Klosters. Die drei Nonnen trugen das Essen, ein vegetarisches Reisgericht, in einer großen Schale herein. Der Vorsteher nahm sich als Erster davon, dann die übrigen Mönche, dann die Anwärter, dann die Gäste – die Nonnen teilten sich den kärglichen Rest in einer dunklen Ecke.

Eines Morgens lud mich die Leiterin der Frauenabteilung ein, ihre „Bibliothek" zu besichtigen. Ich fasste es nicht. Sie bestand aus einer Schrift des mittelalterlichen Mystikers Meister Eckhardt und einer Biographie über Teresa von Avila, auch eine katholische Mystikerin.

„Der Mensch muss lernen, sich auf das Wesentliche zu beschränken", erklärte mir die Ex-Kommunistin mit Universitätsabschluss. „Auch bei seiner Lektüre."

„Die Auswahl scheint mir aber etwas zufällig und zudem auch noch sehr katholisch zu sein."

„Was Sie hier sehen, ist das Ergebnis eines langen Diskussions- und Meditationsprozesses."

„Stört es Sie nicht, dass die Nonnen in diesem Kloster als minderwertig gelten?"

„Wir sind alle nur Wesen im Kreislauf der Existenzen. Es hat keinen Sinn, dagegen zu kämpfen. Früher war ich eine Kämpfernatur. Heute halte ich mich an Buddha, der sagt: ‚Alles ist Leiden.' Das ganze Dasein ist leidvoll, weil alles vergänglich ist."

„Und warum müssen buddhistische Nonnen mehr leiden als buddhistische Mönche? Das kommt mir irgendwie bekannt vor. In der katholischen Kirche wird uns Frauen auch suggeriert, dass wir nur durch Opferbereitschaft und Selbstaufgabe von Gott geliebt werden."

„Darf ich Ihnen etwas raten, Schwester Lea? Geben Sie das Kämpfen auf! Kampf führt nicht zur Seligkeit."

Sie sprach's milde lächelnd und entschwand, weil sie putzen, kochen, waschen musste, um es den Herren der Schöpfung gemütlich zu machen.

Was war ich froh, als wir zu den Philippinen weiterreisten!

Ich wollte Fritz Köster und Paul Zulehner unbedingt die Prälatur Infanta auf der Hauptinsel Luzon zeigen. Eine Prälatur ist die Vorstufe zu einer Diözese; die in Infanta wurde 1950 gegründet und bekam 1961 einen Bischof: Julio Xavier Labayen, einen Karmeliten. Dieser Filipino hat mich fast noch mehr beeinflusst als der Brasilianer Paolo Freire. Der aus einem reichen Elternhaus stammende Labayen war überzeugt:

„Auf der Seite der Armen zu stehen, heißt, die Realität vom Standpunkt der Armen aus zu sehen. Sich auf die Seite der Armen zu stellen, bedeutet, der schamlosen Visage der Ungerechtigkeit in der Welt von heute mutig entgegenzutreten."

Als wir am 12. Februar 1984 mittags in der philippinischen Hauptstadt Manila landeten, die ebenfalls auf der Hauptinsel Luzon liegt, holte uns Bischof Labayen persönlich vom Flughafen ab. In seinem Jeep nahm er uns zu seiner Schwester mit, einer tiefgläubigen Katholikin, die an diesem Tag Silberhochzeit feierte – mit dem Prunk und Gepränge der Wohlhabenden. Das wollte Julio Labayen seinen Gästen, die zum ersten Mal auf den Philippinen waren, bewusst als Kontrastprogramm zum Elend der Fischer, Kleinbauern und Landarbeiter in der Prälatur Infanta vorführen.

Genau wie ich waren meine beiden Begleiter zutiefst beeindruckt von diesem Bischof aus reichem Hause, der so konsequent Partei für die Armen ergriff. In dem Buch *Macht und Ohnmacht auf den Philippinen* schreibt Zulehner über Labayen:

„Seine Theologie hatte er in Rom studiert. Dabei nahm er auch die Vorstellungen unserer europäischen Kirche in sich auf. Dies ist deshalb so wichtig zu sehen, weil daran deutlich wird, dass selbst ein Bischof, der die überkommene Kirche ‚gelernt' hat, ‚umlernen' kann. Umlernen bedeutet in der Sprache der Bibel ‚umkehren'. Dieser Bischof hat in der Tat eine Bekehrung durchgemacht. Das ist ein Zeichen von Hoffnung auch für uns in Europa."

Nachdem der Karmelit Labayen 1961 Bischof von Infanta geworden war, wollten Karmelitinnen dort einen Karmel gründen, in einem großen Haus ähnlich dem Mutterhaus in Manila. Die Ordensleitung entsandte sieben Schwestern nach Infanta, die das Haus planen, erbauen und einrichten lassen sollten.

„Bevor ihr damit anfangt", empfahl Labayen, „solltet ihr euch erst mal anschauen, wie die Armen hier leben. Wie wär's, wenn jede von euch vier Wochen in einer armen Familie verbringt?"

Für diese kontemplativen Ordensfrauen – an Beten und Schweigen in Abgeschiedenheit gewöhnt – war das eine bahnbrechende Erfahrung. Als die sieben Karmelitinnen nach den vier Wochen bei armen Familien zum Bischofssitz zurückkehrten, waren sie davon abgekommen, als Karmel in Infanta ein großes Haus ähnlich dem reichen Mutterhaus in Manila zu errichten. Sie bauten ein kleines, schlichtes Haus mit offenen Türen für alle – und mit einem großen Garten, in dem sie Gemüse für die Armen anbauten. Vor den Eingang legten sie einen Baumstamm mit der eingeschnitzten Inschrift: „Den Träumen des Vaters gewidmet".

„Gott", erklärte mir eine junge Schwester bei meinem ersten Besuch in Infanta 1979, „liebt uns Menschen, wie Eltern ihre Kinder lieben. So wie Eltern Wunschträume für ihre Kinder haben, hat auch der himmlische Vater Wunschträume für seine irdischen Kinder. Weil wir Karmelitinnen Gott durch unser Leben und unsere Gebete so nahe sind, wollen wir alles dafür tun, dass seine Träume wahr werden."

Als wir im Februar 1984 auf den Philippinen eintrafen, war dort noch der blutrünstige Präsident Marcos an der Macht. Zwei Jahre später, im Februar 1986, wurde er unblutig entmachtet. Die katholische Kirche war an diesem Schritt von der Diktatur zur Demokratie maßgeblich beteiligt – auch vereinzelte Bischöfe wie Labayen, die nach offenkundigen Manipulationen bei der Präsidentschaftswahl zu gewaltlosem Widerstand und zivilem Ungehorsam aufgerufen hatten, aber vor allem das einfache Kirchenvolk. Menschenmassen, unter ihnen viele Ordensfrauen und Priester, verhinderten mit ihren ungeschützten Körpern, dass die Rebellion des Verteidigungsministers Juan Ponce Enrile und des Generalstabchefs Fidel Ramos mit Waffengewalt niedergeschlagen werden konnte. Als Marcos außer Landes floh, entlud sich die Spannung in einem tagelangen Freudentaumel.

Bereits gegen die spanische Kolonialmacht hatte es zwischen 1521 und 1898 rund 200 Aufstände gegeben. Als die Spanier vertrieben waren und am 12. Juni 1898 die Unabhängigkeit ausgerufen wurde, glaubten die Filipinos endlich frei zu sein. Aber sie hatten die Rechnung ohne die USA gemacht. Durch einen am 10. Dezember 1898 in Paris unterzeichneten Vertrag trat Spanien die Philippinen für 20 Milliarden US-Dollar an Amerika ab, das daraufhin die „wohlwollende Assimilierung" des Inselreichs ausrief und ein Truppenkontingent schickte. In vier Jahren, bis 1902, stationierten die Vereinigten Staaten viermal mehr Soldaten auf den Philippinen als die Spanier in über 350 Jahren Kolonialherrschaft. Die als „Wohlwollen" deklarierte US-Herrschaft dauerte von 1898 bis 1942. Von 1942 bis 1944 wütete auf den Philippinen der amerikanisch-japanische Krieg. 1944 siegten die USA. 1946 folgte wieder eine scheinbare Unabhängigkeit unter amerikanischem Diktat – dieses Mal nicht militärisch durchgesetzt, sondern wirtschaftlich.

Für US-Waren durften keine Einfuhrzölle erhoben werden; philippinische Waren hingegen wurden mit hohen Ausfuhrzöllen belegt. Produktionsstätten, Bodenschätze und Ländereien blieben in den Händen amerikanischer Großkonzerne und philippinischer Großgrundbesitzer: Die zahlenmäßig sehr kleine Klasse der einheimischen Reichen kollaborierte mit den Amerikanern. Beim forcierten Aufbau der Industrie in den 1960er und 1970er Jahren wurden immer mehr ausländische Firmen zu günstigen Bedingungen ins Land gelassen – auch deutsche wie *Quelle*. Ohne Rücksicht auf soziale Errungenschaften der westlichen Welt beuteten sie in den *free processing zones* die Arbeiter und Arbeiterinnen aus.

Zwar war der Werbeslogan „Geiz ist geil!" noch nicht erfunden, doch philippinische Produkte – vor allem Textilien – fanden in

Deutschland reißenden Absatz, weil sie so billig waren. Es war schwer, ein Bewusstsein dafür zu schaffen, dass diese Waren unter menschenunwürdigen Bedingungen hergestellt wurden und dass dadurch zudem auch noch Arbeitsplätze in der deutschen Textilindustrie vernichtet wurden. Nach der Rückkehr von meiner ersten Philippinen-Reise 1979 habe ich mit meinen Missionsarbeitskreisen vor dem philippinischen Konsulat in München demonstriert. Nicht in Zivil, sondern bewusst im Habit, um mich als Ordensfrau kenntlich zu machen und damit bei den Medien eine größere Wirkung zu erzielen.

Nach der so genannten „Unabhängigkeit" im Jahre 1946 ging es der ohnehin schon armen Bevölkerung zunehmend schlechter. Hunderttausende beteiligten sich an Streiks und Demonstrationen. Um diesen Widerstand einzudämmen, verhängte Marcos 1972 das Kriegsrecht. Immer öfter und lauter war die Frage zu hören: Auf welcher Seite steht die Kirche? Während die Reformisten auf diplomatische Verhandlungen mit dem Marcos-Regime setzten, unterstützte eine wachsende Zahl von Radikalen – engagierte Laien, Ordensschwestern, Priester und einzelne Bischöfe – die Opposition. Oft mit allen persönlichen Konsequenzen: Gefängnis, Folter, Tod.

Als ich 1979 erstmals in das Inselreich reiste, war die katholische Hierarchie zerstritten, aber eine Basisgemeindebewegung hatte sich formiert, allen voran Ordensfrauen: Benediktinerinnen, Franziskanerinnen, Steyler Missionarinnen. Die meisten hatten vorher als Studienrätinnen die Kinder der Reichen unterrichtet. Dahinter steckte die Überzeugung: Wenn die Reichen gute Christen werden, sind sie bereit, mit den Armen zu teilen. Da sie mit diesem idealistischen Konzept gescheitert waren, hatten sich diese Schwestern nun zu Gemeinschaften zusammengeschlossen, die sich *Rural* bzw. *Urban Missionaries* nannten: Ordensfrauen aus verschiedenen Gemeinschaften, die nicht mehr in Klöstern lebten, sondern mit den Armen auf dem Land und in den Slums. Nicht ein einziges Mal für vier Wochen wie die Karmelitinnen, sondern immer, Tag für Tag.

Diese völlig neue Gemeinschaftsform begeisterte mich sehr. 1979 auf den Philippinen wurde mir klar: Das ist auch die Zukunft der Orden und Kongregationen in Europa! Wegen des Nachwuchsmangels können sie kaum noch neue Werke als Antwort auf die Nöte der Menschen von heute beginnen – aber sehr wohl gemeinschaftsübergreifend, zusammen mit engagierten Laien. *Solwodi* ist der Versuch, diesen Gedanken in die Tat umzusetzen: zum Wohle von ausgebeuteten, an den Rand gedrängten Frauen und Mädchen – Gottes vergessenen Töchtern.

Dass die Frauen nicht mitgemeint waren, wenn politisierte Männer „Freiheit und Gleichheit" forderten, wurde mir 1979 auf der philippinischen Insel Negros krass vor Augen geführt. Ein Gewerkschafter hatte mich zu einem geheimen Treffen mitgenommen, auf dem ein Streik der Zuckerrohrarbeiter vorbereitet werden sollte. Sie wollten sich dagegen wehren, dass die Plantagenbesitzer, die sich als Eigentümer dieser Insel fühlten, sie wie Sklaven hielten. Die konspirative Zusammenkunft fand im Haus des Gewerkschaftsführers statt – eines gebildeten, kultivierten Marxisten. Zehn rebellische Männer redeten auf mich ein, während uns zwei stille Frauen mit Speisen und Getränken bewirteten: die Ehefrau des Gastgebers und seine älteste Tochter. So leise, wie sie gekommen waren, verschwanden sie auch wieder.

„Warum essen sie nicht mit uns?", fragte ich.

„Frauen essen in der Küche!", antwortete der Gewerkschaftsführer.

Ich bin sofort in die Küche. Dort warteten die Frauen auf die Reste, die von den „Herren der Schöpfung" übrig gelassen wurden. Ich fasste es nicht: Diese Gewerkschafter kämpften gegen die Versklavung der Zuckerrohrarbeiter und behandelten ihre eigenen Frauen wie Sklavinnen!

Manchmal glaube ich, es war der liebe Gott, der mir unentwegt Signale sandte, um mich dazu zu bewegen, mich um seine vergessenen Töchter zu kümmern, für die er sich ein menschenwürdiges

Leben erträumte. Eins dieser Signale empfing ich 1979 im Haus des Gewerkschaftsführers. Ein anderes ereilte mich 1980 – heute bezeichne ich es immer als „mein Schlüsselerlebnis".

1980 hatte ich für den 1994 verstorbenen Bischof Kuntner, den österreichischen Nationaldirektor des päpstlichen Missionswerkes, eine Reise auf die Philippinen vorbereitet. Ich begleitete den Bischof, seinen Sekretär und einen Journalisten.

In Bangkok mussten wir wegen eines ausgefallenen Anschlussfluges nach Manila einen außerplanmäßigen Zwischenstopp mit Übernachtung einlegen. Die Fluggesellschaft sorgte bestens für uns. Vom Flughafen aus ging es im Taxi zu einem der teuersten Hotels. Ich saß neben dem Taxifahrer, die Männer hatten sich auf den Rücksitz gequetscht. Alle vier waren wir in Zivil unterwegs, auch der Bischof und ich.

„Verheiratet?", fragte mich der Taxifahrer in gebrochenem Englisch.

„Nein! Warum wollen Sie das wissen?"

„Nix Ehemänner?", hakte er mit einer Kopfbewegung zum Rücksitz nach.

„Freunde", antwortete ich.

Nach dieser zufrieden stellenden Auskunft beachtete mich der Taxifahrer gar nicht mehr. Im Rückspiegel fixierte er die drei Herren im Fond, als er sagte: „Ich biete meine Schwester. Ganz jung, ganz schön, sehr billig!"

Am nächsten Tag in Manila wiederholte sich Ähnliches in einem Taxi, das uns vom Flughafen zum Bischofssitz brachte. Kardinal Sin, der konservative Erzbischof von Manila, war ein Gegner der Befreiungstheologen in der philippinischen Bischofskonferenz. Kuntner wollte ihn zu mehr Kompromissbereitschaft bewegen. Diese Visite hätten wir uns schenken können; Bischof Kuntner – für sein diplomatisches Geschick berühmt – erreichte bei dem Hardliner Sin gar nichts. Und doch haben wir unseren Besuch in

Manila nicht bereut. Nach der unerfreulichen Begegnung mit dem Kardinal trafen wir uns mit einem Steyler Missionar aus Deutschland, der schon lange auf den Philippinen lebte und die Lage hier gut einschätzen konnte.

„Wenn Sie Ordensfrauen in Aktion sehen wollen", schlug der Pater vor, „müssen Sie zum zentralen Busbahnhof gehen!"

Dort kamen in fast allen Überlandbussen junge, naive Frauen vom Land an, die hofften, in Manila Arbeit zu finden, um ihre Hunger leidenden Familien unterstützen zu können. Sobald sie aus den klapprigen Bussen gestiegen waren, stürzten sich einheimische Zuhälter und Menschenhändler auf sie – auch Arme, die der Armut entfliehen wollten. Doch so oft es nur ging, machten ihnen Ordensfrauen einen Strich durch die Rechnung. Diese Schwestern aus unterschiedlichen Gemeinschaften trugen bewusst Habit. Die Zuhälter und Menschenhändler – die meisten katholisch erzogen – wagten es nicht, sich ihnen in den Weg zu stellen, zumal sie, wenn sie es gewagt hätten, mit dem massiven Protest anderer Katholiken auf dem Busbahnhof rechnen mussten. So gelang es diesen Nonnen – einer kleinen, mutigen, kämpferischen Gruppe – die eine oder andere junge Frau vom Lande unter ihre Fittiche zu nehmen und sie davor zu bewahren, als billige Ware für Prostitutionstouristen aus den reichen Industrienationen zu enden.

Schon vor meinem „Schlüsselerlebnis" hatte ich das ordensübergreifende, geschlechtsneutrale Engagement für die Armen bewundert. Doch 1980 auf dem Busbahnhof in Manila begriff ich, dass einige wenige Schwestern längst einen Schritt weiter gegangen waren. Weil sie erkannt hatten, dass weibliche Menschen noch ärmer dran waren als männliche, hatten sie Labayens zentrale These von der Parteilichkeit für Arme umformuliert. Nicht schriftlich, aber in ihren Köpfen – und in ihren Herzen.

„Auf der Seite von Frauen zu stehen, heißt, die Realität vom Standpunkt der Frauen aus zu sehen."

Nairobi, Juli 1985

Liebe Mutti,

das muss ich Dir unbedingt erzählen! Gestern habe ich hier auf der UN-Weltfrauenkonferenz in einer Vorlesung über feministische Theologie die Religionswissenschaftlerin Savina Teubal kennen gelernt, die ihr Buch vorstellte: „Sarah The Priestess. The first Matriarch of Genesis" – „Sarah die Priesterin. Die erste Matriarchin im Buch Genesis". Ich weiß, dass Du genauso wie ich eher das Neue Testament in- und auswendig kennst. Aber das Alte hat für uns beide einige Überraschungen zu bieten.

Während des Vortrags war ich hin- und hergerissen. Als Teubal behauptete, Gott habe nicht nur mit Abraham, sondern auch mit Sarah gesprochen und Abraham sogar befohlen, alles zu befolgen, was Sarah von ihm verlangt, dachte ich: „Jetzt übertreibt diese Theologin aber! Das steht niemals in der Bibel!" Sabina Teubal nannte mir die Stelle, und tatsächlich fand ich in Gen 21, 12 den Befehl Gottes an Abraham: „Hör auf alles, was Sarah dir sagt!"

Nie hat uns ein Priester in der Kirche oder ein Religionslehrer in der Schule auf solche Stellen aufmerksam gemacht. In all den Predigten und Unterrichtsstunden ging es immer nur um Männer, die als Propheten, Stammväter, Jünger und Apostel vorbildlich waren. Ich bin fasziniert von dieser neuen Perspektive auf die Bibel und werde mich auch in Zukunft weiter auf die Suche nach weiblichen Vorbildern darin machen.

Savina Teubal hat mir ihr Buch mit einer Widmung geschenkt: „To my sister Lea(h) – Shalom, Nairobi July 1985". Das „h" hat sie in Klammern gesetzt, weil ich ihr erzählte, dass ich mich zwar ohne „h" schreibe, aber als meine Namenspatronin die alttestamentliche „Leah" ansehe. So lange ich denken kann, bin ich stolz auf diesen Namen gewesen. Denn die Matriarchin Leah ist die Ur … Urgroßmutter Jesu. Ich mag sie, obwohl in der Bibel steht, dass sie „triefäugig" war. Aber sie war fruchtbar, und am Ende seines Lebens hat sich Jakob neben ihr beerdigen lassen. So wenigstens berichtet es eine Legende. Mir hat das immer sehr eingeleuchtet. Rachel, Leahs schöne Schwester, von Jakob heiß geliebt, hat ihm auch einige Probleme bereitet. Jakob hat im Laufe der Jahre sicher Leahs Zuverlässigkeit zu schätzen und sie trotz ihrer Hässlichkeit zu lieben gelernt. Sonst hätte er sich wohl kaum neben ihr beisetzen lassen.

Liebe Mutti, Du hast mir früher oft erzählt, dass Du meinen Namen für mich ausgesucht hast. Babba habe einige Schwierigkeiten auf dem Standesamt gehabt, als er mich dort anmelden wollte, weil Namen aus dem Alten Testament 1937 als jüdisch verboten waren. Aber er habe sich auf die heilige Lea, eine frühchristliche Römerin, berufen. An meinem Namen hat Dich auch fasziniert, sagtest Du, dass „lea" auf Latein „Löwin" heißt.

Liebe Mutti, ich danke Dir dafür, dass Du mir die Kraft, den Stolz und den Mut einer Löwin zutraust!

Ich küsse und umarme Dich herzlich

Deine Dich liebende Lea(h)

Fünftes Kapitel

Der Vollmond hängt matt glänzend am Himmel, von Dunst getrübt. Die Luft ist schwülwarm. In Mombasa herrschen oft unerträgliche Temperaturen, sogar nachts um die 40 Grad. Die hohe Luftfeuchtigkeit lässt mich unentwegt schwitzen, seit ich hier lebe. Es ist früh am Morgen, kurz nach fünf, als ich im März 1987 vor unserem Kloster im Zentrum in den Opel steige, den mir ein deutscher Freund geliehen hat: Michael Schrode, Priester in Thika, einer Kleinstadt 50 Kilometer nordöstlich von Nairobi.

Mit seinen 600.000 Einwohnern ist Mombasa nach Nairobi die zweitgrößte Stadt Kenias und eine der ältesten Handelsniederlassungen an der Ostküste Afrikas. Es liegt zwischen zwei Meeresarmen des Indischen Ozeans auf einer 13 Quadratkilometer großen Insel, überbevölkert von einem Völkergemisch aus Schwarzafrikanern, Arabern, Indern und Europäern. Die faszinierenden Tempel, Moscheen und Kathedralen, die tropischen Sandstrände und die „exotischen Frauen" locken Touristen aus aller Herren Länder an. Hunderte von Matrosen strömen täglich aus den beiden Häfen in die Altstadt, um sich dort zu vergnügen. Mombasa vibriert vor Betriebsamkeit. Mopeds, Pkw, Lkw, Busse, Matatus (eine Mischung aus Taxi und Kleinbus). Überall Menschen mit Karren, gezogen oder geschoben, beladen mit Obst und Gemüse, Holzkohle und Wassertanks.

In dieser aus allen Nähten platzenden Vielvölkerstadt, in der sich jedes motorisierte Fahrzeug ohne Rücksicht auf Verluste seine eigene „Stau-Umgehung" sucht, versuchte ich anfangs, zu Fuß oder mit Matatus in die Armenviertel zu gelangen, wo „meine" Frauen wohnten. Weil diese Fortbewegungsweise zu zeitaufwendig war, hatte ich mir ein altes Fahrrad aus dem Klosterkeller notdürftig hergerichtet. Doch damit ging es auch nicht viel schneller. Als Michael Schrode bei einem Besuch in Mombasa den mörderischen Verkehr und meinen verrosteten Drahtesel sah, schlug er die Hände über dem Kopf zusammen:

„Um Gottes willen, Lea! Willst du dich umbringen?“

Während meiner Münchner Zeit war Michael Priesterseminarist in Augsburg und ein sehr engagiertes Mitglied in meinem Dritte-Welt-Arbeitskreis gewesen. Nun unterstützte er als von der Diözese Augsburg für die afrikanische Pastoralarbeit freigestellter Priester einen anderen Augsburger Diözesanpriester in Thika.

„Weißt du was?“, schlug Michael vor. „Ich kann mich in Thika gut ohne Auto behelfen. Ich fahre mit dem Zug zurück und lasse dir meinen Opel hier.“

Ich sage immer, dass ich dreimal in meinem Leben meinem Lieblingsheiligen Franziskus von Assisi begegnet bin: beim ersten Mal in Gestalt von Michael Schrode. Ich durfte sein Auto monatelang nutzen, doch jetzt braucht er es, weil sich Besuch aus Deutschland angekündigt hat. Ich muss den Opel nach Nairobi bringen, dort wollen wir uns treffen.

Das war nicht der einzige Grund, der mich kurz vor Ostern 1987 früh um fünf in Richtung Nairobi aufbrechen ließ. Dort wollte ich für Betty – eine Analphabetin, die gut töpfern konnte – bei Sue Wood vorsprechen. Sie war für ihre Keramiken berühmt; ich hoffte, dass sie Betty als Hilfskraft in ihrer Werkstatt einstellen und ihr eine Alternative zur Prostitution bieten würde. Für mich selbst musste ich ein gutes Wort bei der deutschen Botschaft einlegen: Mir drohte eine Verhaftung als „politisch Verdächtige“ durch die kenianische Geheimpolizei.

Ich habe diese Geschichte noch nie erzählt, weil ich unsere *Solwodi*-Projekte in Kenia nicht gefährden wollte. Aber jetzt erzähle ich sie. Denn im Dezember 2002 wurde das Moi-Regime durch eine demokratisch gewählte Regierung abgelöst – mit der Friedensnobelpreisträgerin Wangari Maathai, der „Mutter der Bäume“, als Vizeumweltministerin.

Daniel arap Moi, Sohn armer Bauern und gelernter Volksschullehrer, regierte Kenia von 1978 bis 2002 wie ein absolutistischer Herrscher. „L’état c’est Moi!“, spottete die *Süddeutsche Zeitung*.

Während die Mehrheit der Menschen zunehmend verelendete, wurden der Diktator und seine korrupten Seilschaften immer reicher. Allein Mois so genanntes „Privatvermögen“ wird auf ein bis zwei Milliarden Dollar geschätzt.

Wangari Maathai, eine Kikuyu, stammt aus dem Aberdares-Gebirge. 1940 wurde sie in einem typisch ostafrikanischen Lehmbau auf einem der ehemals dicht bewaldeten Hänge geboren – wo heute, so weit das Auge reicht, hellgrüne Teeblätter leuchten. Seit die britischen Kolonialherren den Tee in Kenia einführten, wird er das ganze Jahr über alle zwei Wochen gepflückt. Von Frauen in gebückter Haltung, mit Kiepen auf dem Rücken, wie alle Lasten bei Kikuyu-Frauen durch einen Stirngurt gehalten. Unermüdlich bewegen sich die flinken Finger der Pflückerinnen für einen Hungerlohn. Sie profitieren nicht von den sagenhaften Gewinnen der Plantagen-Besitzer.

Kenia ist der weltweit führende Tee-Exporteur: die Haupteinnahmequelle noch vor dem Tourismus. Der bringt nicht mehr so viel ein. Wegen sintflutartiger El-Niño-Regenfälle. Wegen der Unruhen bei den Wahlen 1997. Wegen der Islamisten-Attentate auf die US-Botschaft in Nairobi 1998 und auf israelische Touristen in Mombasa 2002. So die offiziellen Erklärungen. Ein weiterer Grund, der verschwiegen wird, ist Aids. Darum reisen nicht mehr so viele Prostitutionstouristen nach Kenia.

Als ich 1985 nach Mombasa ernannt wurde, war HIV dort noch kein Thema. 1987 hörte ich von den ersten Aids-Kranken; sie kamen ins Krankenhaus auf die Isolierstation – oder ins Gefängnis. Offen über Aids gesprochen wurde nicht. Allerdings hatte die Behauptung der amerikanischen Presse, das Virus stamme aus Afrika, in Kenia Verärgerung ausgelöst. Auch, weil die Amerikaner überall in der Dritten Welt Bordelle für ihre Soldaten einrichteten und damit maßgeblich zur Verbreitung dieser tödlichen Krankheit beitrugen.

Es herrsche ein enger „Konnex zwischen Militär und Prostitution“, so das *Sozialwissenschaftliche Institut der Bundeswehr* (SOWI) mit Sitz in Strausberg. Nicht nur in Thailand, auch in Kambodscha und Südkorea habe das amerikanische Pentagon „die Entwicklung eines Systems regulierter Prostitution“ gefördert und vorangetrieben.

In Pattaya war das amerikanische Militär die Vorhut der Sextouristen. In vier Lastwagen der US-Army eroberten amerikanische GIs, mit Booten an Land gebracht, am 29. Juni 1959 das verschlafene Fischerdorf an der Ostküste Thailands. Dieser Einmarsch wurde im Rahmen des so genannten „R&R-Programms“ für Vietnamkrieger organisiert. „R&R“ bedeutet „rest and recreation“ – Ruhe und Erholung. 1959 waren es wenige Dutzend, 1969 kamen schon ganze Bataillone. Manchmal 6000 Soldaten an einem einzigen Tag. Dann wurden die Mädchen von überall her in Bussen herangekarrt – Frauenhändler und Zuhälter hatten sie von Feldern und aus Fabriken geholt.

„Was, wenn es eine deutsche Staatsbürgerin mit der hiesigen Polizei zu tun kriegt?“, fragte ich den Botschaftssekretär in Nairobi.

„Deutsche Staatsbürger“, antwortete er, „stehen unter unserem Schutz.“

„Und wenn ich verhaftet werde?“

„Dann verlangen wir Auslieferung und bringen Sie nach Deutschland! Warum will man Sie denn verhaften? Haben Sie silberne Löffel gestohlen? Das wäre ja wohl ziemlich ungewöhnlich für eine Nonne.“

Der Botschaftssekretär amüsierte sich köstlich über diesen gelungenen Witz. Das Lachen verging ihm, als ich ihn darüber informierte, dass Mois Geheimpolizei hinter mir her ist.

„Oh je, das macht die Sache kompliziert, weil das zu politischen Verwicklungen führen kann. Was ist geschehen?“

Ich berichtete ihm, dass am Abend zuvor ein kenianischer Bischof, mit dem ich befreundet bin, plötzlich ganz aufgeregt in unserem Kloster erschienen war. Er hatte sich von einem Empfang fortgestohlen, um mich zu warnen, weil er auf diesem elitären Gesellschaftsereignis hinter vorgehaltener Hand gehört hatte:

„Die Geheimpolizei plant eine Durchsuchung bei Ihnen,

Schwester Lea! Ich weiß nicht warum, aber ich weiß, dass die Durchsuchten meist nach spätestens acht Tagen abgeholt werden und manchmal auf Nimmerwiedersehen verschwinden."

Das wusste ich auch. Oppositionspolitikern war es so ergangen, ebenso regimekritischen Lehrern, Professoren und Anwälten. Es galt schon als „umstürzlerisch", wenn man Schriften von Paolo Freire und Julio Labayen besaß. Ich hatte reichlich davon, weil ich mich in befreiungstheologischen Gruppen engagierte – und noch dazu ökumenisch. Dadurch hatte ich mich auch bei katholischen Klerikern unbeliebt gemacht. Ihren Zorn hatte ich mir vor allem durch einen „Kommunionstreik" zugezogen.

Als einzige Ordensfrau engagierte ich mich in einem Team von Priestern und Brüdern, das auf Diözesanebene Gesprächskreise, Fortbildungen und Tagungen organisierte. An einem Seminar über die Theologie der Befreiung in einer Bildungsstätte am *Lake Nakuru National Park* nahmen auch ein evangelischer Pfarrer und eins seiner Gemeindemitglieder teil. Diese beiden Protestanten waren ausgesprochen fromm. Der evangelische Pfarrer leitete oft das Gebet, das wir immer alle zusammen sprachen, bevor wir in die Arbeitsgruppen gingen. Bis auf einen war es für alle anderen Priester selbstverständlich, das Abendmahl auch mit den Protestanten zu teilen, wenn sie morgens abwechselnd die Messe lasen. Das trug der Konservative, den wir ohnehin schon als „U-Boot" verdächtigt hatten, dem für die Bildungsstätte zuständigen Bischof zu. Sofort wurden wir angewiesen, die Protestanten von der Kommunion auszuschließen.

Am nächsten Morgen war dieser Priester an der Reihe, die Messe zu lesen. Ich hatte mir vorgenommen, bei ihm aus Protest nicht zu kommunizieren. Ich saß in der ersten Reihe und blieb demonstrativ sitzen, als er die Kommunion austeilen wollte. Niemand stand auf. Als ob wir es abgesprochen hätten, verweigerten sich alle.

Was in Kenia schon 1986 ein brennendes Thema war, wird heute in Deutschland oft noch heißer diskutiert. Auch auf dem ökumenischen Kirchentag im Mai 2003 in Berlin erhitzte es die Gemüter.

Der Vatikan hatte darauf hingewiesen, dass es bei der Eucharistie einen elementaren theologischen Unterschied zwischen Katholiken und Protestanten gebe. Während die Katholiken an die leibliche Anwesenheit Jesu in Brot und Wein nach der Wandlung glauben, habe das Abendmahl für die Protestanten nur eine symbolische Bedeutung. Ergo sei es nicht gestattet, dass katholische Priester zusammen mit evangelischen Pfarrern das Abendmahl feiern. Weder dürften Katholiken es von einem evangelischen Pfarrer entgegennehmen, noch dürften katholische Priester es an Protestanten austeilen. Umso verwunderter war ich, als ich neulich in der Zeitung las, Roger Schutz, der evangelische Vorsteher der ökumenischen Brudergemeinschaft in Taizé, habe in Rom die Kommunion vom Papst persönlich empfangen.

Ein befreundeter Priester sagt immer: „Eucharistie hier, Abendmahl dort – der einfache Christ weiß doch gar nichts von diesen theologischen Unterschieden. Ich gebe engagierten Protestanten lieber die Kommunion als lauen Katholiken. Schließlich kommt es nicht auf die theologische Formel an, die jemand im Kopf hat, sondern auf den Willen zur christlichen Lebensführung."

Mein Freund, der Bischof, der mich vor der Geheimpolizei warnte, empfahl mir dringend: „Schaffen Sie alle Schriften, die regierungskritisch wirken könnten, schleunigst weg!"

Meine Provinzialoberin aus Nairobi – Marie Heintz, eine Amerikanerin – war gerade auf der Durchreise in Mombasa. Sie hatte sich zum Übernachten bei uns im Kloster angemeldet. Als sie von der möglicherweise bevorstehenden Durchsuchung erfuhr, geriet auch sie in Hektik:

„Wir packen alles in mein Auto! Das durchsuchen die nicht, sollten sie schon heute Nacht kommen. Morgen früh entsorge ich das Material. Und du, Lea, erkundigst dich in der deutschen Botschaft, wie du dich schützen kannst!"

„Ich finde diese Aufregung etwas übertrieben."

Ich war im Sommer 1985 nach Mombasa ernannt worden; im Herbst hatte ich begonnen, mit „meinen" Frauen zu arbeiten. Inzwischen hatte ich einiges erreicht, vor allem die Einrichtung eines *Solwodi*-Zentrums als Ausstiegsprojekt für Prostituierte. Im Februar 1986 war es eröffnet worden, im September 1986 hatten wir es feierlich eingeweiht – in Anwesenheit der kenianischen Presse und prominenter Ehrengäste. Für die Finanzierung des Zentrums war ich auf Spenden angewiesen; zu den Spendern und Spenderinnen gehörten einflussreiche Deutsche. Die Filmemacherin Sybille Plogstedt hatte gerade für das ZDF einen Film über mich gedreht.

„Angesichts dieser öffentlichen Anteilnahme auch in Deutschland", sagte ich zu meiner Provinzialoberin, „würde die Geheimpolizei es nicht wagen, mich einfach so verschwinden zu lassen."

„Um Gottes willen, Lea!", ereiferte sich Marie Heintz. „Dein Gottvertrauen in Ehren. Manchmal allerdings scheint es mir etwas naiv zu sein. Du willst doch ohnehin zu Sue Wood. Danach fährst du bei der deutschen Botschaft vorbei!"

„Aber ich …"

„Das ist ein Befehl!"

Zugegeben: Ich hatte keine große Lust auf Kenia.

Nicht, dass ich etwas gegen Afrika gehabt hätte! Im Gegenteil. Aber dieser Auftrag reizte mich wenig: Unser römisches Generalat hatte mich nach Mombasa entsandt, um Lehrer fortzubilden.

Unsere kleine Gemeinschaft dort bestand aus sieben Weißen Schwestern; sieben Nationalitäten von vier Kontinenten: außer mir eine Holländerin, eine Perserin, eine Inderin, eine Zairerin, eine Kanadierin und eine Amerikanerin. Die US-Schwester Margreth Gemme hatte zusammen mit einem evangelischen Pastor und einem einheimischen Katecheten ein ökumenisches Projekt initiiert, durch das sich kenianische Lehrer für den Religionsunterricht qualifizieren konnten – der stand zwar auf den Lehrplänen der höheren Schulen, aber nicht auf dem Ausbildungsplan für Lehramtsstudenten.

Ich hätte damit rechnen müssen, dass ich mit einem Auftrag wie diesem betraut wurde. Ich hatte ja unbedingt studieren wollen, um pädagogische Leitungsaufgaben übernehmen zu können. Aber im Sommer 1985, als ich nach Kenia ernannt wurde, war ich 48; ich hatte meinen Weg gefunden, Leitungsaufgaben waren für mich überhaupt nicht mehr wichtig. Ich wollte etwas für Gottes an den Rand gedrängte Töchter tun – in Mombasa waren das Frauen und Mädchen, die in der Prostitution gestrandet waren, weil sie keine andere Möglichkeit sahen, ihrer Armut zu entfliehen.

Bevor ich 1985 nach Kenia flog, sollte ich eigentlich in England meine englischen Sprachkenntnisse auffrischen. Die waren nicht perfekt, das sind sie bis heute nicht. Kisuaheli – neben Englisch die Amtssprache in Kenia – habe ich in einem vierwöchigen Intensivkurs auf einer Sprachschule in Nairobi gelernt. Nach einem Monat Unterricht reichte es zwar nicht für tiefschürfende Gespräche, aber für einen kurzen Smalltalk.

„Was halten sie davon, wenn ich, statt vier Wochen in England zu verbringen, einen Monat früher nach Kenia fliege?", fragte ich meine deutsche Provinzialoberin in Trier.

„Um Gottes willen, Lea! Was ist das denn nun wieder? Ich denke, da wollen Sie gar nicht gerne hin! Und jetzt auf einmal früher?"

„Ich möchte zur Weltfrauenkonferenz in Nairobi. Da geht's um Themen, die mich brennend interessieren. Wenn ich mitreden will, muss ich das auf Englisch tun. Dabei lerne ich es besser als in einem teuren Sprachkurs."

„Meinetwegen", seufzte die Trierer Oberin entnervt.

Die UN-Weltfrauenkonferenz in Nairobi vom 15. bis 26. Juli 1985 war die dritte nach Mexiko (1975) und Kopenhagen (1980). Sie beendete die so genannte „Frauendekade". In zehn Jahren, von 1975 bis 1985, sollte endlich auch für Frauen umgesetzt werden, was sich die Vereinten Nationen bereits 1945 in ihrer Gründungserklärung für alle Menschen vorgenommen hatten – nämlich: „die Achtung vor den

Menschenrechten und Grundfreiheiten ohne Unterschied der Rasse, des Geschlechts, der Sprache oder der Religion zu fördern".

1985 war die westliche Welt hochzufrieden mit dem Moi-Regime. Die Beseitigung von Oppositionellen, der Reichtum der Eliten, die Verelendung der Massen, die Diskriminierung von Frauen fiel nicht ins Gewicht. Denn das ostafrikanische Musterland galt als „stabil": keine Unruhen, keine Bürgerkriege, keine Streiks. Kurzum: „ein günstiges Investitionsklima". Die kenianische Regierung gab sich Mühe, diese Illusion vor allem in der Hauptstadt zu erzeugen. Fern von den Slums an der Peripherie malten im Zentrum Nairobis Wolkenkratzer-Skylines, Prunkbauten, Kongresshallen, vornehme Hotels, teure Geschäfte, Flaniermeilen, Parkanlagen, Nobelkarossen und gut gekleidete Einheimische ein Bild des Wohlstands. Auf der Weltfrauenkonferenz – einer internationalen Großveranstaltung für Regierungsdelegationen der UNO-Mitgliedsstaaten und Frauengruppen der „NGO" genannten *non-governemental organizations* (Nicht-Regierungs-Organisationen) – bemühte sich das Moi-Regime noch mehr als sonst, Nairobi von seiner makellosen Seite zu präsentieren.

Am zweiten oder dritten Konferenztag hörte ich, dass elf politische Gefangene ohne Prozess hingerichtet worden wären. Deutsche Politikerinnen, denen ich von diesem Gerücht erzählte, wollten es nicht glauben. Ich glaubte es ja selber nicht. Ich traute dem Moi-Regime einiges zu. Aber die Unverfrorenheit, während der UNO-Konferenz über weibliche Menschenrechte eine derartig skandalöse Menschenrechtsverletzung zu begehen, hätte so gar nicht zu dem Image einer blütenweißen Weste gepasst. Das Gerücht ließ den Politikerinnen keine Ruhe. Sie recherchierten und fanden heraus, dass es der Wahrheit entsprach. Von nun an waren sie nicht mehr zu halten. Sie fuhren in die Slums und sprachen mit den Armen. Auf Empfängen fragten sie kenianische Regierungsvertreter, warum die Menschen in den Elendsvierteln so arm sind.

„Das liegt an der Landflucht", lautete die Antwort, „diese einfachen Landbewohner sind der Faszination der Stadt verfallen, obwohl es hier keine Arbeit für sie gibt." Oder: „Diese Leute sind arbeitsscheu und dumm."

In einem NGO-Workshop prangerten Amerikanerinnen und Europäerinnen die in vielen afrikanischen Ländern praktizierte Genitalverstümmelung bei kleinen Mädchen an. Zu meinem Erstaunen protestierten Afrikanerinnen lauthals: „Was geht euch das an? Das ist unsere Tradition!"

Umso erfreuter war ich, dass zehn Jahre später auf der vierten Weltfrauenkonferenz in Peking, an der ich auch teilgenommen habe, Afrikanerinnen für das Verbot der Beschneidung plädierten. Sie zeigten drastische Filme über grausamste Verstümmelungssrituale. Abstruserweise sprachen sich in Peking Europäerinnen gegen das Verbot aus. Begründung: Bei der Beschneidung handele es sich um eine „afrikanische Tradition".

„Was ist Tradition?", fragte eine alte Kikuyu-Bäuerin, die mich sehr beeindruckt hat, auf der Weltfrauenkonferenz von 1985 in einem NGO-Workshop über *Polygamie und Frauenrechte in der Tradition Kenias.*

„Die weißen Südafrikaner betrachten es als ihr gutes Recht, dass alle Parkbänke ihnen gehören. Schwarzen Südafrikanern ist es nicht gestattet, sich auf eine Parkbank zu setzten. Tradition! Ein schwarzer Kikuyu-Mann betrachtet es als sein gutes Recht, Hühnerfleisch zu essen. Frauen ist es verboten. Tradition! Alle kenianischen Männer betrachten es als ihr gutes Recht, mehrere Frauen zu haben. Frauen dürfen nur einen einzigen Mann heiraten. Tradition! Gerade wir Frauen sollten uns fragen: Wer profitiert von Traditionen? Bei dem weißen Südafrikaner ist es sonnenklar. Für ihn ist die Parkbank ein Symbol für seine althergebrachte Macht über angeblich minderwertige Schwarze. Und was ist mit dem schwarzen Kikuyu-Mann? Für ihn ist das Hühnerfleisch ein Symbol für seinen Anspruch auf das bessere Essen, weil es so wenig davon gibt. Auch wenn unsere moderne Gesetzgebung das westliche Eherecht übernommen hat, wird überall in Kenia Polygamie praktiziert. Sie ist *das* Symbol für die Macht der Männer über uns Frauen: Sie erlauben sich alles, und wir dürfen nichts."

Die Weltfrauenkonferenz auf dem Universitätsgelände war unglaublich beflügelnd für mich. Morgens war ich eine der Ersten auf dem Campus, abends gehörte ich zu den Letzten. Ich war so froh, dass ich für dieses bewegende Ereignis früher als geplant nach Kenia geflogen war. In Nairobi traf ich so viele interessante, spannende Frauen aus fast allen Ländern dieser Erde. Es wurde viel von „Empowerment" gesprochen. Darin steckt das Wort „Macht". „Empowerment" bedeutet, Frauen zu ermächtigen. In Nairobi ging die Forderung um:

Die Hälfte des Himmels den Frauen!

Die Hälfte der Erde den Frauen!

Die Hälfte der Macht den Frauen!

Obwohl wir Frauen mehr als 50 Prozent der Menschheit ausmachen, maßen sich Männer an, alles zu bestimmen, dachte ich. Es erschien mir richtig und wichtig, dass wir endlich mitbestimmen und unser Geschick selbst in die Hand nehmen – auch in der katholischen Kirche.

Beseelt von dieser Aufbruchstimmung reiste ich nach Mombasa. Das Problem mit der Lehrerfortbildung, für die ich von meiner Ordensleitung in Rom nach Kenia entsandt worden war, löste sich von selbst.

„Eigentlich brauchen wir dich gar nicht", sagte meine amerikanische Mitschwester Margreth Gemme. „Unser Ziel ist es, das Projekt auf Dauer ganz in einheimische Hände zu legen. Durch die Unterstützung ökumenischer Hilfswerke aus den USA und Deutschland können wir sogar eine feste Stelle für einen kenianischen Religionspädagogen finanzieren."

„Danke, lieber Gott!", betete ich innerlich.

Kurz darauf besuchte uns die Provinzialoberin Schwester Marie Heintz in Mombasa. Ich schilderte ihr die neue Lage.

„Ich würde gerne was für die Frauen und Mädchen hier tun, die sich wegen ihrer Armut prostituieren müssen."

„Das ist gut, mach das!", entgegnete sie begeistert. „Halt mich auf dem Laufenden!"

Als sie sah, wie erstaunt ich über ihren Enthusiasmus war, erklärte sie mir: „In einer Gemeinschaft wie der unseren gibt es immer konservative Schwestern, die vor allem die Tradition pflegen und erhalten wollen. Sie sind wichtig für die Kontinuität. Du gehörst zu denen, die auf neue Entwicklungen reagieren. Schwestern wie du sind der Motor, der uns vorantreibt."

Die Provinzialoberin sah sich als Vermittlerin zwischen diesen beiden Extremen. Das gefiel mir. Allerdings trübte sie meine Freude ein wenig:

„Rechne nicht mit Geld von mir! Ich habe keins."

Mit meiner Mitschwester Margreth beratschlagte ich, wie ich vorgehen sollte. Weil ich kein Geld für ein eigenes Projekt hatte, empfahl sie mir, mich einem bereits bestehenden anzuschließen.

„Das Sankt-Vincenz-von-Paul-Zentrum", schlug Margreth vor, „wäre vielleicht etwas für dich."

Der Priester, der das Zentrum leitete, hätte mich gern genommen. Er und sein Hilfsteam versorgten Alte, Behinderte und Kranke notdürftig mit Essen und Kleidung. Auch Ex-Prostituierte gehörten zu seiner „Klientel". Frauen, die völlig fertig waren, so am Ende, dass sie nicht einmal mehr im Rotlichtviertel von Mombasa für arme Einheimische anschaffen konnten. Es wird „Tanu tanu" genannt – „fünf, fünf": fünf Minuten für fünf Kenia-Schilling. Ich wollte nicht „karitativ" die erbarmungswürdige Not von alten Frauen lindern, für die es kaum noch Hoffnung gab; ich wollte etwas für Frauen tun, die noch jung genug waren, ihr Leben selbst in die Hand zu nehmen und es zu verändern; ich wollte etwas aufbauen, das auf eine bessere Zukunft hoffen ließ – auf den Anfang des Reiches Gottes im Hier und Jetzt.

Die Provinzialoberin hatte mich auf ein Projekt des holländischen Weißen Vaters Pater Groll für Straßenjungen in Nairobi aufmerksam gemacht: die Undugu-Society – das Wort „undugu“ ist Kisuaheli und bedeutet „Brüderlichkeit“. Ich habe mir Pater Grolls Projekt vor Ort angeschaut. Der Faszination, die von diesem charismatischen Geistlichen ausging, konnte auch ich mich nicht entziehen. Er war ein echtes Unikum, laut und fröhlich, Biertrinker und Kettenraucher. Einmal hat er mich in Hirzenach besucht: Er ist der einzige Mensch, dem ich es jemals erlaubt habe, in meinem Büro zu rauchen.

Pater Groll lebte mit seinen Jungs in einem Slum. Dort lehrte er sie Boxen und Selbstverteidigung. Wenn sie es perfekt beherrschten, brachte er sie als gut bezahlte Bodyguards bei den Reichen unter. Er gründete einen eigenen Plattenverlag: *Undugubeat*. Mit dem Titel-Song der 1973 erschienenen Langspielplatte *Ten Shilling Child* haben seine Straßenjungs sogar den Sprung in die kenianische Hitparade geschafft. Pater Groll erzählte mir, er habe Mitte der 1970er Jahre in Mombasa versucht, ein Mädchen-Projekt aufzubauen: *Udada* – „Schwesterlichkeit“. Damit war er gescheitert. Was mir sofort einleuchtete: Dieser Pater war ein „Jungen-Vater“ und kein „Mädchen-Vater“.

Als ich für mein Projekt einen Namen suchte, fiel mir sofort Udada ein. „Schwesterlichkeit“ schien mir der einzig richtige Name zu sein. Da er möglicherweise durch Pater Grolls gescheiterten Versuch negativ besetzt war, habe ich mich nach einem Brainstorming mit meinen sechs Mitschwestern für *Solwodi* entschieden: „Solidarity with Women in Distress“ – „Solidarität mit Frauen in Not“.

Von Pater Groll bekam ich im August 1985 bei meinem Besuch in Nairobi einen entscheidenden Tipp: „Ich habe in Mombasa den Fehler gemacht, einfach mit Udada anzufangen, ohne vorher zu erkunden, ob die Mädchen mich akzeptieren. Lea, du musst erst mal prüfen, ob die Prostituierten deine Hilfe überhaupt wollen! Das kannst du nur herausfinden, wenn du das Gespräch mit ihnen suchst.“

Zurück in Mombasa ging ich in Kontakt-Cafés, Bars und Diskotheken, wo die Prostitutionstouristen mit ihren dicken Brieftaschen protzten: Deutsche, Engländer, Franzosen, Italiener, Spanier, Australier, Amerikaner, Japaner. Obwohl die Frauen meist mit Geringschätzung behandelt wurden, bemühten sie sich, gute Miene zum bösen Spiel zu machen. Aber sie verachteten diese großspurigen Männer, die sich aufplusterten wie Hähne im Hühnerhof, aus tiefster Seele – was sie auf der Einweihungsfeier unseres *Solwodi*-Zentrums mit Sketchen demonstrierten: Das Publikum lachte sich schief, als die Frauen ihre Kunden imitierten.

Keine einzige von den vielen Frauen, die ich im Sommer 1985 befragt habe, konnte das Vorurteil bestätigen, dass Prostitution von Armut befreie. Sie verdienten genauso wenig wie Dienstmädchen – häufig sogar weniger –, die damals 500 Kenia-Schilling (1985 etwa 75 DM) im Monat bekamen. Einhellig beurteilten sie ihre Situation als „beschissen".

„Es ist entwürdigend, mit jedem Deppen abzuziehen. Kaum einer bezahlt uns anständig, viele zahlen gar nichts. Hauen einfach ab oder drohen mit der Polizei. Die Bullen machen uns das Leben schwer, wo sie nur können. Weil Bummeln zum Zweck der Prostitution verboten ist, müssen wir sie bestechen. Und wenn wir kein Geld zum Schmieren haben, wandern wir in den Knast. Die Sextouristen werden nicht behelligt. Die werden hofiert!"

Später bin ich oft mit den Frauen zum Gericht gegangen, wenn sie wegen „Bummeln zum Zweck der Prostitution" vorgeladen waren. Ich dachte mir: Diese Frauen haben überhaupt kein Ansehen; sie gelten als der letzte Dreck; wenn ich mich, eine Weiße wie die hofierten Sextouristen und noch dazu eine deutsche Ordensfrau, im Gerichtssaal neben sie setze, gebe ich ihnen etwas von meinem Ansehen ab. Ob es geholfen hat, weiß ich nicht. Jedenfalls habe ich nie eine Verurteilung erlebt, aber oft einen Freispruch, meistens die Einstellung des Verfahrens. Bei einer Verurteilung wurde in der Regel ein Bußgeld in Höhe von 600 KSh verhängt, oft auch eine Haftstrafe.

An Frauen, die sich in Hotels prostituierten, gaben die Gesundheitsämter gestempelte grüne Karten aus, die sie an der Rezeption vorzuzeigen hatten, bevor sie mit einem Touristen aufs Zimmer gingen. Wenn die Frauen keinen aktuellen Stempel hatten, der dokumentierte, dass sie in den vergangenen zwei Wochen in einer staatlichen Klinik auf Geschlechtskrankheiten getestet worden waren, wurde ihnen der Zutritt verwehrt. Die Freier mussten sich selbstverständlich nicht als „infektionsfrei" ausweisen.

Die diktatorische Willkür dieses so genannten Rechtssystems erlebte ich im großen Maßstab mit, als am 9. Oktober 1985 der amerikanische Flugzeugträger *Kitty Hawk* im Kilindini Harbour – dem Tiefseehafen an der Nordwestflanke der Insel – vor Anker ging. Nach sechs Monaten auf See fielen sage und schreibe 11.000 Soldaten der U. S. Navy über die Innenstadt her, um sich dort zu vergnügen – oder was „mann" so nennt. Die Kioske erweiterten ihr Warenangebot, Diskotheken erhöhten die Getränkepreise, die Hotels die Zimmermieten, und die Polizei drückte alle Augen zu. Nachdem die *Kitty Hawk* wieder abgelegt hatte, wollten die Polizisten in Mombasa auch von dem großen Geschäft mit der U. S. Navy profitieren. Omara berichtete mir drei Tage nach dem Truppenabzug aufgebracht:

„Die haben mich ins Gefängnis gesteckt! Einfach so, ohne Gerichtsverhandlung! Wegen Bummelns zum Zweck der Prostitution! Das dürfen die doch nur, wenn sie einen auf frischer Tat ertappen. Aber ich hab' gar nichts getan! Ich hockte allein an einem Tisch in einem Straßencafé und trank gemütlich eine Cola. Kaum dass die Amis weg waren, noch am selben Abend, haben die Bullen eine Razzia gemacht. Sie haben alle schwarzen Frauen in Straßencafés hops genommen und aufs Revier gebracht. Da erfuhren wir, dass das Bußgeld erhöht worden ist: von 600 auf 1000 Schilling. Die meisten von uns konnten das bezahlen. Wir hatten ja gut an den Amis verdient. Aber ich hatte nicht so viel dabei. Ich hatte meine Einnahmen zu Hause versteckt. Ich wollte sie für schlechte Zeiten zurücklegen. Ich muss doch für meinen kleinen Sohn und meinen jüngeren Bruder sorgen. Ab in den Knast! Zwei Tage und Nächte hab' ich nichts zu essen gekriegt. In den Zellen gab es keine Pritschen. Auf den Fußboden konnte wir uns auch nicht setzen oder legen. Den haben sie mit Wasser überschwemmt."

Schließlich hat eine Freundin Omara deren Ersparnisse gebracht, und sie wurde freigelassen. 1985 war Omara 21, ihr Sohn war vier. Als der Vater, ein deutscher Sextourist, erfuhr, dass sie schwanger war, suchte er fluchtartig das Weite – in Mombasa hat er sich nie wieder blicken lassen.

Liebe Freundinnen und Freunde, sehr herzlich möchte ich mich heute für die vielen positiven Antworten und Reaktionen auf meinen Vorschlag, ‚Solwodi' zu gründen, bei Ihnen bedanken.

So fängt der erste von mittlerweile über sechzig *Solwodi*-Rundbriefen an. Ort und Datum: „Mombasa, den 12. Januar 1986".

Auf meinen Touren durch Diskotheken, Bars und Kontakt-Cafés hatte ich nicht nur Omara und Queen kennen gelernt; ich hatte auch Katharina getroffen, 17, die mit ihrem dreijährigen Sohn Maina auf der Straße lebte. Ich war Theresia begegnet, eine junge Frau von 22 Jahren, die Desinfektionsmittel getrunken hatte, um ihrem Leben ein Ende zu setzen – sie prostituierte sich, seit sie neun war. Pilla war 30 und stand kurz davor, ins *Tanu-Tanu*-Viertel abzudriften, weil die Sextouristen sie zu alt fanden. Die meisten Frauen hatten Kinder, aber keine Ehemänner. Oft mussten sie auch noch jüngere Geschwister oder ältere Verwandten ernähren. Bis auf Queen hatte keine je eine Schule besucht, geschweige denn eine Berufsausbildung gemacht.

Ich steckte in einer Zwickmühle. Ich hatte das Elend gesehen. Ich wusste, was den Frauen fehlte: Bildung und Alternativen zur Prostitution! Und jetzt? Ich hatte kein Geld und keinen Ort für ein Frauenzentrum, ich hatte keine Mitarbeiterinnen, ich hatte nichts. Und dann kam auch noch Sabelle.

Sie fragte eine meiner Mitschwestern, ob wir nicht bei uns im Kloster Arbeit für sie hätten. Die Schwester schickte Sabelle zu mir. Zögerlich schilderte mir die 18-Jährige ihr Dilemma. Sie stammte aus einer kinderreichen, bitterarmen Familie und wollte unbedingt die mittlere Reife machen. Die Schule musste sie selbst finanzieren: Schulgeld, Schuluniformen, Schulbücher. Das schaffe sie durch „Geschenke von Freunden", sagte sie – sie war zu stolz zuzugeben, dass diese „Freunde" Prostitutionstouristen waren. Sie wollte nicht mehr abhängig von ihnen sein, sie brauchte dringend einen Job.

Die Sekundarschülerin Sabelle sprach und schrieb perfekt Englisch. Sie war die ideale Mitarbeiterin für das Frauenzentrum, von dem ich träumte. Sie konnte mir Verwaltungsaufgaben abnehmen, Alphabetisierungskurse abhalten, die Frauen interviewen und ihre Lebensgeschichten aufschreiben. Das war mir von Anfang an ein Herzenswunsch. Ich wollte unbedingt die Geschichten der Frauen dokumentieren, damit sie nicht namen- und spurlos aus der Geschichte verschwanden.

Dann flehte mich auch noch Katharina um Arbeit an. Durch Prostitution verdiente sie so wenig, dass sie für sich und ihren kleinen Sohn Maina nicht einmal ein Zimmer mieten konnte.

„Hilf mir, Sister Lea!"

Ich musste schnell eine Lösung finden. Darum entschloss ich mich, in den sauren Apfel zu beißen – ich entschied mich zu betteln.

Beim Eintritt ins Kloster hatte ich mit dem lieben Gott eine Abmachung getroffen: Ich wollte alles, was ich an Fähigkeiten und Fertigkeiten habe, geistige wie körperliche Schaffenskraft, Herz und Verstand – kurzum: meine ganze Person – für seinen Dienst einsetzen.

„Aber bitte verlange nicht von mir, dass ich betteln gehe!"

Schon als kleines Mädchen in Klarenthal hatte ich es verabscheut, dass Ordensleute für die „Heidenmission", wie das seinerzeit noch hieß, immer nur „milde Gaben" einsammelten. So wollte ich nicht werden! Aber nach 25 Jahren als Weiße Schwester blieb mir nicht anderes übrig, als jetzt auch meine Hand aufzuhalten.

Unser Kloster an der Nyerere Avenue hatte die Ordensleitung von der Diözese gemietet, inzwischen ist die Kommunität in ein anderes Haus umgezogen. Das an der Nyerere Avenue trägt den Namen *Star of the Sea.* Das Obergeschoss, in dem wir schliefen, ist an allen vier Seiten von einem überdachten Balkon umgeben. Dort übernachtete ich meist, weil es drinnen noch heißer war. Auch meine Bettelbriefe schrieb ich draußen. Eine Schreibmaschine besaßen wir nicht und schon gar nicht ein Kopiergerät, darum machte ich mich mit Füller und Kugelschreiber ans Werk. Das dauerte natürlich …

Verwandte, Freunde, Bekannte und alle Menschen in Deutschland, die jemals so unvorsichtig gewesen waren, mir ihre Adresse anzuvertrauen, standen auf meiner Liste. Bis kurz vor Weihnachten 1985 schaffte ich 100 Briefe, in denen ich um Spenden für unser Frauenzentrum bat. Die Überwindung meines Widerwillens trug mir eine reiche Ernte ein: nur zwei negative Antworten.

Bischof Kirima von Mombasa unterstützte mich bei meinem Vorhaben. Er sorgte dafür, dass mir die Makupa-Pfarrei ein halb verfallenes Lagerhaus zur Verfügung stellte. Wir bauten es zu einem „Women's Club" um, einem Frauenzentrum für Begegnung und Beratung, Arbeit und Ausbildung. Mit „wir" meine ich auch meine sechs Mitschwestern, die zwar nicht selbst mit Hand anlegten, weil sie mit ihren eigenen Aufgaben ausgefüllt waren, die aber zuverlässige Arbeiter und Handwerker kannten. Diese dichteten das Dach ab, zogen Mauern ein, reparierten den Fußboden, installierten Stromleitungen, setzten Fenster und Türen ein. Auch der Pfarrer stand mir mit Rat und Tat zur Seite. Vor allem achtete er darauf, dass wir nicht „übers Ohr gehauen" wurden.

Meine Frauen der ersten Stunde halfen beim Aufräumen. Das Grundstück, auf dem das Lagerhaus stand, sah anfangs wie eine Müllhalde aus. Sie beseitigten Schutt und Unrat und machten auch im Lagerhaus klar Schiff, wenn die Handwerker ein Chaos hinterlassen hatten.

Durch unsere gemeinsame Arbeit beim Aufbau des Zentrums lernte ich die Frauen immer näher kennen. Das Vertrauen wuchs, nun durfte ich sie auch zu Hause besuchen. Die erste, die mir zeigte, wo sie wohnte, war unsere Kloster-Köchin Emma.

Eines Tages, als ich ihr beim Kochen half, gestand sie mir, dass sie „eine Geliebte“ ist.

„Wie meinst du das?“

„Ich kann keine Kinder kriegen. Das ist für eine Kenianerin schlimm. Unfruchtbarkeit gibt dem Ehemann das Recht, seine Ehefrau aus dem Haus zu vertreiben. Meiner hat mich anfangs nur nachts vor die Tür gesetzt, während er sich drinnen mit anderen Frauen amüsierte. Irgendwann hat er die Tür nicht wieder aufgemacht. Da hat mich unser Pfarrer zu Schwester Thekla de Souza gebracht. Seitdem bin ich hier Köchin. Ich hab' ein Zimmer in Likoni. Mein Freund bezahlt es. Er ist ein verheirateter Mann.“

Ich konnte es nicht fassen: Ihr Mann hatte Emma mit anderen Frauen betrogen, und nun war sie auch eine Geliebte, obwohl sie aus eigener Erfahrung wusste, wie sehr die Ehefrau darunter leidet.

„Sister Lea, darf ich dir mal ehrlich was sagen?“

„Nur zu!“

„Du hast überhaupt keine Ahnung davon, wie wir hier leben. Soll ich's dir zeigen?“

Sie nahm mich mit in ihr Viertel. Dort gab es traditionelle Häuser, aber auch Hütten aus Säcken und Kisten oder Verschläge aus flachgedrückten Konservendosen. Emma wohnte in einem typisch ostafrikanischen Suaheli-Haus aus Lehm: ein langer Gang mit drei Zimmern auf jeder Seite. An der Stirnseite ein Gemeinschaftsraum mit Kochstelle, Toilette und Dusche, allerdings ohne fließendes Wasser. Wasser musste von weit her in Kanistern von einer Verkaufsstelle geholt werden. Strom gab es nicht. Gekocht wurde auf einem Holzkohlenfeuer. Petroleum-Lampen ersetzten das elektrische Licht.

Nur Emma hatte ein Zimmer für sich, in jedem der fünf anderen lebten mindestens drei Menschen: Männer, Frauen und Kinder auf engstem Raum. Emma hätte die Miete auch selbst bezahlen können. Dass sie das ihrem verheirateten Freund überließ, hatte einen guten Grund: „Wenn ich keinen Mann hätte, würden mich die Männer hier als Freiwild betrachten. Ich brauche den Geliebten zu meinem Schutz. Weil die anderen wissen, dass ich zu ihm gehöre, lassen sie mich in Ruhe.“

Zu meinen Frauen der ersten Stunde gehörten auch die beiden Schwestern Wambui und Jane.

Schon während der Umbauarbeiten überlegten wir, womit wir nach Eröffnung des Zentrums Geld verdienen könnten. Eine lukrative Einnahmequelle schien uns der Eisverkauf zu sein. Wir Frauen wollten es besser machen als die männliche Konkurrenz: In Mombasa verkauften ausschließlich Männer Eis – alle Geschäfte, die auf bequeme Weise Geld einbringen, waren fest in Männerhand. Das herkömmliche Eis bestand aus Wasser, Zucker und Farbstoff. Wir kochten aus frischen Früchten des Baobab-Baums Sirup und verrührten ihn mit Eiern und Zucker zu einer Creme, die wir in kleine Plastikschläuche füllten und einfroren. Von den Spenden aus Deutschland hatte ich eine Gefriertruhe und zwei Kühltaschen gekauft. Mit einer schickte ich Jane los. Als sie zurückkehrte, steckten noch alle Eistüten drin. Ich dachte, es läge am Preis: Das wässrige „Männer-Eis“ kostete umgerechnet sieben Pfennig, für unser gehaltvolles „Frauen-Eis“ verlangten wir das Doppelte. Doch der Preis war es nicht.

„Das ist keine Frauenarbeit, das ist eine Arbeit für Männer!“, rechtfertigte sich Jane für ihren Misserfolg. „Dass Frauen Eis verkaufen, widerspricht unserer Tradition.“

„Jeden Abend hängst du in Bars rum“, schimpfte ihre ältere Schwester Wambui, „und besäufst dich mit Kerlen! Ist das Tradition?“

Wambui übernahm den Eisverkauf – und entpuppte sich als Verkaufsgenie.

Als ich Wambui kennen lernte, erzählte sie mir: „Ich habe drei uneheliche Kinder. Ein eigenes und zwei andere.“

Mit dem „eigenen Kind“ meinte sie ihren Sohn, der von einem einheimischen Vater stammte. Die beiden Töchter hatte sie von

Sextouristen, einem Araber und einem Deutschen. Hans-Werner Kleinhans, den Wambui als „Herrn Müller" kannte, war einer von den so genannten „Pseudogatten".

1991 gaben die Sozialwissenschaftlerin Dagmar Heine-Wiedemann und ich im Auftrag der Bundesfrauenministerin Rita Süssmuth eine Studie über *Umfeld und Ausmaß des Menschenhandels mit ausländischen Mädchen und Frauen* heraus. In dem Kapitel über Prostitutionstourismus unterscheidet Heine-Wiedemann „vier Typen deutscher Prostitutionstouristen".

Da ist zunächst „der Globetrotter". Meist junge (angehende) Akademiker, die sich für die Kultur fremder Länder interessieren und Regionen bevorzugen, die der Massentourismus (noch) nicht entdeckt hat. Für den Globetrotter ist das „flüchtige Liebesabenteuer" mit einer Prostituierten ein „Kulturkontakterlebnis". Deshalb lehnt er es ab, sie für ihre Dienste zu bezahlen. Für den „genussorientierten Sexkonsumenten" ist eine „herablassende, vom sexuellen Leistungsdenken geprägte Benutzung der Prostituierten" typisch. Wenn man ihn befragt, kommt oft „eine diffuse Unzufriedenheit mit alltäglichen Beziehungskisten zu Hause zum Vorschein". Eine Variante dieses Typs ist „der Machtbesessene": „Ihm erscheint es besonders befriedigend, wenn sexuelle Praktiken gleichzeitig einen Unterwerfungsakt der Prostituierten zum Ausdruck bringen."

Eher selten ist „der Unzulängliche" mit einer physischen Behinderung oder einer psychischen Störung. Eine Abart dieses Typs allerdings ist erschreckend weit verbreitetet: „Er bevorzugt sexuelle Praktiken, die in Deutschland strafrechtlich verfolgt werden." Zum Beispiel Sex mit Kindern. Ein Massenphänomen unter deutschen Sextouristen ist „der Pseudogatte". Er kehrt immer wieder zu derselben Prostituierten zurück und entlohnt sie meist „mit Naturalien" wie Kleidung und Essen: „Nicht selten ist er Vater in dem fernen Land."

Eines Morgens im Frühjahr 1986 läutete Wambui Sturm an unserer Klostertür: „Herr Müller ist da!"

Ich hatte Wambui versprochen, ihn mir vorzuknöpfen, weil er angeblich für seine uneheliche Tochter Mary nicht einen einzigen Pfennig zahlte.

„Begleitest du mich?“, fragte ich Wambui.

„Mach’ das lieber alleine! Er ist bei mir zu Hause. Meine Mutter weiß Bescheid. Ich gehe Eis verkaufen.“

Ich wunderte mich, dass sie nicht dabei sein wollte. Für gewöhnlich ging sie keinem Streit aus dem Weg. Im Gegenteil, sie genoss es, sich zu streiten. Dass sie Herrn Müller nicht selbst in die Pflicht nehme, so hatte sie ihr Hilfsersuchen an mich begründet, liege an einem Kommunikationsproblem: Sie spreche nicht Deutsch und er bloß ein paar Brocken Englisch.

Wambui bewohnte mir ihrer Mutter und ihren drei Kindern zwei Zimmer im ersten Stock eines heruntergekommenen Mietshauses im Kolonialstil. In jeder Wohnung lebten mehrere Parteien, die sich eine Küche teilten. Es gab nur eine Korridortür, vor den Eingängen zu den Zimmern hingen Vorhänge. Wambuis Mutter hockte in der Küche, sie zeigte mir den Vorhang, hinter dem sich Herr Müller verbarg.

„Er liegt im Bett“, sagte sie verächtlich.

Als ich den Vorhang zur Seite schob, sah ich, dass er nicht „im Bett“, sondern auf dem Bett lag – nackt. Sofort schloss ich den Vorhang wieder.

„Ich möchte etwas mit Ihnen besprechen. Wenn Sie angezogen sind, komme ich rein.“

Drinnen hörte ich es rascheln. Nach zwei, drei Minuten rief er: „Ich bin so weit!“

Erst jetzt schaute ich ihn mir genauer an. Die 32-jährige Wambui hatte ihn mir als „alten Mann“ beschrieben, der ihr Vater sein könne. Ich schätzte ihn auf Ende 50. Ein schüchterner, unscheinbarer Typ, dem diese Situation überaus peinlich war.

„Ich bin eine Freundin von Wambui“, stellte ich mich vor: „Ich heiße Schwester Lea.“

„Ich habe schon von Ihnen gehört", stammelte er und gab mir zögerlich seine Hand. „Ich heiße" – Pause – „Müller."

„Da haben Sie ja Glück, dann stirbt Ihr Name nicht so schnell aus!"

Kleinlaut gestand „Herr Müller" mir, dass er in Wahrheit Hans-Werner Kleinhans sei.

„Und warum verschweigen Sie Wambui Ihren richtigen Namen?"

Er sei ein „ewiger Junggeselle", der bei seiner alten Mutter lebe. Um ihr „den Schock" zu ersparen, dass plötzlich seine kenianische Geliebte mit seiner unehelichen Tochter in Hannover vor der Tür stehe, halte er sich lieber „inkognito" in Mombasa auf.

Ich las ihm die Leviten: „Was denken Sie sich eigentlich? Sie nutzen Wambuis Armut skrupellos aus! Nicht einmal für Mary geben Sie ihr Geld! Ich schäme mich dafür, dass Männer wie Sie meine Landsleute sind!"

Hans-Werner Kleinhans vergaß seine Schüchternheit und versicherte mir aufrichtig empört: Obwohl er nur ein kleiner *Metro*-Verkäufer sei, wäre er durchaus bereit, Wambui finanziell zu unterstützten.

„Was soll ich machen? Ich habe ihr früher regelmäßig Geld geschickt. Das hat sie immer in Autos investiert. Sie ist eine Autonärrin. Dabei hat sie nicht mal einen Führerschein!"

Ich war baff. Ich hatte Wambui nie in einem Auto gesehen, bis auf einmal neulich, als sie mit einer „Schrottkiste" vorfuhr und mich zu einer Probefahrt einlud. Sie sei so stolz, sagte sie, dass sie sich das erste Mal in ihrem Leben ein Auto leisten könne. Widerstrebend stieg ich ein. Zum Glück kamen wir gar nicht vom Fleck. Als Wambui nach dem Lenkrad griff, brach es ab. Offenbar hatte sie mich ausgetrickst. Sie wollte nicht, dass ich Hans-Werner Kleinhans Geld für ihre Tochter Mary abnötige, sondern für eine neue „Rostlaube" – die alte war inzwischen auf dem Schrottplatz gelandet.

„Bauen Sie Wambui ein Haus!", schlug ich vor. „Das kostet hier nicht viel. Auf dem Grundstück kann sie Gemüse ziehen. Sie weiß, wie das geht, sie ist eine Kikuyu. Das Gemüse kann sie dann auf dem Markt verkaufen. Das gelingt ihr bestimmt mit ihrem Verkaufstalent."

„Das klingt gut, Schwester Lea. Aber das mache ich nur, wenn Sie darauf aufpassen, dass sie mein Geld nicht für Autos ausgibt!"

Bevor Hans-Werner Kleinhans zurück nach Deutschland flog, vertraute er mir 2000 Mark an. Damit habe ich ein Grundstück und Baumaterial für Wambui gekauft. Bei seinem nächsten Besuch in Mombasa wuchs schon Gemüse im Garten. Das Haus war noch nicht fertig. Da hat er selbst mit angepackt, den ganzen Urlaub hat er geschuftet.

Hans-Werner Kleinhans überwies mir jeden Monat 200 Mark für Wambui und Mary, ich teilte das Geld für sie ein. Als er ein paar Jahre später relativ jung in Hannover starb, stellte es sich heraus, dass er von seinem kleinen Verdienst als *Metro*-Verkäufer 20.000 Mark als Erbe für seine Tochter Mary gespart hatte.

Der so genannte „Herr Müller" war gar nicht so übel – eine rare Ausnahme unter den Prostitutionstouristen.

Das Verkaufsgenie Wambui hat es tatsächlich geschafft, als Gemüsehändlerin so viel zu verdienen, dass sie als Erbe für ihr „eigenes Kind", den Sohn, aus eigener Kraft ein zweites Haus bauen konnte. Sie entwickelte eine Leidenschaft für Geld, die ihre Leidenschaft für Autos in den Schatten stellte. Nach meiner Rückkehr nach Deutschland teilte eine Mitschwester die 200 Mark für Wambui und Mary ein. Eines Tages schrieb mir diese Schwester empört: „Wambui erzählt überall herum, dass *Solwodi* ihr Geld für andere Frauen verwendet. Damit will sie erreichen, dass Herr Kleinhans es direkt an sie überweist. Dann sieht Mary nichts mehr davon!"

Für das, was jetzt folgt, muss ich vorausschicken, dass Wambui Analphabetin war. Sie ließ sich ihre Briefe in einem darauf spezialisierten Büro vorlesen, schreiben und übersetzen.

Jedenfalls benachrichtigte ich sofort Hans-Werner Kleinhans, der damals noch lebte. In einem geharnischten Brief teilte er Wambui mit, entweder bekäme sie das Geld über uns oder gar nicht. Auch ich schickte ihr einen Brief. Ich sei so wütend auf sie, ließ ich sie wissen, dass ich nicht länger zu dem Geldtransfer bereit sei. Das hätte für sie zur Konsequenz gehabt, dass Hans-Werner Kleinhans seinen Zahlungen an sie eingestellt hätte. Darum antwortete sie postwendend mit einem Brief, in dem ein Foto steckte. Darauf war Wambui in einem weißen Gewand abgebildet, mit einem roten Kreuz auf der Brust. Das könne ich doch nicht machen, schrieb sie, wo sie doch jetzt gewissermaßen „eine Mitschwester" von mir sei. Sie war bei den *Saved People* eingetreten – einer esoterischen christlichen Sekte.

Ich habe beide Schwestern, Wambui wie Jane, falsch eingeschätzt. Der älteren habe ich zu viel zugetraut und der jüngeren zu wenig. Auch Jane reüssierte als Geschäftsfrau. Bis zu ihrem viel zu frühen Tod war sie solidarisch mit *Solwodi*, weil sie durch uns den Ausstieg aus der Prostitution geschafft hatte. Neben ein Foto, das sie vor ihrem Kiosk zeigt, habe ich geschrieben:

„Jane, erfolgreiche Unternehmerin in Fort Jesus 1992, gestorben 1996."

1498 landete der portugiesische Seefahrer Vasco da Gama im benachbarten Malindi, das mit Mombasa verfeindet war. Von Malindi aus eroberten die Portugiesen Mombasa und herrschten dort ein Jahrhundert lang, bis Araber aus dem Sultanat Oman – die Omani – sie vertrieben. 1593 hatten die Portugiesen den Grundstein zum Bau einer mächtigen Festungsanlage am Eingang des Dhau-Hafens gelegt, die 1596 fertiggestellt war: das Fort Jesus.

Heute ist es die beliebteste Touristen-Attraktion in Mombasa. Bis 2002 boten kleine Händler im Eingangsbereich landestypische Souvenirs feil. Zu diesen Händlern gehörten auch Jane und ihr ältester Sohn, der nach ihrem Tod den Kiosk mit kenianischen Korbwaren weiterführte. Und dann hat die Regierung – es war noch das Moi-Regime – diese kleinen Händler platt gemacht. Im wahrsten Sinne des Wortes: Bulldozer sind über die Kioske gerollt. Plötzlich, ohne Vorankündigung. Es blieb kaum Zeit, die Waren zu retten. Begründung für die Attacke: Die Kioske seien nicht genehmigt, sie stünden dem freien Blick auf das Fort Jesus im Weg.

Ein Gutes hat Janes früher Tod – das musste sie nicht miterleben.

Ich habe „Vorher-Nachher-Fotos" von unserem Frauenzentrum in der Makupa-Pfarrei gemacht. Alle, denen ich sie zeige, wollen es nicht glauben, dass es dasselbe Grundstück mit demselben Gebäude ist. Auf den „Vorher-Fotos" sieht man einen Platz mit Schutt und Müll. Dazwischen eine vergammelte Lagerhalle ohne Fenster und Türen, mit löchrigem Dach und einem Fußboden wie eine Kraterlandschaft. Auf den „Nachher-Fotos" blühen bunte Blumen in einem üppigen Garten hinter einem hellgestrichenen, freundlichen Haus; davor eine breite, überdachte Veranda als zusätzlicher Raum.

Die beiden Innenräume und den Alltag darin beschreibe ich im *Solwodi*-Rundbrief Nr. 4 vom September 1986 – im Februar hatten wir das Zentrum eröffnet.

Die Küchenzeile im ersten Raum hat ein hiesiger Schreiner gebaut: das Gehäuse für zwei Spülbecken, Herd und Kühlschrank, eine Arbeitsfläche und Unterschränke. Zwei große Tische, acht Stühle und acht Bänke stammen auch von ihm. Wir können hier nicht einfach in ein Geschäft gehen und Möbel kaufen. Fertige Möbel sind sehr teuer und manchmal auch sehr schlecht verarbeitet, außerdem unterstütze ich gerne das einheimische kleine Handwerk.

An der Kochzeile arbeiten zwei Gruppen von Frauen, zur Zeit unter der Leitung von Lilo, einer Sozialpädagogik-Studentin aus Eichstätt. Die eine Gruppe backt Marmor- und Zitronenkuchen, die andere stellt Eis her. Unsere Kuchen sind hier äußerst beliebt, aber wir müssen sie viel zu billig verkaufen, weil wir sonst keine Abnehmer fänden. Auch beim Eis mussten wir den Preis senken, obwohl es viel besser ist als das, was hier sonst angeboten wird. Zur Zeit versuchen wir, Hotels für Vollkorn- und Graubrot zu begeistern – hier gibt es nur Weißbrot.

Im ersten Raum stehen auch die beiden Nähmaschinen, an denen unsere Frauen nähen lernen, derzeit von Annett unterrichtet, auch eine Eichstätter Studentin. Annett näht mit den Frauen Schürzen, von denen wir hoffen, dass wir sie in Deutschland verkaufen können. Lilo und Annett verbringen ihre Semesterferien hier, Flug und Aufenthalt finanzieren sie selbst. Die beiden sind eine so kostbare Hilfe, dass mir schon vor ihrer Abreise graut. Ich bräuchte dringend eine feste Kraft, eine Handarbeitslehrerin wäre ideal. Wir haben in der hiesigen Zeitung inseriert, leider ohne Erfolg.

Warum diese Handarbeitslehrerin so wichtig für mich war, erschließt sich nicht auf den ersten Blick. „Meine" Frauen sollten ja nicht Schneiderinnen werden, sondern Aushilfskräfte in Schneiderwerkstätten oder Arbeiterinnen in Textilfabriken. Was eine dazu an Kenntnissen und Fertigkeiten benötigt, denken viele, lernt sie doch „en passant". Menschen, für die es selbstverständlich ist, lesen, schreiben und rechnen zu können, haben nicht den Hauch einer Ahnung davon, was es bedeutet, nie eine Schule besucht zu haben.

Die meisten „meiner" Frauen waren nicht in der Lage, einen Stoff nach einem einfachen Papierschnitt aus einer Modezeitschrift zuzuschneiden, weil sie keine Zahlen kannten und nicht messen konnten. Was ist die Mitte? Für die Frauen in unserem Zentrum war das nur ein ungefährer Wert nach Augenmaß. „Schräg hoch, gerade runter, Bogen" – das bekommen deutsche Kinder im ersten Schuljahr beigebracht, wenn sie ein „i" zu schreiben lernen. Gleichzeitig perfektionieren sie ihre Fingerfertigkeit. Dieses motorische Geschick wenden sie dann bei ähnlichen Aufgaben an, wie dem Zeichnen von Linien und Kurven. Im Geometrieunterricht – oder in der Schneiderwerkstatt.

Die erfolgreiche Unternehmerin Jane beispielsweise musste stundenweise jemanden einstellen, der schreiben, lesen und rechnen konnte. Zwar hatte sie es rudimentär in unserem Zentrum gelernt, aber das reichte nicht aus, um die Buchführung zu machen, Rechnungen zu kontrollieren und schriftliche Bestellungen zu formulieren. Darum setzte sie alles daran, ihren Kindern einen Schulbesuch zu ermöglichen. Janes Sohn, der nach ihrem Tod den Kiosk übernahm, war nicht mehr auf fremde Hilfe angewiesen.

Im zweiten Raum – fahre ich in meinem Rundbrief fort – *finden Versammlungen und Beratungsgespräche statt. Er ist mit Stühlen und Bänken, einem Schreibtisch nebst Schreibmaschinentisch eingerichtet und einem Schrank für die Töpferinnen. Drei weitere Schränke für Papier, Unterlagen, Bücher und so weiter sind bestellt. Wenn wir keine Versammlungen oder Beratungsgespräche haben, nutzen Näherinnen aus der überfüllten Küche diesen Raum. Auch die Häkel-Gruppe, die Handarbeiten für Kirchenbasare herstellt, arbeitet hier. Die Töpferinnen sind auf die Veranda ausgelagert, wo sie Keramik-Perlen für wunderschöne Ketten produzieren. Missio München und Missio Aachen helfen uns beim Verkauf in Deutschland. Mechtild Keller und Resi König vom Katholischen Frauenbund wollen die Ketten auf dem Katholikentag vertreiben und so auf unser Projekt hinweisen. Der Landesfrauenrat Baden-Württemberg präsentiert uns und unsere Ketten im Rahmen der Ausstellung ‚Frauen in der Gesellschaft von morgen'. Eine katholische Frauengruppe aus Pfaffenhofen hat Ketten für ein Pfarrfest bestellt, ebenso der Missionskreis von Münsing für einen Weihnachtsmarkt.*

Zur Zeit brennt noch eine professionelle Töpferwerkstatt unsere Keramik-Perlen. Dafür müssen wir Geld bezahlen. Wenn demnächst ein Brennofen von Missio München bei uns eintrifft, brauche ich eine eigene Expertin, die den Frauen zeigt, wie Brennen und Lasieren geht. Auch weiß ich noch gar nicht, wo wir den Brennofen unterbringen sollen. Kaum dass es fertig ist, ist unser Solwodi-Zentrum auch schon wieder zu klein.

Der fehlende Platz für den Brennofen sorgte mich nicht wirklich. Dass wir keine Kindertagesstätte hatten, war ein viel größeres Problem. Es bereitete mir so quälende Sorgen, dass ich nachts nicht schlafen konnte. Katharina zum Beispiel, die Mutter des kleinen Maina, hatte im Zentrum nähen gelernt. Ich vermittelte ihr einen Näherinnen-Job. Nun konnte sie sich ein Zimmer leisten. Aber wo sollte sie Maina lassen, wenn sie zur Arbeit musste? Dieses Problem hatten die meisten Frauen. Sie lösten es, indem sie für ein paar Schilling kleine Mädchen, manchmal erst zehn Jahre alt oder noch jünger, als Kindermädchen engagierten – mit der Folge, dass diese nicht zur Schule gingen. Ein Teufelskreis. Wenn diese Mädchen nicht lesen und schreiben lernten, würden sie unweigerlich in der Prostitution landen.

Es ist extrem schwer, in Mombasa Räume anzumieten. Der Bedarf ist groß und das Angebot klein, entsprechend hoch sind die Mieten. Darum freute ich mich riesig, als mir eine Bewährungshelferin, die ich im Gericht kennen gelernt hatte, ungenutzte Räume in ihrem Haus für unser „Day-Care-Center" anbot. Die Sache erwies sich allerdings schließlich als Reinfall. Als wir alles renoviert und eingerichtet hatten, hieß es auf einmal: Das Haus sei eine Dienstwohnung, die nicht untervermietet werden dürfe.

Ich war so verzweifelt – aber der liebe Gott half mir. Unerwartet schenkte mir eine Schwesterngemeinschaft, die eine katholische Mädchenschule betrieb, einen Container, 30 Quadratmeter groß, der als Ersatzklassenzimmer genutzt werden konnte. Die Schwestern benötigten ihn nicht. Wir stellten ihn neben unserem Zentrum auf – als Kindertagesstätte.

Immer mehr Frauen strömten herbei. Irgendwann waren es so viele, dass der Andrang unseren Tagesablauf störte. Darum führte ich den Mittwoch als „Beratungstag" ein. Dann drängelten sich die Frauen in einer langen Schlange auf der Veranda. Auch auf dem Vorplatz standen sie. Mir blutete das Herz, weil ich viele von ihnen abweisen musste. Mir waren durch den Geldmangel die Hände gebunden, obwohl ich inzwischen ziemlich viel Geld hatte – mehr als ich jemals zu hoffen gewagt hätte.

Einerlei, wo die *Solwodi*-Frauen waren – bei uns im Zentrum, in unserem Kiosk, den wir als Garküche für Arbeiter aus der Nachbarschaft betrieben, als Betreuerinnen in der Kindertagesstätte, in externen Alphabetisierungskursen oder Fortbildungsmaßnahmen –, jede Arbeit wurde gleich entlohnt: mit umgerechnet 75 Mark im Monat.

Im *Solwodi*-Rundbrief Nr. 4 vom September 1986 schreibe ich: *Die zahlreichen und großzügigen Spenden von Ihnen werden direkt und ausschließlich für die Frauen verwendet. Von Anfang Mai bis Ende Juli waren das insgesamt 27.582 Mark. Dieses Geld erlaubt es uns, immer mehr Frauen einen Arbeitsplatz in unserem Zentrum zu geben oder ihnen eine Ausbildung außerhalb zu finanzieren. Auch für die ‚Lohnfortzahlung im Krankheitsfall' haben wir eine Lösung gefunden: Jede Frau zahlt monatlich 1,50 DM in unsere neue „Krankenkasse", Solwodi zahlt 1,50 DM pro Person als „Arbeitgeberbeitrag".*

Jeden Mittwoch trafen wir uns zu einer Vollversammlung, um Bilanz zu ziehen und Perspektiven zu entwickeln. Auf einer dieser Versammlungen hatten die Frauen ihre eigene Krankenkasse gegründet; auf einer anderen führten sie ein „Zeit-Konto" ein. Mit großer Mehrheit beschlossen sie, dass alle, die im Zentrum arbeiteten, genau wie die anderen, die außerhalb einen Kurs besuchten, pünktlich sein mussten: Wer mehrmals in der Woche unpünktlich erschien oder an manchen Tagen gar nicht, bekam Lohn abgezogen. Das war ganz in meinem Sinne. Nicht etwa, weil ich Geld sparen wollte, sondern weil ich es wichtig fand, dass sich die Frauen an die Erfordernisse des Arbeitsmarktes gewöhnten.

Eines Tages machte mir Emily klar, dass ich vergessen hatte, wie schwer es ist, sich in Mombasa fortzubewegen. Ich hatte mich mit ihr um acht Uhr im Zentrum verabredet; als sie mit zwei Stunden Verspätung auftauchte, schimpfte ich:

„Wenn du es nicht lernst, verlässlich zu sein, wirst du im Tanu-Tanu-Viertel landen!"

„Reg dich ab, Sister Lea!", entgegnete Emily. „Bevor ich dich getroffen habe, bin ich nie vor zwölf Uhr aufgestanden. Vor drei Monaten habe ich mir einen Wecker gekauft, der klingelt immer um sieben. Heute auch. Ich muss eine halbe Stunde zu Fuß zu einer Matatu-Haltestelle gehen. Das Matatu kam sogar relativ pünktlich. Aber dann hat der Fahrer einen Unfall gebaut."

Die Mehrheitsbeschlüsse auf unseren Vollversammlungen waren nicht ganz so vernünftig, wie es scheint. Die Frauen beäugten sich misstrauisch. Um auszuschließen, dass eine bevorzugt wird, beschlossen sie strenge Regeln für alle. Der Konkurrenzkampf um die Prostitutionstouristen, von denen die Frauen abhängig waren, hatte sie „entsolidarisiert". Darum kam mir in traurigen Momenten der Name *Solwodi – Solidarity with Women in Distress* – etwas widersinnig vor: Solidarität mit den diesen Frauen übten Frauen aus Deutschland, aber sie nicht untereinander. Als ich einmal zu spät zu einer Vollversammlung kam, platzte ich mitten in einen erbitterten Streit. Zwei Frauen beschimpften sich gegenseitig als „miese Hure".

„Ruhe!", brüllte ich.

Erschrockenes Schweigen in der ganzen Versammlung. So wütend hatten mich die Frauen noch nie erlebt – außer wenn ich Sextouristen abkanzelte. Aber nun waren sie es, die eine Abreibung bekamen.

„Ich kapiere einfach nicht, dass ihr euch gegenseitig erniedrigt, statt euch gemeinsam gegen Männer zu wehren, die euch wie den letzten Dreck behandeln!"

Dieser Mittwoch war entscheidend. Eine Art Wendepunkt. Als wir ein paar Wochen später unser Zentrum feierlich einweihten, führten die Frauen die bereits erwähnten Sketche auf, in denen sie sich nicht mehr gegenseitig niedermachten, sondern schwesterlich vereint die Prostitutionstouristen persiflierten. Auf der Einweihungsfeier trug Rosebella Adiambo ein langes Gedicht mit dem Titel *Wir können es schaffen!* vor. Hier die erste Strophe:

„Nur eine Frau!
So nennst du mich,
weil du glaubst,
ich wäre ein minderwertiger Mensch.
Aber, mein Lieber,
dass ich eine Frau bin,
macht mir nicht meine Rechte streitig

und die Freiheit,
mich zu Wort zu melden.
Noch erlaubst du es dir,
mich zu beleidigen,
mich zu misshandeln,
auf mich herabzusehen.
Denn ich bin ja nur eine Frau.
Und der „BOSS“ hat immer Recht.
Ihr Frauen!
Sexismus liegt in der Luft.
Wir wollen uns vereinigen und das tun,
von dem viele denken:
Wir könnten es nicht schaffen.
Ich sage euch:
Wir können es schaffen!

Keine von „meinen“ Frauen in Mombasa werde ich jemals vergessen. Leider sind einige inzwischen an Aids gestorben. Hoffnungsfroh hatten sie ein neues Leben begonnen, ohne Prostitution. Doch der Tod lauerte schon in ihren Körpern, als sie Kleinkioske und Garküchen eröffneten, Näherinnen wurden, Telefonistinnen, Gemüsehändlerinnen oder Töpferinnen – wie Betty. An sie denke ich besonders oft. Sie war eine begabte, kluge Person. Schlagfertig, witzig. Allerdings auch schnell wütend und ungemein streitsüchtig. Die Keramikerin Sue Wood in Nairobi hatte eine Engelsgeduld mit ihr, weil sie ihr Talent so schätzte. Im Gegensatz zu ihrer Widerspenstigkeit und Aggressivität.

Mir sind die Frechsten immer am liebsten gewesen. Denn ich spürte: Das sind starke Frauen, die von klein auf gedemütigt, verachtet und unterdrückt worden sind. Frauen, die sich ihren Stolz bewahrt haben. Frauen, die sich nicht damit abfinden wollen, dass sie nichts wert sein sollen.

Ich sage euch:
Wir können es schaffen!

Sie haben es geschafft. Trotz aller Widrigkeiten.

Kurz nach meiner „Vertreibung“ aus Kenia, über die ich gleich mehr erzählen werde, wurde unser Wohltäter Bischof Kirima in eine andere Diözese versetzt. Sein Nachfolger schloss 1988 unser *Solwodi*-Zentrum in der Makupa-Pfarrei. Aber wir gaben nicht auf, wir machten weiter – ich in Deutschland und die anderen in Mombasa. Zunächst wie am Anfang nur durch Streetwork, später auch wieder mit eigenen Räumen.

Als ich 1994, nach sieben Jahren Abwesenheit, mit dem sympathischen Herrn Täuber vom BMZ (Bundesministerium für wirtschaftliche Zusammenarbeit und Entwicklung) erstmals wieder nach Kenia reiste, trafen wir von achtzehn Frauen der ersten Stunde fünfzehn. Drei waren an Aids gestorben. Alle anderen lebten noch und waren aus der Prostitution ausgestiegen. Die meisten hatten sich mit *Solwodi*-Kleinkrediten selbständig gemacht.

„Im Prinzip geht’s uns immer noch schlecht“, sagten sie. „Wir besitzen nicht viel. Aber unsere Kinder gehen zur Schule, und wir wohnen nicht mehr auf der Straße oder in Verschlägen, sondern in Häusern.“

Herr Täuber war begeistert: „Was Sie hier erreicht haben, fast ohne Geld, ist echte Nachhaltigkeit!“

Wenn ich heute nach 20 Jahren sehe, dass es in Kenia drei *Solwodi*-Beratungsstellen gibt – in Mombasa, Mtuhapa/Kilifi und Malindi – bin ich stolz. 2002 haben wir auch noch *Solgidi* gegründet: „Solidarity with Girls in Distress“ – „Solidarität mit Mädchen in Not“. Es ist ein Projekt für Töchter von Prostituierten, denen wir einen Schulbesuch ermöglichen. Doch es geht nicht nur um Bildung.

In Kenia sterben täglich 600 Menschen an den Folgen einer HIV-Infektion – schreiben wir im Oktober 2004 in unserem *Solwodi*-Rundbrief Nr. 61. *Das bekommen die Solgidi-Mädchen besonders deutlich zu spüren. Viele von ihnen pflegen ihr Aids-kranken Mütter. Andere sind bereits Vollwaisen und sorgen ganz allein für ihre jüngeren Geschwister. ‚Guardians‘ werden diese Teenager genannt, die, weil sie weder Mutter noch Vater haben, in die Elternrolle schlüpfen. Solgidi unterstützt sie mit grundlegenden Dingen: Miete, Nahrung, Kleidung, Medizin, Hygieneartikel. Aber wir begleiten die Guardians auch ‚psychosozial': durch Wochenendveranstaltungen und Abendkurse. Und mit praktischer Hilfe wie die Betreuung ihrer kleinen Geschwister, damit die Mädchen, die Eltern sein müssen, obwohl sie selbst noch Kinder sind, zur Schule gehen können.*

Wer hätte es gedacht, dass *Solwodi Kenia* heute größer ist denn je? Ich nicht, als ich im Frühjahr 1987 Mombasa plötzlich verlassen musste!

Michael Schrode habe ich seinen Opel in Nairobi übergeben. Danach bin ich in den Nachtzug gestiegen. Kurz vor sieben komme ich in Mombasa an. Um acht Uhr sitzen wir beim Frühstück in unserem Esszimmer. Ich bin über 24 Stunden fort gewesen. In dieser Zeit sei alles ruhig geblieben, berichten meine Mitschwestern. Eine kleine Hiobsbotschaft bleibt mir trotzdem nicht erspart.

„Ein großes Hotel hat das *Solwodi*-Vollkornbrot abbestellt."

„Warum denn?"

„Bei diesen Temperaturen verschimmelt es zu schnell, hat der Küchenchef gesagt."

In diesem Moment schellt es.

Zweimal kurz, zweimal lang.

Mein Zeichen.

Der Mann, der vor der Tür steht, hat einen Zettel mit meinem Namen in der Hand. Er hält ihn mir unter die Nase und fragt:

„Sind Sie das?"

„Ja. Und wer sind Sie?"

Darauf antwortete er nicht. Ohne sich vorzustellen, sagte er:

„Ein Kommissar möchte sich mit Ihnen unterhalten, Schwester Lea. Können Sie ins Ambalal-Haus kommen?"

„Wann denn?"

„Heute Nachmittag oder morgen früh. Was ist Ihnen lieber?"

„Morgen früh!“

„Okay, um neun Uhr. Sechste Etage.“

„Unter Moi entwickelte sich Kenia zum Folterstaat“, schreibt der Ostafrika-Korrespondent Stefan Ehlert in seinem Buch *Wangari Maathai – Mutter der Bäume*, 2004 erschienen: „Das Symbol dafür wurde das Nyayo-Haus in der Innenstadt von Nairobi. Moi hatte den 24-stöckigen Verwaltungsbau bei Amtsantritt in Auftrag gegeben. Er verfügte über zwölf Folterzellen im Keller neben der Tiefgarage. Die obersten Geschosse beherbergten die Verhörzimmer der Spezialpolizei. Beides nur über eigene Fahrstühle zu erreichen.“

Davon weiß ich nichts, als ich am nächsten Morgen um kurz vor neun mit dem Generalvikar, den Bischof Kirima als meinen „Geleitschutz“ abgeordnet hat, das Entree des Ambalal-Hauses betrete – auch ein harmloser Verwaltungssitz, wie es auf den ersten Blick scheint. Ich bin schon häufiger hier gewesen, aber noch nie in der sechsten Etage.

Als wir aus dem Aufzug treten, wundern wir uns, dass daneben keine Knöpfe angebracht sind – hier oben kann der Aufzug nur mit einem Sicherheitsschlüssel in Gang gesetzt werden. Die Treppe, die nach unten führt, ist mit einem Gitter versperrt. Wir stehen in einem Großraumbüro. Der wachhabende Polizist in einem gläsernen Gehäuse winkt mich heran.

„Sind Sie Schwester Lea Ackermann?“

„Ja.“

„Und wer ist das?“ Der Polizist zeigt auf den Generalvikar.

„Ein Priester, der mich begleitet.“

„Der darf nicht mit zum Kommissar!“

„Und wenn er ein Anwalt wäre?“

„Auch nicht! Sie sind nicht zu einem Verhör vorgeladen, Sie sind zu einem Gespräch eingeladen!“ Er zeigt auf einen Stuhl: „Der Herr kann hier auf Sie warten.“

Das so genannte „Gespräch“ dauert fünf Stunden ohne Pause. Wann und wo ich geboren bin, fragt mich der Kommissar. Wer meine Eltern sind. Was sie beruflich gemacht haben. Ob mein Vater im Krieg war, wenn ja, an welcher Front. Welche Sprachen ich spreche. Warum und wo ich sie gelernt habe. Auf meiner „Vielsprachigkeit" reitet er so herum, dass ich zu vermuten beginne: Er verdächtigt mich, eine linke Spionin zu sein. Zumal er dann auch noch die Theologie der Befreiung als „kommunistisch" einstuft. Doch darum geht es nicht. Worum es geht, wird mir durch die Frage klar:

„Haben Sie in Deutschland keine Prostituierten?"

„Selbstverständlich! Die gibt's überall."

„Wir bewundern Ihr Engagement gegen Prostitution, Schwester Lea. Aber in Kenia ist Prostitution verboten. Wir sind der Meinung, dass Sie lieber in Europa dagegen kämpfen sollten, wo sie erlaubt ist."

„Ich bin nach Kenia gekommen", erwidere ich, „um mich für arme Frauen einzusetzen. Und die sind nun mal oft Prostituierte. Keine Sorge! Mir geht es nicht um Politik oder Ideologien. Ich versuche einfach nur, das Evangelium zu leben."

Das scheint den Kommissar zu beeindrucken. Er gesteht, dass er auch Katholik ist. Demnächst sollten wir uns sonntags mal privat treffen und gemeinsam einen Gottesdienst besuchen, schlägt er vor. Es täte ihm unsäglich leid, mir Unannehmlichkeiten bereitet zu haben. Aber es würden Gerüchte über mich verbreitet, denen er nachgehen müsse. Doch ich hätte alle Verdachtsmomente ausgeräumt. Nach diesem Gespräch bestünde kein Grund zur Beunruhigung mehr, weder für ihn noch für mich.

Wie ein Kavalier der alten Schule begleitet er mich zu dem Stuhl, auf dem der Generalvikar fünf Stunden auf mich gewartet hat. Der Kommissar holt uns mit seinem Schlüssel den Aufzug herauf und verabschiedet sich mit größter Liebenswürdigkeit.

Für mich ist die Sache damit erledigt – ich wiege mich wieder in Sicherheit.

Dennoch bemühte sich Bischof Kirima um einen Rechtsbeistand für mich. Aber alle vier ortsansässigen Anwälte, die „politisch Verdächtige" verteidigten, waren verhaftet worden. Das nahm ich zwar zur Kenntnis, aber ich dachte, na ja, bald fliege ich ohnehin für eine Vortragsreise nach Deutschland; wenn alle Stricke reißen, bleibe ich einfach etwas länger da und warte dort ab, bis sich die Lage wieder beruhigt hat.

Die Stricke rissen drei Tage nach dem Verhör im Ambalal-Haus.

Ich hatte wie üblich eine meiner Streetwork-Runden gedreht, die ich auch tagsüber machte; am frühen Nachmittag ging ich zum Kloster zurück. Da kam mir ein Auto entgegen, das mich mit der Lichthupe anblinkte. Mit quietschenden Reifen stoppte Schwester Margreth neben mir am Straßenrand.

„Die Geheimpolizei war da! Es ist besser, wenn du vorläufig nicht ins Kloster kommst."

Ich wagte mich erst am späten Abend hinein, um meinen Koffer zu packen. Am nächsten Morgen brachte mich Margreth zum Kloster der Weißen Schwestern in Nairobi. Meine Provinzialoberin Marie Heintz war in größter Sorge: „Um Gottes willen, Lea, du musst sofort nach Deutschland!"

Aber ganz so kampflos mochte ich nicht aufgeben. Das Ticket für meine Vortragsreise hatte ich schon. Bis zur Abreise blieben mir noch zwei Tage Zeit. Mit Unterstützung der Weißen Väter bemühten wir uns in Nairobi um einen Rechtsanwalt. Alle regimekritischen Anwälte, die nicht verhaftet worden waren, befürchteten das Schlimmste: nicht nur für sich, sondern auch für mich. Ich sah es ein – ich würde nicht so bald nach Kenia zurückkehren können.

Die Landung in Frankfurt verzögert sich durch Nebel. Während wir auf eine Landeerlaubnis warten und in dieser seltsamen Zwischenwelt unter einem blauen Himmel über grauen Schwaden kreisen, frage ich den lieben Gott:

„Wie soll es nun weitergehen?"

Da verzieht sich der Nebel plötzlich – ich habe einen freien Blick nach unten und freue mich auf meine Mutter …

Sechstes Kapitel

Dong. Dong. Dong.

Ich fahre aus dem Schlaf hoch.

Was ist das?

Das dumpfe Geräusch, das mich geweckt hat, klingt, als ob ein dicker Holzhammer gegen eine Tür geschlagen würde – mit einem metallischen Nachhall.

Woher kommt es? Ich kann es nicht orten.

Ich taste nach meiner Taschenlampe.

Jetzt habe ich sie gefunden.

Ich knipse sie an und richte den Lichtstrahl auf meine Armbanduhr:

Punkt Mitternacht.

An Gespenster glaube ich nicht, von Toten hat der Mensch nichts zu befürchten – aber von Lebenden.

Einbrecher, denke ich.

Es ist Mitte Mai 1988, ich bin ganz allein in der barocken Propstei. Da Pater Köster noch andere Verpflichtungen hat, bin ich schon vier Wochen vor ihm eingezogen. Ohne Möbel. Sie werden erst in den nächsten Tagen geliefert. Teilweise neu, teilweise gebraucht. Weder Fritz noch ich besitzen eigenes Mobiliar. Immerhin hat er Unmengen von Büchern, ich bin wie üblich mit „kleinem Gepäck" unterwegs. Weil auf der dem Rhein zugewandten Vorderseite nachts unentwegt Güterzüge rattern, habe ich meine Luftmatratze und den Schlafsack in ein Zimmer auf der Hinterseite im ersten Stock gelegt – es ist meine erste Nacht, die ich hier schlafe. Das alte Gemäuer hat zwei Jahre leer gestanden, die Stromversorgung funktioniert nicht richtig, deshalb gibt es kein elektrisches Licht; doch das Telefon auf dem Flur vor meinem Zimmer ist intakt.

Soll ich die Polizei alarmieren?

Ach, es dauert viel zu lange, bis die aus Boppard hier ist! Außerdem will ich mich nicht blamieren. Was, wenn es gar keine Einbrecher sind? Vielleicht ist es ja etwas völlig Harmloses. Davon allerdings bin ich nicht wirklich überzeugt.

Die Propstei ist an den Berg gebaut. An der dem Rhein zugewandten Seite hat sie zwei Kellergeschosse. Das untere mündet etwa in der Mitte des Barockgartens, der sich bis zur Rheinstraße hinunterzieht, in ein offenes Gewölbe, das mit einem Gittertor versperrt ist. Vielleicht traktieren die Eindringlinge es ja mit einem Hammer. Das würde den metallischen Nachhall erklären, jedoch nicht den hölzernen Klang.

Dong. Dong. Dong.

Das Geräusch scheint überall zu sein. Sein Widerhall wird, ungebremst durch Stoff oder Möbel, von den nackten Wänden und bloßen Fußböden verstärkt. Etwas zittrig schleiche ich mit meiner Taschenlampe auf Zehenspitzen die breite Treppe hinunter, um nach dem Rechten zu sehen. Die Kellertür ist abgesperrt. Ich schaue nach, ob sich dahinter etwas tut. Nichts. Ich überprüfe die Außentüren im Erdgeschoss; alle sind abgeschlossen, niemand macht sich an ihnen zu schaffen.

Als ich vom Seiteneingang für den Pfarrsaal ins Entree zurückkomme, dringt flirrendes Mondlicht durch die offene Tür meines künftigen *Solwodi*-Büros auf der Rheinseite.

Ich gehe hinein und schaue hinaus.

Der atemberaubende Blick durch das Fenster auf das mondbeschienene Rheintal lässt mich alles vergessen.

Geräusche.

Einbrecher.

Geldsorgen.

Ich fühle mich losgelöst von Zeit und Raum.

„Danke, lieber Gott“, bete ich, „dass du mir diesen Ort geschenkt hast.“

Bei meinem ersten Aufenthalt in Afrika war ich fünf Jahre ununterbrochen fort gewesen, nach meiner Rückkehr aus Ruanda kam mir Deutschland unvertraut vor. Als ich kurz vor Ostern 1987 in Frankfurt eintraf, litt ich zwar unter dem Verlust der Frauen in Mombasa, die ich als meine neue Heimat empfand, aber meine alte Heimat war für mich kein fremdes Land. Während meiner Zeit in Kenia war ich öfter nach Deutschland gereist: zu Tagungen, Vorträgen, TV-Auftritten und für Blockseminare, die ich an der Katholischen Universität Eichstätt im Fach Sozialpädagogik hielt. Als das Flugzeug aus dem sonnigen Afrika über dem nebelverhangenen Frankfurter Flughafen kreiste und auf die Landeerlaubnis wartete, beschloss ich, meine Aufklärungsarbeit über Prostitutionstourismus auszubauen – mein durch nichts zu bremsender Optimismus durchströmte mich wieder.

Ja, ich würde die Öffentlichkeit wachrütteln und ihr vor Augen führen, was deutsche Männer Frauen in der Dritten Welt antun! Mehr noch: Ich wollte unbedingt eine deutsche *Solwodi*-Beratungsstelle eröffnen, weil die Frauen aus der Dritten Welt längst hier angekommen waren. Frauenhändler und Zuhälter hatten den „exotischen Sexmarkt" ins hiesige Rotlichtmilieu importiert; internationale Heiratsagenturen priesen die „Anpassungsfähigkeit und Unterwürfigkeit" von Afrikanerinnen, Asiatinnen und Lateinamerikanerinnen.

Aber wo sollte ich hin mit *Solwodi Deutschland*? Wie anfangs in Kenia stand ich vor dem Nichts. Kein Geld, keine Mitarbeiterinnen, keine Räume.

Über dieses Problem würde ich mir später Gedanken machen. Zunächst musste ich nach Trier-Heiligkreuz, um der deutschen Provinzialoberin über meine neue Situation zu berichten. Anschließend wollte ich Mutti besuchen – in Klarenthal rief mich dann Pater Köster an.

Fritz hatte inzwischen *Missio München* verlassen. Dieses Missionswerk, das sich als deutscher Anwalt der katholischen Christen in der Dritten Welt versteht, blieb hinter dem, was möglich gewesen wäre, weit zurück. Vor lauter bürokratischem Kleinkram kam wenig zustande. Das hat ihn aufgeregt und krank gemacht. Darum war er Pfarrer in Baldham bei München geworden. Bei seinem Anruf in Klarenthal bot Fritz mir Wohn- und Arbeitsraum im Pfarrhaus an.

Michael Schrode war mein erster heiliger Franziskus, Pater Köster war der zweite – gewissermaßen sogar zweimal. Denn auch die Propstei in Hirzenach habe ich ihm zu verdanken. Ich bin gespannt, was er sagt, wenn er dies liest – wahrscheinlich:

„Um Gottes willen, Lea! Spinnst du?"

Liebe Freundinnen und Freunde von Solwodi – heißt es in meinem ersten Rundbrief aus Baldham, insgesamt die Nummer 7, vom 29. August 1987. *Mit Entsetzen stelle ich fest, dass ein neuer Rundbrief lange überfällig ist. Seit Ostern bin ich wieder in Deutschland, um von hier aus stärker als bisher das Netz der Solidarität mit den Frauen in Mombasa zu knüpfen.*

Weil ich *Solwodi Kenia* nicht gefährden wollte, verschwieg ich, dass ich Mombasa wegen Mois Geheimpolizei verlassen hatte. Aber die Arbeit dort ging auch ohne mich weiter, wie ich in meinem Rundbrief erzähle:

Ida Pires hat die Leitung übernommen, eine Goan. Sie ist Lehrerin und hat lange als Schulinspektorin gearbeitet. Sr. Thekla de Souza macht die Buchhaltung weiter. Darüber hinaus gibt sie Kurse in Buchführung, Preiskalkulation und Management für Frauen, die sich selbständig machen wollen. Sr. Agnes Mukulabata, unsere Beraterin für Neuzugänge, ist das Herz von Solwodi. Auch meine Frauen der ersten Stunde wenden sich an sie, wenn sie Probleme haben. Beatrix Röser, eine mit einem Kenianer verheiratete Deutsche, leitet die Kindertagesstätte. Viktoria Nyange hat mit Hilfe von Ida Pires die Abteilung „Eis, Brot und Kuchen" ausgebaut. Sie schrieb mir ganz begeistert von den Erfolgen des Verkaufs. Rosebella Adiambo betreut die Gruppe „Töpferei und Schmuck". Außerdem arbeitet sie als Solwodi-Sekretärin. Sie protokolliert alles – u. a. die Vollversammlungen, die immer noch jeden Mittwoch stattfinden – und schickt mir die Protokolle zu.

Den Rundbrief Nr. 7 beende ich mit der Information:

In Deutschland bin ich nun dabei, eine Kontaktstelle für Frauen aus der Dritten Welt aufzubauen, die zum Zweck der sexuellen Ausbeutung hierher gebracht wurden. Ich weiß noch nicht recht, wo diese Kontaktstelle sein wird. Zur Zeit genieße ich Gastrecht in der Pfarrei Maria Königin, Baldham. Frau Schießler, die Pfarrsekretärin, ist sehr freundlich. Sie notiert alle Anrufe und sichtet meine Post, weil ich dauernd unterwegs bin.

In meinem ersten Jahr in Deutschland habe ich Vorträge auf 85 Abendveranstaltungen gehalten. 16 Sonntagspredigten mit anschließenden Diskussionsrunden. 23 Rundfunkinterviews und Fernsehauftritte. 35 Tagungen, meist mehrtägig. Sieben Veröffentlichungen, teils als Buchbeiträge, teils als Zeitungsartikel. Nach Ausstrahlung des ZDF-Films *Allein gegen Sextourismus* von Sybille Plogstedt und Sabine Zurmühl am 9. Dezember 1987 konnte ich mich gar nicht mehr vor Terminen und Anfragen retten. Nebenbei musste ich mich auch noch durch Gespräche mit staatlichen und kirchlichen Stellen um eine Finanzierung für *Solwodi Deutschland* kümmern.

Einen Verein mit Sitz in München hatten wir am 4. Oktober 1987 gegründet. Aber wir warteten noch auf die Anerkennung der Gemeinnützigkeit, damit wir Spendenquittungen ausstellen konnten. Erst am 11. Februar 1988 wurden wir als gemeinnütziger Verein in das Münchner Vereinsregister eingetragen. Immerhin musste ich mir um *Solwodi Kenia* keine Sorgen machen. Das katholische Hilfswerk *Misereor* kam inzwischen für Personal- und Verwaltungskosten auf; außerdem hatte es uns Geld für den Kauf eines eigenen, größeren Zentrums in Aussicht gestellt. Doch mit *Solwodi Deutschland* ging es einfach nicht voran. Weit und breit keine Aussicht auf eine Finanzierung. Also auch keine Räume. Den kleinen

Saal im Pfarrhaus, den ich für *Solwodi* nutzte, musste ich jeden Abend räumen, und als Beratungsstelle wäre er ohnehin nicht in Frage gekommen. Noch dringender brauchte ich eine Mitarbeiterin. Die Pfarrsekretärin tat, was sie konnte, aber es war einfach nicht zu schaffen.

In seiner Predigt im Hochamt am ersten Weihnachtstag 1987 schilderte Pater Köster mein Desaster. Nach der Messe sprach mich eine Baldhamerin an.

„Ich kann ein paar Stunden täglich für Sie arbeiten, Schwester Lea", sagte Lore Loeper. „Das mache ich umsonst."

Ich war begeistert – ihr Mann weniger.

„Tu dir das nicht an!", sagte er zu seiner Frau. „Die wird dich in den Wahnsinn treiben. Der stehen ja jetzt schon die Haare zu Berge."

Damals trug ich einen Borstenschnitt.

Sie hörte nicht auf ihren Mann, der es auch nicht ganz so ernst gemeint hatte – Lore Loeper wurde die erste ehrenamtliche Mitarbeiterin von *Solwodi Deutschland.*

Seltsam. Meine *Solwodi*-Beratungsarbeit in Deutschland fing mit einer Kenianerin an: Theresa.

Im März 1988 – ich war noch Einzelkämpferin in Baldham – alarmierte mich eine Frauengruppe aus Düsseldorf wegen einer jungen Afrikanerin. Mit aufgeschnittenen Pulsadern war sie in einem Düsseldorfer Park gefunden worden. Theresa schien plötzlich aus dem Nichts aufgetaucht zu sein. Als ob sie nie existiert hätte, wäre sie im ewigen Dunkel verschwunden, als namenlose Leiche, nicht identifizierbar – kurzum: als Unperson –, wenn nicht der Hund eines Spaziergängers die Sterbende unter einem Gebüsch aufgespürt hätte. Es stellte sich heraus, dass sich die 17-jährige Analphabetin schon vier Jahre in Deutschland aufhielt. Sie erzählte mir:

Eines Tages seien in ihrem Dorf gut gekleidete kenianische Männer aufgetaucht, die behaupteten, sie wären auf der Suche nach schwarzen Fotomodellen für Kinder- und Jugendmode in

Deutschland. Ob ihre Eltern Geld dafür bekommen haben, dass die Menschenhändler ihre 13-jährige Tochter mitnehmen durften, wusste Theresa nicht, aber sie hegte den Verdacht. Auf dem Frankfurter Flughafen wurde sie von gut gekleideten deutschen Männern in Empfang genommen. Was sie danach vier Jahre lang von Deutschland wahrgenommen hat – schemenhaft, als Alptraum – beschränkte sich auf ähnlich eingerichtete Luxuszimmer in wechselnden Nobelhotels, wo sie wohlhabenden Herren zur Verfügung stehen musste.

„Doch man sieht nur die im Lichte, die im Dunkeln sieht man nicht."

So der letzte Vers des legendären Mackie-Messer-Songs aus der *Dreigroschenoper* von Bert Brecht und Kurt Weill.

Die im Dunkeln sieht man nicht?

Theresa hat nichts von Deutschland gesehen, doch viele Deutsche müssen sie gesehen haben. Nicht nur ihre Zuhälter und ihre Freier. Auch die Hotelchefs und das Hotelpersonal. Aber sie haben nicht hingeschaut, denn:

„Erst kommt das Fressen, dann kommt die Moral."

An Theresas Beispiel wird deutlich, wie komplex die Arbeit von *Solwodi* ist – in diesem Fall erfolgreich.

Es gelang mir, Papiere und eine Duldung für Theresa zu beschaffen: Eine „Duldung" ist eine befristete Aufenthaltserlaubnis, mal für vier Wochen, mal für sechs Monate. Ich trieb auch die finanziellen Mittel für eine Therapie auf. Doch zunächst einmal brauchte das psychisch und physisch zerstörte Mädchen eine Ansprechpartnerin, die ihr glaubte, ohne Wenn und Aber Partei für sie ergriff, ihre Hochs und Tiefs aushielt. Besonders schwierig war es, eine passende Bleibe für sie zu finden: eine eigene Wohnung, in der sie nicht zu oft allein war. Es galt, einen ganzen Freundeskreis um sie herum aufzubauen.

Dabei wurde ich von Ehrenamtlichen unterstützt. Vor allem von engagierten Frauen der *Katholischen Frauengemeinschaft* und des

Katholischen Frauenbundes, aber auch von Ordensfrauen und nicht konfessionell gebundenen Frauen. Geld für feste Mitarbeiterinnen hatte ich noch immer nicht – aber es bestand Aussicht auf eigene Räume.

Der Pallottiner-Orden berief Pater Köster an die Theologische Hochschule in Vallendar. Fritz wollte nie nur Hochschullehrer sein, für ihn war immer auch die pastorale Praxis wichtig. Darum bot er sich bei der Diözese Trier als nebenberuflicher Pfarrer für eine vakante Pfarrstelle an. Es wurden ihm mehrere Stellen zur Auswahl angeboten, und er entschied sich für Hirzenach.

„Du, Lea", sagte er zu mir, „das Pfarrhaus ist eine barocke Propstei. Riesig! Viel zur groß für mich allein. Da kannst du mit *Solwodi* einziehen."

„Mein heiliger Franziskus!", dachte ich.

Ich brauchte die Erlaubnis meiner Provinzialoberin, damals Sr. Josi Froitzheim. Ich fuhr nach Trier-Heiligkreuz, um mit ihr zu sprechen. Meine Mitschwester Wilhelma öffnete mir, ich erzählte ihr freudig:

„Stell dir vor, ich hab' ein Haus für *Solwodi* in der Nähe von Boppard! Jetzt brauch ich nur noch grünes Licht von Schwester Josi."

„Die schaut sich das Haus gerade an", sagte Wilhelma.

„Wie das denn? Sie weiß doch gar nichts davon!"

Es stellte sich heraus, dass die Provinzialoberin nicht nach Hirzenach gefahren war, sondern in das zwei Kilometer entfernte Bad Salzig. Es ging nicht um *Solwodi*, sondern um eine Bleibe für ältere Schwestern. Mit ihrer Finanzberaterin besichtigte Josi Froitzheim das *Haus Helvetia*, ein ehemaliges Kurheim des *Müttergenesungswerkes,* das der *Caritas* gehört. Die Provinzialoberin entschied sich, es zu mieten. Darum hatte sie kein Problem damit, mir die Genehmigung für Hirzenach zu geben. Denn nun würde ich ja nicht allein, ohne Anbindung an eine Schwesterngemeinschaft, „in freier Wildbahn" leben. Ich wurde Mitglied der Kommunität in Bad Salzig. Ich bin im *Haus Helvetia* gemeldet und habe auch ein Zimmer dort. Der Kontakt zu meinen Mitschwestern ist eng. Sie unterstützen mich, wo sie nur können, bei meiner *Solwodi*-Arbeit. Als meine Mutter pflegebedürftig wurde, haben sie mir auch geholfen.

Schwester Josi begleitete mich zu Bischof Bernhard Spital. Der war angetan von der Idee, dass die deutsche *Solwodi*-Zentrale in die Hirzenacher Propstei einzieht. Er kam mir sogar entgegen, als ich ihm gestand, dass ich keine Miete zahlen könne. Ich solle das als Beitrag der Diözese ansehen, sagte er.

Die zweite Hürde war auch genommen, die dritte übersprang ich ebenfalls mit Leichtigkeit – was mir wie ein Wunder erschien.

Die Oberen der Weißen Schwestern sind in drei Hierarchie-Stufen organisiert: die Hausoberinnen, die Provinzialoberinnen und die Generaloberin in Rom. Die Haus- und Provinzialoberinnen wechseln alle drei Jahre. Die jeweilige Nachfolgerin wird durch eine so genannte „Konsultation" bestimmt. Alle Schwestern, die davon betroffen sind, werden gefragt, ob sie eine Kandidatin vorschlagen möchten. Den Ausschlag gibt aber letztendlich das Generalat in Rom. Es besteht aus der Generaloberin und drei Generalassistentinnen, früher „Rätinnen" genannt. Dieses Gremium wird alle sechs Jahre vom Kapitel gewählt, einer Art Generalversammlung, zu der Delegierte aus allen Provinzen entsandt werden. Das Generalat und alle Provinzialoberinnen nehmen „von Amts wegen" teil.

Die Generaloberin in Rom musste ich auch um Erlaubnis bitten, wovor mir graute. Sie war eine konservative Frau, mit der ich gar nicht konnte. Ich hatte nicht mitbekommen, dass eine Neuwahl anstand, und – siehe da! – die Amerikanerin Marie Heintz, meine ehemalige Provinzialoberin in Kenia, wurde zur Generaloberin gewählt. Sie hatte mich schon in Mombasa unterstützt; selbstverständlich gab sie mir auch ihre Einwilligung für mein Hirzenach-Projekt.

Der liebe Gott hatte es mal wieder gut mit mir gemeint und mir drei Glücksfälle beschert: die Propstei, eine Schwesterngemeinschaft in der Nähe, eine wohlwollende Generaloberin in Rom.

Was wollte ich mehr?

Geld!

Das ließ leider auf sich warten.

Mit Wein und Hausmacherwurst aus Hirzenach, Bier und Brot aus Baldham – schreibe ich im Rundbrief Nr. 10 vom August 1988 über unseren Einzug im Juni – *feierten wir zusammen mit allen Helfern und Helferinnen einen fröhlichen Einstand. Die offizielle Eröffnung habe ich auf das nächste Jahr verschoben, weil ich immer noch keine festen Mitarbeiterinnen habe. Die Anträge an staatliche Stellen kann ich fast nur noch in Kilogramm Papier angeben. Ich stoße auf viel Wohlwollen für meine Arbeit, aber der geeignete Topf für Personalkosten ist noch nicht gefunden. Der Papierkrieg kostet mich fast die gesamte Zeit, über die ich verfüge.*

Zum Glück trafen immer mehr Spenden ein – und eines Tages, im Juni 1988, kurz nach unserem Einzug in die Propstei, die erste große. Den Scheck hatte uns der Programmierer Roland Schmid geschickt – mein dritter heiliger Franziskus. Er schrieb mir: Er habe über mich und meine Arbeit in der Zeitung gelesen, das habe ihn so beeindruckt, dass er sofort den Scheck ausgestellt habe. Roland Schmid ist *Solwodi* bis heute treu geblieben, jedes Jahr überweist er uns eine größere Summe. Einmal eine so große als Zustiftung für unsere Stiftung, dass mir fast schwindelig wurde. Persönlich kennen gelernt habe ich ihn 1995, da kam er zu unserem Zehnjährigen nach Hirzenach. Ein schlicht gekleideter, bescheidener junger Mann mit seinem Reisegepäck in einer abgewetzten Aktentasche aus seiner Schulzeit.

„Wie können Sie als Programmierer so viel Geld erübrigen?", fragte ich ihn.

„Ach, ich selbst brauche nicht viel", antwortete er. „Ich bin Junggeselle und lebe mietfrei im Haus meiner Eltern, ich habe keinen Fernseher und kein Auto."

„Und warum spenden Sie Ihr Geld?"

„Ich bin Christ."

„Das erklärt nicht, warum sie es ausgerechnet uns geben."

„Ich schäme mich so für meine Geschlechtsgenossen."

Roland Schmid ist ein musischer Mensch. Er spielt Geige in zwei Orchestern, singt in einem katholischen und einem evangelischen Kirchenchor. Im Frühjahr 2005 habe ich ihn angerufen, um ihn zu fragen, ob es ihm recht ist, dass ich ihn in diesem Buch erwähne. Bei dem Telefongespräch gestand ich ihm, dass er für mich ein heiliger Franziskus ist. Da hat er gelacht und gesagt:

„Was für ein Zufall! In unserem katholischen Kirchenchor proben wir gerade zum ersten Mal den Sonnengesang des Franziskus. Die werden äußerst selten aufgeführt, weil sie so schwer zu singen sind."

Fast hatte ich die Hoffnung auf staatliche Finanzierung aufgegeben. Da lese ich eines Morgens in unserer Regionalzeitung, dass die rheinland-pfälzische Landesregierung *Solwodi* bezuschussen will. Davon wusste ich gar nichts. Für den Fall, dass dies nur eine Absichtserklärung war, bedankte ich mich sofort öffentlich, damit sie keinen Rückzieher machen konnten. Aber es stellte sich heraus, dass die Mitteilung über die Bewilligung der Mittel irgendwo auf dem Postweg hängen geblieben war. Im *Solwodi*-Rundbrief Nr. 12 von März 1989 die frohe Osterbotschaft:

Zur Deckung von Personal- und Verwaltungskosten haben wir einen Zuschuss vom Land Rheinland-Pfalz erhalten. Damit sind wir nun offiziell als Beratungsstelle anerkannt. Dazu kommen anderen Hilfen: z. B. die der Diözese Trier für mietfreie Räume, die der Diözese Mainz für die Teilfinanzierung einer Arbeitsbeschaffungsmaßnahme, die des Arbeitsamtes Koblenz für die Genehmigung der ABM-Stelle, die von Misereor und einigen privaten Spendern. Endlich habe ich ein Team: eine Sekretärin, eine Sozialarbeiterin und eine ABM-Kraft.

Da *Solwodi Deutschland* nun eine offizielle Einrichtung war, konnte ich Kontakt zu Justiz- und Polizeibehörden knüpfen. Anfangs war das gar nicht so einfach, weil es wenig Vertrauen in Nichtregierungsorganisationen (NGO) gab und viele Vorurteile auf beiden Seiten. Auch beurteilten Polizei und Justiz die Lage der Migrantinnen meist anders. Es herrschte die Meinung vor, die Frauen wären nach Deutschland gekommen, um Geld zu verdienen oder sich heiraten zu lassen. Der Zwang, der oft dahinter steckte – nicht nur Gewalt, sondern auch Armut –, wurde nicht gesehen.

Auch bei Polizei und Justiz galt es, Aufklärungsarbeit zu leisten. Ich referierte auf Fortbildungstagungen für Kriminalbeamte und Staatsanwälte, ich hielt Vorträge in Richterakademien. Auch sprach ich in Innen- und Justizministerien vor. Bei den meisten Frauenministerinnen rannte ich ohnehin offene Türen ein. Bei den Sozialministerien und Sozialämtern war das nicht der Fall, denn für sie ist das *Solwodi*-Engagement für Migrantinnen in Not auch eine Kostenfrage. Und den Ausländerbehörden waren oft durch das Ausländerrecht die Hände gebunden. Täglich waren – und sich wir noch – mit drohenden Abschiebungen konfrontiert.

Wenn eine via Katalog oder per Internet bestellte Ausländerin dem deutschen Kunden einer internationalen Partneragentur nicht gefällt, setzt er sie oft, auch wenn sie schwanger ist, kurzerhand vor die Tür. Manche Frauen werden sogar zur Abtreibung gezwungen. Oder aber: Der Mann nimmt ihr einfach die gemeinsamen Kinder weg und versucht, die Frau in ihr Heimatland abschieben zu lassen. Auch wenn er sie geheiratet hat. Als wir 1988 mit der offiziellen *Solwodi*-Arbeit in Deutschland begannen, hatte eine mit einem Deutschen verheiratete Ausländerin erst nach fünf Ehejahren ein eigenständiges Aufenthaltsrecht. Heute hat sie es nach zwei Jahren.

Viele Ausländerinnen, die mit Besuchervisa einreisen, kommen auf Einladung von Prostitutionstouristen nach Deutschland. Ist die Frist auf dem Visum abgelaufen, müssten sie eigentlich wieder ausreisen, wenn sie der Deutsche nicht geheiratet hat. Aber viele bleiben als Illegale hier und ernähren sich von Schwarzarbeit.

Wenn die Frau krank wird, verschärft sich ihre ohnehin schon verzweifelte Lage noch. Einmal bat uns eine Filipina um Hilfe. Zehn Jahre hatte sie sich in Deutschland ganz allein als Illegale durchgeschlagen und mit dem schwarz verdienten Geld ihre arme Familie auf den Philippinen unterstützt. Völlig abgemagert, von unerträglichen Schmerzen gezeichnet, kam sie zu uns. Wir schickten sie auf unsere Kosten zum Arzt. Der diagnostizierte, dass sie unheilbar an Krebs erkrankt war.

Schwangere Illegale, die sich an uns wenden, nehmen wir in unsere Schutzhäuser auf. Wir gehen mit ihnen – oft zum ersten Mal während ihrer Schwangerschaft – zu einem Gynäkologen und finanzieren auch die Geburt im Krankenhaus. Wenn es uns dann bis zur Niederkunft nicht gelingt, Papiere für die Mutter aus ihrer Heimat zu besorgen, stellen die deutschen Behörden für das Kind keine Geburtsurkunde aus. Sie erhält lediglich eine Bescheinigung vom Krankenhaus.

Ein bulgarisches Mädchen war von Schleusern mit einem gefälschten Pass nach Deutschland gebracht worden. Sie war 17, als die Polizei sie bei einer Razzia in einem Bordell aufgriff und in einem Mädchenheim unterbrachte. Dort wurde ihr mitgeteilt, dass sie nach Bulgarien abgeschoben werden sollte. Sie geriet in Panik und floh nachts aus dem Heim. Ein Jahr lebte sie auf der Straße, bis ein verheirateter Türke sie als Zweitfrau mit nach Hause nahm. Sie wurde schwanger von ihm. Weil er gewalttätig war und zudem auch noch drohte, er würde ihr das Kind nach der Geburt wegnehmen, bat sie Bekannte um Hilfe, und die brachten sie zu uns. Im Krankenhaus wurde die Geburt des Kindes auf einer Bescheinigung bestätigt, zusammen mit dem Namen der Bulgarin aus ihrem gefälschten Pass. Sie wies eindringlich darauf hin, dass der Pass falsch war. Doch man glaubte ihr nicht.

Es hat vier Jahre gedauert, bis wir für diese junge Frau eine Geburtsurkunde beschaffen konnten. Erst als wir die hatten, konnten wir einen Pass beantragen. Und als wir den hatten, eine Geburtsurkunde für das Kind. In diesen vier Jahren hat *Solwodi* Mutter und

Kind voll finanziert. Hätten wir Sozialhilfe beantragt, wären die beiden sofort abgeschoben worden. Zwar war die Bulgarin Zeugin für vier Verfahren wegen Menschenhandels, aber alle Verfahren waren eingestellt worden, weil die Täter sich ins Ausland abgesetzt hatten.

Frauenhandelsopfer aus Osteuropa – oft sehr junge – reisen mit gefälschten Pässen, mit echten Pässen, mit Touristenvisa oder ganz ohne Papiere über die „grüne Grenze“ ein. Haben sie Papiere, nehmen die Menschenhändler ihnen diese meist sofort ab, wenn sie am Zielort angekommen sind. Dadurch machen die Täter, von denen die Frauen oft schon durch Schulden für die Schleusungskosten abhängig sind, sie noch mehr von sich abhängig. Die Schulden müssen sie „abarbeiten“. Erst wenn sie bezahlt seien, wird den Frauen in Aussicht gestellt, bekämen sie ihre Papiere zurück.

Die Täter verfügen über eine breite Palette von Einschüchterungsmöglichkeiten, mit denen sie verhindern, dass sich die Opfer an die deutsche Polizei wenden oder in ihre Heimat fliehen. Einige Frauen berichteten uns, dass man sie zu Nacktfotos gezwungen hat. Es wurde gedroht: Wir schicken die Fotos an deine Familie, wenn du nicht als Prostituierte anschaffst. Die in der Heimat denken ja meist, dass die junge Frau einen „Traumjob“ im „goldenen Westen“ gefunden hat. Denn das Gros der Frauenhandelsopfer wird mit falschen Versprechungen nach Deutschland gelockt. Manchmal kratzen die armen Verwandten ihr letztes Geld für die Schleusung zusammen, weil sie auf finanzielle Unterstützung durch die jungen Frauen hoffen.

Zwangsprostituierten wird oft eingeredet, dass die Polizei in Deutschland genauso korrupt sei wie die in ihrem Heimatland. Die Zuhälter behaupten, „gute Kontakte“ zu den hiesigen Polizei- und Justizbehörden zu unterhalten. Gelegentlich stimmt das sogar. Eine 15-Jährige, die in einem Bordell gefangen gehalten worden war, erzählte mir, die Polizei habe bei Razzien in dem Etablissement immer nur die volljährigen Prostituierten kontrolliert. Der Bordellier habe sie vorher sortiert. Auf der einen Seite standen die

Volljährigen und auf der anderen die Minderjährigen. Die wurden gar nicht beachtet.

Oft gehören auch Polizeibeamte, Staatsanwälte, Richter und Rechtsanwälte zum Kundenkreis der Zwangsprostituierten. In einem Fall, der vor ein paar Jahren Furore machte, betrieb ein Hauptkommissar sogar selbst zwei Bordelle – zusammen mit einem Angestellten einer sozialen Stiftung. Doch heute kann ich sagen, dass die mit Menschenhandel befassten Kommissariate meist eng mit uns zusammenarbeiten. Inzwischen gibt es in vielen Bundesländern Kooperationsvereinbarungen zwischen den Landeskriminalämtern (LKA) und Organisationen, die Frauenhandelsopfer betreuen.

Das Gros der Frauen, die Opfer von Menschenhandel sind, bringt uns die Polizei. Viele Frauen werden aber auch über Hilfsorganisationen – zum Beispiel die *Caritas* oder Frauenhäuser – an uns vermittelt. Oder durch Einzelpersonen, die nicht wegschauen, sondern hinsehen: Krankenschwestern, Ärzte und Ärztinnen, Arzthelferinnen, Sozialarbeiterinnen in Abschiebegefängnissen, aufmerksame Nachbarinnen, denen auffällt, dass ihr Nachbar in seiner Wohnung eine Ausländerin gefangen hält, und manchmal sogar ein Freier, der sich in eine Zwangsprostituierte verliebt hat.

In Polizei-, Justiz-, Ausländer- und Sozialbehörden treffen wir oft auf informierte und sensibilisierte Beamtinnen und Beamte, die außerordentlich kooperationsbereit sind. Wenn es uns gelingt, ihnen die verzweifelte Lage einer von uns betreuten Frau bewusst zu machen, suchen sie gemeinsam mit uns nach Lösungsmöglichkeiten und schöpfen Spielräume aus, die es fast immer gibt. Das Leben schwer machen uns kleinkarierte Beamte, die sich sklavisch an Vorschriften halten und diese so eng wie möglich auslegen. Auch in den Ministerien treffen wir immer wieder auf Männer und Frauen, die auf menschliche Weise bürokratische Probleme für uns lösen.

Für uns ist es überaus wichtig, dass die Behörden uns als verlässlich kennen und uns vertrauen. Sie wissen, dass wir alle möglichen Anstrengungen machen, damit die Frauen nicht zu Sozialhilfeempfängerinnen werden. Wir organisieren Ausbildung und Arbeit. Wir spielen mit offenen Karten, und das ist entscheidend für ein gegenseitiges Vertrauensverhältnis. Erschwerend für unsere Arbeit ist schneller personeller Wechsel bei den Behörden. Immer wieder müssen wir von vorne anfangen, um ein Bewusstsein für die besondere Lage von Migrantinnen zu schaffen, die Opfer von Männergewalt sind.

Als ich 1987 aus Kenia zurückkehrte, hatte ich dort großes Frauenelend gesehen, und ich war auf großes Frauenelend in Deutschland gefasst – aber nicht auf dieses:

Hier stationierte Offiziere der US-Army brachten in ihren Militärflugzeugen Filipinas als „Hausmädchen" mit. Die meisten wurden von ihren „Hausherren" sexuell missbraucht. War eine Schwangerschaft die Folge, verschwanden die Väter bei Nacht und Nebel, von ihren Vorgesetzten in die USA oder sonstwohin versetzt. Ihre Adressen zu erfahren, war unmöglich, geschweige denn sie zur Rechenschaft zu ziehen. Die amerikanischen Militärbehörden scherten sich einen Dreck um die jungen Filipinas, die in Deutschland zurückgelassen worden waren. Oft mit Kind. Entwurzelt, illegal, rechtlos.

Auch die Dienstmädchen von Diplomaten aus arabischen und schwarzafrikanischen Ländern litten unter menschenverachtenden Verhältnissen. Von ihren „Dienstherrinnen" wurden sie als Haushaltssklavinnen ausgebeutet und von den „Dienstherren" als Sexsklavinnen. Was mich wahnsinnig machte: Diese hohen Herrschaften verdienten Unsummen, aber auf die Idee, ihre Dienstmädchen – meist Asiatinnen, aber auch Afrikanerinnen – als Haushaltskräfte nach deutschen Tarifen zu entlohnen und sie beim Finanzamt, der Krankenkasse und der Sozialversicherung anzumelden, kamen sie nicht!

Die Männergewalt gegen Frauen hat viele Facetten. Neuerdings hat *Solwodi* zunehmend auch mit Zwangsverheiratung zu tun. Und mit jungen Frauen, die sich zu uns flüchten, weil ihre Väter oder Brüder sie umbringen wollen – die so genannten „Ehrenmorde".

Vor der Wende baten uns vor allem Heiratshandelsopfer um Hilfe. Parallel zum Prostitutionsgeschäft, das so genannte „Exotinnen" importierte, waren internationale Heiratsagenturen wie Pilze aus dem Boden geschossen, die „heiratswillige" Frauen aus der Dritten Welt in Katalogen offerierten.

Einer der krassesten Fälle, die ich je erlebt habe, war der eines Landwirts aus Rheinland-Pfalz. Es war schon entsetzlich genug, was der Bauer Klaus R. der Filipina Tilli angetan hatte. Fast noch mehr hat uns erschüttert, wie der Richter darauf reagierte. Der Prozess gegen Klaus R., in dem er wegen „Vergewaltigung, Freiheitsberaubung und Nötigung in Tateinheit mit schwerer Körperverletzung" angeklagt war, endete im November 1992 mit einem Freispruch.

Nachdem es Tilli endlich gelungen war, aus ihrem Ehegefängnis zu fliehen, wollte sie nur noch eins: nach Hause. Sie war bereit, Anzeige gegen ihren Ehemann zu erstatten. Doch nur unter der Bedingung, dass sich ihre Abreise zu den Philippinen nicht verzögert.

Meine Mitarbeiterin Marion Feuerstein begleitete Tilli zu medizinischen Untersuchungen, zu polizeilichen Vernehmungen und zum Staatsanwalt. Anschließend flog sie in ihre Heimat. Nicht nur *Solwodi*, auch Kripo und Staatsanwaltschaft – wir alle waren uns sicher, dass wir genug handfeste Beweise vorgelegt hatten. Aber wir hatten uns getäuscht.

Boppard-Hirzenach, im Dezember 1992

Liebe Tilli,

diesen Brief zu schreiben, fällt uns schwer. Wir sind traurig und wütend zugleich. Denn wir müssen Dir leider mitteilen, dass wir den Prozess gegen Deinen Mann verloren haben. Die Verhandlung dauerte drei Tage. Am Anfang hofften wir noch, dass der Richter begreifen würde, was Klaus R. Dir zugemutet hat. Wie sehr er Dich gequält, erniedrigt und gedemütigt hat. Aber am letzten Tag veränderte sich alles.

Der Verteidiger Deines Mannes hatte eine Expertin vorladen lassen, die sich zu den Wunden an Deinen Beinen äußern sollte. Diese medizinische Gutachterin hat nur die Fotos gesehen, die auf der Polizeiwache gemacht worden sind. Nur aufgrund dessen sagte sie aus, sie bezweifle, dass die Wunden durch eine brennende Zigarette verursacht wurden. Sie bezweifelte auch, dass jemand anderes Dich verletzt hat. Sie mutmaßte, Du hättest es selbst getan, um Deinen Mann zu belasten. Obwohl zwei Solwodi-Frauen und eine Ärztin die Wunden gesehen haben, als sie ganz frisch waren, glaubte uns der Richter nicht. Er hielt sich an die Expertin, der bloß Fotos vorlagen.

Nach ihrem Auftritt glaubte er uns gar nichts mehr.

Es sei nicht erwiesen, dass Klaus R. Dich zu jeder Tages- und Nachtzeit zum Geschlechtsverkehr zwang. Dass er Dich von der Stallarbeit wegholte, vom Fegen und vom Feld. Dich ins Schlafzimmer schleppte, die Tür verriegelte und Dich vergewaltigte. Es gebe keine Beweise dafür, dass er Dich auf seinem Bauernhof fünf Monate wie eine Gefangene hielt und Dich von seiner Mutter und seinem Sohn sogar auf der Toilette bewachen ließ.

Es sei nicht bewiesen, sagte der Richter, dass die Filipina, die Klaus R. vor Dir beim Heiratshändler bestellt hat, nach zwei Wochen über die Felder floh. Der Verteidiger Deines Mannes behauptete, sie habe sich abgesetzt, um als Prostituierte anzuschaffen. Es sei üblich, argumentierte er, vor dem Geschlechtsverkehr das Schlafzimmer abzuschließen. Das sei nicht als Einsperren zu bewerten. Außerdem hättest Du den anderen Filipinas, die mit Landwirten in der Nachbarschaft verheiratet sind, von den Vergewaltigungen erzählen und sie um Hilfe bitten können.

Unsere Rechtsanwältin erwiderte, dass diese Frauen nicht Deine Freundinnen waren, sondern nur Bekannte. Und dass Du Dich, auch wenn sie Deine Freundinnen gewesen wären, ihnen nicht anvertraut hättest, weil eine Vergewaltigung auf den Philippinen als Schande gilt und eine vergewaltigte Frau Gefahr läuft, von ihrer Familie verstoßen zu werden.

Der Verteidiger monierte, dass wir von Solwodi am Helfersyndrom leiden und Dir unkritisch alles abgekauft hätten. Der Richter bedauerte, Eure Ehe wäre eine Tragödie für beide gewesen, nicht nur für Dich – auch für Deinen Mann. Eure Probleme seien wegen der unterschiedlichen Kulturkreise entstanden, aus denen Ihr stammt.

„Frauen nach Katalog zu bestellen", so der Richter in seiner Urteilsbegründung, „ist zwar menschenunwürdig, aber nicht strafbar."

Eines Morgens um Neujahr herum rief mich ganz aufgeregt eine Krankenschwester aus einer nicht weit entfernten Kleinstadt an:

„Schwester Lea, Sie müssen unbedingt ins Krankenhaus kommen! Heute Nacht ist hier eine Kenianerin eingeliefert worden. Was man der angetan hat, ist furchtbar. So was hab' ich noch nie gesehen!"

Ich bin sofort hin und lernte Agatha Schoppe aus Mombasa kennen, die einen deutschen Sextouristen geheiratet hatte. Sie war im sechsten Monat schwanger von ihm, was ihn nicht davon abgehalten hatte, sie halb totzuschlagen.

Friedhelm Schoppe war schon immer ein stadtbekannter Trinker und Schläger gewesen. Wegen seiner Gewalttätigkeit hatte ihn seine erste Ehefrau, eine Deutsche, mit den beiden gemeinsamen Kindern verlassen. Seine Lebenspartnerin, die nach dem Auszug der Ehefrau bei ihm eingezogen war, schmiss er raus, als er plötzlich reich geworden war: Der Sozialhilfeempfänger Friedhelm Schoppe hatte beim Toto eine Million – oder sogar mehr, ich weiß es nicht mehr – gewonnen.

Sofort ab nach Mombasa!

Dort heiratete er Agatha, eine bildhübsche, alleinerziehende Mutter mit zwei kleinen Kindern. Die beiden mussten in Kenia bleiben, als Schoppe mit seiner neuen Frau – dieser schönen Exotin, inzwischen schwanger von ihm – nach Deutschland flog, um mit ihr bei Trinkkumpanen in seiner Heimatstadt anzugeben. Er mietete für sich und Agatha ein Hotelzimmer. Dort ließ er sie abends immer allein, weil er sich mit Prostituierten amüsieren wollte. Um Agatha zu erniedrigen, bestand er darauf, dass sie ihn jede Nacht Punkt eins mit dem Taxi vom Bordell abholte. Das Hotel hatte keinen Nachtportier, Gäste bekamen einen Schlüssel. In dieser Nacht war Schoppe noch betrunkener und noch aggressiver als sonst. Agatha gelang es, wie er meinte, nicht schnell genug, die Tür aufzuschließen.

Als er ihr seine Faust ins Gesicht rammte, traf er mit seinem Siegelring ihr Auge, fast hätte sie es verloren. Er schlug sie, er trat sie. Sie ging zu Boden, er machte weiter. Verzweifelt versuchte sie, ihren Bauch mit ihren Armen zu schützen. Erst als Agatha bewusstlos wurde, hörte Schoppe auf. Er ging ins Bett und ließ sie in der Gosse liegen. Es war eine der kältesten Nächte in diesem Winter. Doch zum Glück kam ein junger Mann vorbei, der einen Krankenwagen rief.

Wir zeigten Schoppe wegen schwerer Körperverletzung an. Er hinterlegte 30.000 Mark als Kaution und flog sofort nach Mombasa. Die deutsche Polizei stellte einen Auslieferungsantrag. Vergeblich. Denn Schoppe war bei den kenianischen Polizisten äußerst beliebt, weil er ihnen Saufgelage finanzierte und von seinem vielen Geld sogar eine neue Polizeiwache gebaut hatte.

Nach ihrer Entlassung aus dem Krankenhaus wohnte Agatha bei einer afrikanischen Bekannten. Ich besorgte ihr eine Anwältin als Rechtsbeistand gegen Schoppe. Da überraschte Agatha mich auf einmal mit der Nachricht, dass sie nach Mombasa fliegt – zurück zu ihm.

„Ich habe die Anzeige zurückgezogen“, sagte sie.

Ich war sprachlos.

Doch es stellte sich heraus, dass sie sich erkundigt hatte, wie viel Geld sie vom Sozialamt bekäme, wenn sie sich von Schoppe trennen und hier bleiben würde. Die Antwort lautete: „Nichts.“ Agatha befand sich in einer auswegslosen Lage. Sie hatte zwei Kinder in Kenia und musste demnächst noch ein drittes ernähren. Sie tröste sich damit, erzählte sie mir, was ihre Mutter immer sage, wenn Schoppe sie mal wieder malträtiert hatte: „Weine nicht, Kind! Du hast Glück mit deinem Mann. Er schlägt dich zwar, aber er gibt dir auch Geld. Mein Mann hat mich auch viel geschlagen und mir viele Kinder gemacht, aber Geld hat er mir nie gegeben."

Damit ist diese traurige Geschichte noch nicht zu Ende.

Ich koche jeden Mittag. Wenn ich auf Reisen bin, kocht Pater Köster. Es ist uns wichtig, dass wir uns mindestens einmal am Tag um einen Tisch versammeln, der kein Konferenztisch ist. „Wir", das sind als harter Kern außer Fritz und mir: Schwester Benedikta – eine Steyler Missionarin, die bei *Solwodi* arbeitet – und zwei Kinder, die wir versorgen: Jojo und Trixi. Außerdem sind ständig Gäste im Haus. An diesem Mittag im September 2004 allerdings nicht.

„Wie war's in der Schule?", frage ich.

„Alles okay", sagt Jojo.

„Der neue Lehrer war mal wieder so langweilig", beschwert sich Trixi.

In diesem Moment klopfte es an der Küchentür, die Sekretärin streckte ihren Kopf herein.

„Schwester Lea, Sie müssen ans Telefon kommen!"

Fritz reagierte ungehalten, denn wir haben die Abmachung getroffen, dass ich mittags nicht gestört werden darf. „Die Propstei-Küche ist kein *Solwodi*-Büro!", grummelte er.

„Es handelt sich um einen Todesfall", rechtfertigte sich die Sekretärin. Sofort eilte ich in mein Büro – Agatha war am Telefon.

„Mein Mann ist gestorben", sagte sie. „Endlich bin ich frei."

Ein Jahr, nachdem Friedhelm Schoppe sie fast totgeschlagen hätte, erschien Agatha plötzlich mit einer wunderschönen Lederhandtasche in Hirzenach, die ich mir schon immer kaufen wollte, die mir aber zu teuer war. Schoppe machte wieder „Heimaturlaub"; diese Gelegenheit nutzte sie, sich bei mir mit der Tasche für meine Hilfe zu bedanken.

Es dauerte sechs Jahre, da hatte Schoppe seinen Toto-Gewinn verprasst. Er ließ sich wieder in seiner Heimatstadt nieder und lebte erneut von Sozialhilfe. Agatha begleitete ihn nach Deutschland und ging putzen, um das schmale Budget aufzubessern. Als er an Krebs erkrankte, pflegte sie ihn bis zu seinem Tod im September 2004.

Ich verstehe, dass sie ihn in dieser Situation nicht verlassen hat. Aber vor seiner Erkrankung hätte ich an ihrer Stelle keine moralischen Skrupel gehabt. Wegen der langen Ehejahre und des gemeinsamen Kindes stand ihr inzwischen ein eigenständiges Aufenthaltsrecht in Deutschland zu. Ich habe ihr immer wieder geraten, sich von ihm scheiden zu lassen. Dass sie es nicht tat, war mir unbegreiflich.

„Mit seinem Geld habe ich", erklärte sie mir, „meiner Mutter ein Haus gebaut und meinen Kindern eine Schulausbildung finanziert. Da kann ich ihn doch nicht im Stich lassen, Sister Lea!"

Auch mir ist Agatha treu geblieben, bis heute. Als 2001 meine Mutter starb, hat sie mir sofort kondoliert. Obwohl sie Mutti nur flüchtig kannte, kam sie sogar zur Beerdigung, weil es für sie selbstverständlich war, mit mir zu trauern.

„Windhauch, Windhauch, Windhauch …"

Mit diesen drei Worten beginnt im Alten Testament das Buch *Kohelet* über die Vergänglichkeit. „Mich verdross auch mein ganzer Besitz, für den ich mich unter der Sonne anstrenge und dem Menschen lassen muss, der nach mir kommt", schreibt Kohelet. Was er damit meinte, sah ich überdeutlich am Leben meiner Mutter, die, seit sie mit fünfzehn meinen Vater kennen gelernt hatte, davon träumte, mit ihm alt zu werden. Dieser Traum erfüllte sich nicht. Aber sie hatte immer noch ihr Dorf, ihr Haus, ihre Möbel, ihren Garten. Schon früher, als wir noch mit der ganzen Familie – Babba, Mutti, Rainer und ich – Urlaub machten, sagte sie, kaum dass wir angekommen waren:

„Dehemm ist's doch am schönsten."

Später dann, als wir zu zweit durch die Weltgeschichte reisten, sagte sie's nicht gleich am ersten Tag, aber spätestens am letzten, weil sie sich so auf ihr Zuhause freute. Ich weiß nicht, wer verzweifelter war, Rainer oder ich, als wir es ihr 1989 wegnehmen mussten.

Mutti hat mich zweimal in Mombasa besucht: einmal mit einer Freundin, einmal allein. Mit 71 reiste sie 1986 zum ersten Mal in ihrem Leben ohne Begleitung – nicht in den Schwarzwald oder nach Lourdes, sondern nach Kenia! Das hätte ich ihr nie zugetraut. Ich war so stolz auf sie. Umso irritierter war ich, als ich sie Ostern 1987 nach meiner Rückkehr aus Mombasa in Klarenthal verwirrt vorfand. Zwar vergaß sie noch nicht alles, aber manches. 1989 ging es nicht mehr, eins von uns beiden Geschwistern musste sie bei sich aufnehmen. Bei Rainer wäre es schwierig gewesen. Da sagte Pater Köster, der Mutti mochte: „Maria zieht in die Propstei!"

Zuerst hat sie im ersten Stock gewohnt, in einem Zimmer neben meinem Zimmer. Nachdem sie sich bei einem Sturz auf der Treppe den Oberschenkelhals gebrochen hatte, siedelten wir sie in einen Raum im Erdgeschoss um. Sieben Jahre hat sie in der Propstei gelebt, zum Schluss erkannte sie nur noch mich – selten, in lichten Momenten.

„Fahr mich doch hemm, Lea!", flehte sie dann.

Ich habe sie nicht nach Hause gefahren; ich habe sie in ein Altersheim nach Boppard gebracht, weil ich es nicht mehr schaffte, sie zu pflegen. Dort hat sie weitere sieben Jahre gelebt, abwesend, in einer anderen Welt. Stumm, sie sprach nicht mehr. Wenn ich sie besuchte – möglichst täglich – schaute sie mich mit ihren großen, ausdrucksvollen Augen an. Erkennt sie mich?, fragte ich mich dann. Ich hatte das Gefühl, aber sicher war ich nicht.

Im August 2001 hieß es, das Ende sei nahe. Damit meine Mutter nie allein war, wechselten meine Mitschwester Barbara aus Bad Salzig und ich uns tagsüber ab. Nachts wachte ich immer über Mutti, in einem Lehnsessel neben ihrem Bett. Da ein Gespräch mit ihr nicht möglich war, habe ich ihr ihre Lieblingskirchenlieder vorgesungen. Trotzdem bin ich immer wieder eingenickt. Wenn ich aufwachte, habe ich gelauscht, ob sie noch atmet. Dann schlug sie manchmal plötzlich die Augen auf, mit einem Ausdruck darin, als ob sie mich erkennte.

Sie starb am 18. August 2001. Es war ein Samstag. Am Morgen löste mich Barbara ab. Ich bin in Boppard einkaufen gegangen, um zwölf Uhr habe ich noch einmal bei Mutti vorbeigeschaut – ihr Zustand war unverändert. Ich bin nach Hirzenach gefahren und habe wie jeden Mittag gekocht. Danach habe ich mich im Garten um die Blumen gekümmert.

„Um Gottes willen, Lea, spinnst du?“, maßregelte ich mich selbst. „Deine Mutter liegt im Sterben und du betreibst Blumenpflege!“

Um drei Uhr nachmittags rief Schwester Barbara in Hirzenach an:

„Lea, du musst kommen! Es geht zu Ende.“

Ich habe mich ins Auto gesetzt und bin nach Boppard gerast, doch ich kam zu spät – Mutti war schon tot. Mit weit offenen Augen lag sie im Bett. Nicht schreckensweit wie bei manchen Toten. Ich hatte das Gefühl, dass sie etwas Wunderbares sieht. Als der Arzt ihre Augen schließen wollte, habe ich ihn daran gehindert. Ich bin noch ein paar Stunden mit ihr allein geblieben. Ich habe sie gewaschen und ihr ein schönes Kleid angezogen. Sie sah so jung und entspannt aus, friedlich und heiter. Das hat mich getröstet.

Mutti war zwölf Jahre nicht mehr „dehemm“ gewesen, nach ihrem Tod haben wir sie nach Hause gebracht. Wir begruben sie neben meinem Vater. Der Klarenthaler Friedhof grenzt an einen Wald. Wenn ich am Grab meiner Eltern stehe, meine ich manchmal, im Rauschen der Blätter ihre Stimmen zu hören. Dann antworte ich ihnen mit einem Gedicht des senegalesischen Dichters Birago Diop – es heißt *Der Hauch der Ahnen.*

„Die gestorben sind, sind niemals fort,
Sie sind im Schatten, der sich erhellt,
Und im Schatten, der tiefer ins Dunkel fällt.
Sie sind im Baum, der dröhnt

Und in dem Baum, der stöhnt,
Sie sind in dem Wasser, das sich ergießt
Wie im Wasser, das schlafend die Augen schließt,
Sie sind in der Hütte, sie sind im Boot:
Die Toten sind nicht tot.

Die gestorben sind, sind niemals fort,
Sie sind in den Brüsten des Weibes,
Sie sind in dem Kind ihres Leibes,
Sie sind in dem Streit, der sich regt,
Sie sind in dem Brand, der sich legt,
Sie sind in den Gräsern, die weinen,
Sie sind in den Felsen, die greinen,
Sie sind im Wald, in der Wohnung, im Brot:
Die Toten sind nicht tot.

Erlausche nur geschwind
Die Wesen in den Dingen,
Hör sie am Feuer singen,
Hör sie im Wasser mahnen
Und lausche in den Wind:
Der Seufzer im Gebüsch
Das ist der Hauch der Ahnen."

In unserem Rundbrief Nr. 26 vom August 1994 berichten wir erstmals über Zwangsprostituierte aus dem europäischen Osten:

Das Bundeskriminalamt gibt an, dass inzwischen 80 Prozent aller Menschenhandelsopfer aus Osteuropa stammen.

Seit dem Fall des Eisernen Vorhangs ist nicht mehr die „schillernde Exotin" gefragt, sondern die „willfährige Slawin": massenhaft nach Westeuropa verschleppt oder mit falschen Versprechungen gelockt – von unmenschlich mitleidslosen Menschenhändlern für unmenschlich mitleidslose Freier. Nach der Wende, die Freiheit bringen sollte, sind viele Osteuropäerinnen so unfrei wie nie.

Zwar dementiert das Bundesverteidigungsministerium gebetsmühlenartig, dass sich deutsche KFOR-Soldaten im Kosovo Zwangsprostituierte kaufen. Aber es ist ein offenes Geheimnis, so die Menschenrechtsorganisation *amnesty international* 2004, „dass es die Angehörigen der multinationalen Friedenstruppen und der internationalen Verwaltung sind, die durch ihre Nachfrage und ihre finanziellen Mittel den Menschenhandel auf dem Balkan massiv fördern".

Am 14. Juli 1999 schrieb *Solwodi* an den damaligen Bundesverteidigungsminister Scharping: „Wir haben Kenntnis von Aussagen eines deutschen Bundeswehrsoldaten, der Zeuge war, dass sich NATO-Soldaten, darunter auch deutsche, an der sexuellen Ausbeutung von Frauen beteiligten, indem sie wegschauten, als Zuhälter aus Hamburg, Köln, Frankfurt und Dänemark mit ihren Fahrzeugen im Flüchtlingslager Zehgrane in Mazedonien vorfuhren und dort kosovarischen Flüchtlingsfamilien Mädchen und junge Frauen für jeweils 1000 DM ‚abkauften' und diese mitnahmen. Ein klarer Fall von Menschenhandel unter den Augen von UNHCR, dem Technischen Hilfswerk und Führungsstäben der deutschen Bundeswehr in Zehgrane. Unglaubliche Vorkommnisse in einem Krieg, der geführt wurde zum Schutz vor menschenverachtender Verfolgung."

Wir baten Rudolf Scharping, diesen Vorfall zu überprüfen und gegebenenfalls Strafmaßnahmen einzuleiten. Eine Antwort auf unseren Brief haben wir nie erhalten.

Auch die Frauen-Realität im deutschen Rotlicht-Milieu ist noch bitterer geworden. Was mich unglaublich wütend macht: Es werden immer jüngere Mädchen zur Prostitution gezwungen. *Fünf Prozent wären unter 18, so das BKA. Wir jedoch gehen von einer wesentlich höheren Dunkelziffer aus* – schreiben wir in unserem Rundbrief vom August 1994. Gerade Jugendliche und Kinder sind besonders gefährdet, schnell abgeschoben zu werden, weil der Tagessatz in Kinder- und Jugendeinrichtungen sehr hoch ist. Darum habe ich die Vormundschaft für acht minderjährige Zwangsprostituierte übernommen. Ein Mädchen war erst zwölf, als es zu uns gebracht wurde. Ein so genanntes „Klaukind“. Zuhälter hatten sich die Kleine geschnappt und als Prostituierte vermarktet.

Die Vormundschaften wurden nur genehmigt, weil *Solwodi* sich verpflichtet hat, für die Kosten aufzukommen. Allein könnten wir das gar nicht bezahlen. Möglich wurde es, weil Ordensgemeinschaften sich bereit erklärten, die acht Mädchen in ihren Kinder- und Jugendheimen unterzubringen; *Solwodi* finanziert lediglich den Lebensunterhalt in Höhe des Asylbewerberleistungsgesetzes. Seit neuestem können wir sogar selbst Minderjährige unterbringen. Unsere Duisburger Beratungsstelle mit angegliederter Schutzwohnung ist dafür gerade staatlich anerkannt worden.

Hätte ich die Vormundschaft nicht übernommen, wären alle acht Mädchen abgeschoben worden. Ohne eine Therapie, ohne eine Ausbildung – in die Chancenlosigkeit. Das finde ich skandalös. Was diesen Menschen hier angetan worden ist, muss auch hier wiedergutgemacht werden!

Als ich 1988 endlich mein kleines Team in Hirzenach hatte – eine Sekretärin, eine Sozialarbeiterin und eine ABM-Kraft –, musste ich immer noch das Gros der Verwaltungsarbeit selbst erledigen. Und da stand auf einmal Schwester Benedikta Böckelmann wie ein rettender Engel vor der Tür. Diese in Buchführung und anderen Verwaltungsdingen versierte Steyler Missionarin bot mir ihre Mitarbeit an, die Kosten übernahm ihre Ordensgemeinschaft. Bis heute arbeitet Schwester Benedikta – inzwischen 66 Jahre alt – in Hirzenach für *Solwodi*. Immer mehr Ordensfrauen meldeten sich bei mir. Jeweils ein Jahr leisteten sie kostenlose Vollzeitarbeit in Hirzenach – mit der Perspektive, später in ihrer Region eine *Solwodi*-Beratungsstelle aufzubauen.

Solwodi unterhält mittlerweile deutschlandweit zehn Beratungsstellen sowie sieben Schutzwohnungen und Schutzhäuser. Das erste war unser Internationales Frauenhaus in Koblenz. 1994 konnten wir es dank einer Erbschaft erwerben, Ehrenamtliche haben es instand gesetzt. Leiterin ist die evangelische Diakonisse Regine Noll. Außerdem gehören eine Missionsärztliche Schwester sowie eine Sozialarbeiterin zum Koblenzer Team und – schon seit Jahren – Doris Brühl als ehrenamtliche Verwaltungskraft.

Unsere zweite Beratungsstelle in Mainz hat die Sozialarbeiterin Eva Schaab aufgebaut. Sie leitet jetzt unsere neue Beratungsstelle in Ludwigshafen, die wir der großzügigen finanziellen Unterstützung der *Aktion Mensch* zu verdanken haben.

In Osnabrück ist Schwester Anne Mayrhofer die Leiterin, eine Franziskanerin von den Missionarinnen Mariens. Schwester Paula Fiebag von der Gemeinschaft der Vinzentinerinnen von Hildesheim leitet die Braunschweiger Beratungsstelle. Die Stelle in Bad Kissingen haben die Missionshelferinnen Renate Hofman und Karin Kerb aufgebaut und die in Passau Mechthild Steinberger: eine Schwester von der Congregatio Jesu, die von der sehr engagierten Ehrenamtlichen Maria Höllrigl angeworben wurde. Diese arbeitet als Bischofssekretärin in Passau und rührt gemeinsam mit Maria Wiel von der KFD *(Katholische Frauengemeinschaft Deutschland)* unentwegt die Werbetrommel für *Solwodi.* Unsere Beratungsstelle in Augsburg ist durch das Engagement einer früheren Kommilitonin von mir entstanden: Soni Unterreithmeier mit dem SKF *(Sozialdienst Katholischer Frauen)* an ihrer Seite.

Auch Schwester Leoni Beving von den Hiltruper Missionsschwestern war nicht allein, als es galt, unsere 1997 eröffnete Fachberatungsstelle für Menschenhandel in Duisburg zu gründen. Die Duisburgerin Christine Becker von der KFD trommelte den *Runden Frauentisch* zusammen: Kommunalpolitikerinnen, Gewerkschafterinnen, Christinnen und Feministinnen. Ähnlich konzertiert organisierte Frauengruppen unterstützen uns deutschlandweit als *Solwodi*-Arbeitskreise und *Solwodi*-Vereine.

Der *Arbeitskreis Ordensfrauen gegen Frauenhandel* und andere deutsche NGO halten Kontakt zu Schwesterngemeinschaften und NGO in den Heimatländern der Opfer. So gelingt es uns oft, ihnen eine neue, gesicherte Existenz zu Hause aufzubauen. Auch bei der Beschaffung von Geburtsurkunden und Pässen stehen uns die Schwestern und NGO im Ausland mit Rat und Tat zur Seite.

Bei den Rundbriefen helfen uns ebenfalls Ehrenamtliche. Nicht nur meine Hirzenacherinnen, die 12.000 Stück im Quartal falten und kuvertieren. Seit der Nr. 40 vom April 1999 erscheinen die Rundbriefe als kleine Zeitung im DIN-A-4-Format. Hauptamtliche liefern Artikel, auch ich steuere Beiträge bei. Freundinnen und Förderer schreiben, Gastkommentatoren und Journalistinnen, unentgeltlich, als Spende an *Solwodi.* Meine „Menschenrechtsbewegung", wie Pater Köster sagt, wächst und wächst.

Unsere Prozessbeobachtung könnten wir ohne die Ehrenamtlichen gar nicht leisten, weil es extrem zeitaufwendig ist. Menschenhandelsprozesse dauern Tage, manchmal sogar Wochen. Eine Prozessbeobachterin braucht nicht nur Zeit, sie braucht auch starke Nerven. Immer wieder berichten mir Ehrenamtliche empört: Am liebsten hätten sie laut protestiert, wenn die Verteidiger der Täter mal wieder ein Opfer terrorisierten.

Alle 91 Opferzeuginnen aus unserer Studie *Probleme der Strafverfolgung und des Zeuginnenschutzes*, die wir von 1991 bis 2001 betreut haben, hatten bei den Prozessen gegen die Menschenhändler eine Anwältin an ihrer Seite. Diese sieht sich dann oft mit zwei, drei, vier, fünf, sechs Verteidigern auf der Gegenseite konfrontiert. Nicht nur, weil mehrere Täter mit jeweils einem Verteidiger angeklagt sind. Manchmal leistet sich auch ein einzelner Täter mehrere Verteidiger – meist Anwälte, die nichts anderes machen, als für Menschenhändler und Zuhälter zu arbeiten.

Seit 2002 macht die Polizei seltener Razzien als früher – das ist der Grund für die sinkende Zahl der Opfer im *Lagebild Menschenhandel* des Bundeskriminalamts. Der Rückgang der Razzien hängt mit dem am 1. Januar 2002 in Kraft getretenen *Gesetz zur Verbesserung der Rechtsstellung von Prostituierten (ProstG)* zusammen. Durch das umstrittene ProstG hat die Polizei weniger Zugriffsmöglichkeiten. Jedenfalls ist das ein Argument, das sie immer wieder vorbringt.

Dazu bemerkt der Strafrechtsprofessor Joachim Renzikowski im *Solwodi*-Rundbrief Nr. 63 vom März 2005:

Zentrales Anliegen des ProstG war es, die Diskriminierung von Prostituierten zu beseitigen. Während Prostitution früher als sittenwidrig galt, soll nunmehr ein rechtlicher Rahmen zur Verfügung gestellt werden. Die Legalisierung soll den Prostituierten ferner den Zugang zur Arbeitslosenversicherung, zur gesetzlichen Krankenversicherung sowie zur Rentenversicherung ermöglichen. Dadurch erhoffte man sich, dem betroffenen Personenkreis Perspektiven zum Ausstieg zu eröffnen.

Die Bewertung des ProstG fällt sehr zwiespältig aus. Auf der einen Seite wird nunmehr – jedenfalls auf der Ebene der Rechtsbegriffe – klar zwischen rechtlich zulässiger, d. h. selbstbestimmter Ausübung der Prostitution und unzulässiger Zwangsprostitution differenziert. Auf der anderen Seite haben sich viele, allzu naive Hoffnungen des Gesetzgebers nicht erfüllt. So lassen sich die Prostituierten, die bei den Sozialversicherungsträgern gemeldet sind, an den Fingern einer Hand abzählen. Die Möglichkeit zum Ausstieg aus der Prostitution steht nur auf dem Papier; tatsächlich gibt es kaum Hilfsangebote. Am schwersten wiegt der Vorwurf, das ProstG mache die Prostitution erst salonfähig.

Als einen „Beruf wie jeder andere“, wäre hinzuzufügen.

Dass Wörter wie „selbstbestimmt“ und „freiwillig“ im Zusammenhang mit Prostitution verwendet werden, erzürnt mich. Ist Armut, die viele Frauen scheinbar freiwillig in die Prostitution treibt, nicht auch ein Zwang? Und was ist mit sexuellem Missbrauch? Laut *Emma*, die sich auf Studien aus Skandinavien und den USA beruft, haben in den reichen Industrienationen 70 Prozent aller scheinbar freiwilligen Prostituierten – auch die heroinsüchtigen auf dem Drogenstrich – in ihrer Kindheit und Jugend unter Sexualgewalt von Verwandten oder Bekannten gelitten. Sarkastisch ausgedrückt: Diese Frauen sind so daran gewöhnt, fremdbestimmt zu werden, dass sie gar nicht wissen, was Selbstbestimmung heißt.

Die Rumänin Elena wusste es.
Statt auf eine Razzia zu warten, befreite sie sich selbst.
Die im Dunkeln sieht man nicht?
Nicht alle sehen weg – manche schauen hin.
In Elenas Fall ein Taxifahrer.

Wir schreiben das Jahr 2003. Es ist gerade mal drei Stunden alt. Ein Taxifahrer hält, obwohl er in der Silvester-Nacht viel zu tun hat, neben einer spärlich bekleideten jungen Frau, die orientierungslos über einen Bürgersteig am Innenstadtring einer westdeutschen Großstadt irrt.

„Kann ich Sie irgendwo hinbringen?"

Sie spricht kein Deutsch, aber er versteht: „Policia, Policia."

Der Taxifahrer lässt Geschäft Geschäft sein, lädt sie in sein Auto ein, befördert sie kostenlos zur nächsten Polizeistation und ruft von da aus *Solwodi* an, weil er den Verdacht hat, dass das verwirrte Mädchen eine aus einem Bordell geflohene Zwangsprostituierte ist.

Dieser männliche Mensch mit Mitgefühl für weibliche Menschen hatte Recht. Elena aus Rumänien war ein halbes Jahr – ohne einen einzigen Tag das Tageslicht zu erblicken – in einem Edelbordell für „gehobene Ansprüche" gefangen gehalten worden. Sie war nicht die einzige osteuropäische Zwangsprostituierte, die der honorigen Freier-Gesellschaft in dem vornehmen Etablissement zur Verfügung stehen musste. Aber sie war die stärkste von allen. Verwirrt wirkte sie nur, weil sie nicht wusste, wo sie sich befand. Zwar war ihr bewusst, dass es Deutschland sein musste. Doch welche Stadt? Sie hatte gelesen, dass es in Deutschland sehr große Städte gibt. Aber mit einer so großen wie dieser hatte sie nicht gerechnet.

So viele Autos.

So viele Lichter.

So viele Menschen mit Sekt und Raketen.

Elena war achtzehn, als sie in Rumänien von einer so genannten „Künstler-Agentur" als „Tänzerin" angeworben wurde. Man versprach ihr den Himmel auf Erden. Und sie landete in der Hölle.

Doch keiner von denen, die sie vergewaltigt, gedemütigt und entwürdigt haben, hat es geschafft, ihren Widerstandswillen zu brechen. Sie wusste, es stimmt nicht, wenn „mann" ihr weismachen wollte, dass die Polizei in Deutschland genauso korrupt ist wie die in Rumänien. Elena hatte nur eines im Sinn: die Flucht zur nächsten Polizeiwache.

In der Silvester-Nacht war es endlich so weit. Alle hatten sich sinnlos betrunken: Zuhälter, Freier und Türsteher. Elena packte die günstige Gelegenheit beim Schopf und floh. Sie wäre bereit gewesen, all ihre Kunden anzuzeigen – die hohen Herren mit Geld und Einfluss. Aber es hatte keinen Sinn. Es ist keine Straftat, wenn „mann" sich eine Zwangsprostituierte kauft.

Je älter ich werde, desto mehr wird mir bewusst, dass die Freier fast genauso schlimme Täter sind wie die Schleuser, Händler und Zuhälter. Die Freier sind die Nachfrager, die das Angebot erzeugen. Und sie sind die Konsumenten, die es skrupellos nutzen. Als ob Frauen eine Ware wären. Keine Menschen, sondern Konsumartikel, die „mann" nach Gebrauch wegwirft. Darum kämpfe ich dafür, Freier, die Zwangsprostituierte ausbeuten, aus dem Dunkel des Rotlichtmilieus, das es ihnen erlaubt, sich alles zu erlauben, ins helle Rampenlicht zu zerren. Ja, ich finde, dass es richtig ist, sie zu bestrafen! Noch wichtiger erscheint es mir, sie dazu zu bewegen, endlich einmal darüber nachzudenken, dass sie schwerste Menschenrechtsverletzungen an Frauen und Mädchen nicht nur stillschweigend tolerieren, sondern auch selbst begehen.

Es ist Dienstag, der 5. April 2005. Um 6 Uhr 50 landen wir nach neun Stunden Flug in Mombasa. Als wir aus dem Flugzeug steigen, trifft uns die Hitze wie ein Schlag: 40 Grad im Schatten. „Wir", das sind die Fotografin Bettina Flitner, meine Mitarbeiterin Anne Fitzgerald, die Rückkehrerin Mary und ich. Seltsam. Obwohl ich früher das Klima hier manchmal unerträglich fand, fühle ich mich so heiter und beschwingt wie lange nicht mehr: Endlich bin ich wieder in meinem geliebten Afrika! Zwar nur für eine Woche, aber ich freue mich darauf, mir die rasante Entwicklung von *Solwodi Kenia* vor Ort anzuschauen.

Vor der Abfertigungshalle werden wir schon erwartet: von Elizabeth Aquiny, der Leiterin von *Solwodi Kenia*, und Elizabeth Nyambura, einer Sozialarbeiterin. Nach dem frühen Tod ihrer Eltern hat ihr eine ältere Schwester den Führerschein finanziert. *Solwodi* stellte sie als Fahrerin ein. Nebenbei hat sie in Abendkursen eine Ausbildung zur Sozialarbeiterin gemacht. Auch heute chauffiert Elizabeth Nyambura den *Solwodi*-Nissan, rasant wie eine Rennfahrerin. Zuerst geht's kurz ins Hotel und dann sofort ins Zentrum an der Archbishop Makarios Road.

Verglichen mit der umgebauten Lagerhalle in Makupa ist unser neues Zentrum ein Palast. Ein zweigeschossiger Neubau auf einem von Palmen, Zypressen und blühenden Hecken umsäumten Grundstück. Das katholische Hilfswerk *Misereor* hat uns diese „Expansion" ermöglicht.

An eine Feier zum 20. Geburtstag von *Solwodi* habe ich gar nicht gedacht, als wir in Düsseldorf ins Flugzeug gestiegen sind – und nun das: 100 Frauen und Mädchen haben sich versammelt, um mir zu gratulieren. Ein Chor singt ein Geburtstagslied, speziell für mich komponiert und getextet. Auf einer großen Torte brennen 20 Kerzen. 20 Jahre kenianische *Solwodi*-Geschichte werden in Sketchen präsentiert. Und dann bekomme ich auch noch ein Gemälde geschenkt, auf dem das neue Zentrum abgebildet ist.

„Sister Lea, wir finden", sagt Viktoria Nzioki, Rechtsanwältin und Vorsitzende von *Solwodi Kenia*, als sie mir das Gemälde überreicht, „dass du bei dir in Hirzenach uns in Mombasa sehen solltest."

Freitag, der 20. Mai 2005, 23 Uhr 30. Ich betrachte das Bild aus Mombasa an der Wand. Es kommt mir wie ein Fenster vor, durch das ich auf Afrika schaue – dieser Blick erscheint mir genauso real wie der auf das Rheintal durch die Fenster in meinem Büro.

„Der Kreis hat sich geschlossen", denke ich zufrieden.

„Zufrieden"?

Was für ein Unwort!

Flau und grau.

Mein Herz liebt ein anderes.

Es klingt wie Walzer, Polka, Tango – Glück.

Ja, ich bin glücklich!

Heute haben wir hier in Hirzenach den *Solwodi*-Geburtstag mit 300 Gästen gefeiert. Beim Festakt in der Kirche hat Alice Schwarzer die Festrede über die Menschenwürde von Frauen gehalten. Landläufig heißt es, sagte sie, Prostitution sei das älteste Gewerbe der Welt, unabschaffbar. Das sei von der Sklaverei auch behauptet worden. Sie plädierte dafür, die Prostitution abzuschaffen, weil die Menschenwürde unantastbar ist, auch die von weiblichen Menschen.

Ich habe in meiner Rede gesagt: „Gewalt macht betroffen. Betroffenheit lässt manche verstummen. Mich nicht. Mich macht Gewalt wütend. Diese Wut war es, die mich vor 20 Jahren angetrieben hat, *Solwodi* zu gründen."

Mitternacht. Manchmal vermisse ich das dumpfe Geräusch, das früher zur Geisterstunde durch die Propstei dröhnte. Es waren keine Einbrecher oder andere finstere Gestalten, die mich im Mai 1988 erschreckt haben – es war das barocke Uhrwerk unterm Dach, das sich aufzog. Bis vor einem Jahr erklang das Dong, Dong, Dong jede Nacht Punkt zwölf. Es erinnerte mich daran, wie dankbar ich im Mai 1988 war, weil der liebe Gott mir diesen märchenhaften Ort geschenkt hat. Die barocke Uhr hat ein neues Uhrwerk, es zieht sich lautlos auf. Aber ich weiß auch so, dass ich hier zu Hause bin – in Hirzenach mit Blick auf Afrika.

Epilog

Während der vergangenen viereinhalb Millionen Jahre sind in Afrika immer wieder, gleichzeitig oder nacheinander, Hominiden aufgetaucht. Überlebt hat nur der Homo Sapiens, die jüngste menschliche Spezies. Vor rund 100.000 Jahren hat sie von Afrika aus die restliche Welt besiedelt. Die heutige Menschheit außerhalb Afrikas lässt sich zwar genetisch nicht bis zu einer einzigen „afrikanischen Eva" zurückverfolgen, aber sie hat sieben Stammmütter, die den ältesten Kontinent der Erde vor etwa 100.000 Jahren – vermutlich über den Isthmus bei Suez – verließen. Diese „sieben Töchter Evas", wie der britische Genetiker Bryan Sykes sie nennt, haben Spuren ihrer DNA in unseren Genen hinterlassen. Die DNA der Männer in ihrer Begleitung, deren männliche Nachkommen sich so gerne als „Stammväter" und „Herren der Schöpfung" aufspielen, ist spurlos verschwunden.

„An einem Ort namens Laetoli am südöstlichen Rand der Serengeti", schreibt John Reader in seinem Buch *Afrika – ein Porträt des schwarzen Kontinents*, „kehrten die Archäologin Mary Leakey und ihr Team vorsichtig einen flachen Teil der afrikanischen Landschaft frei und enthüllten einen bedeutsamen Moment der Menschheitsgeschichte. Wir liefen in Socken über ein Gebiet, das vor dreieinhalb Millionen Jahren ein Schlammbecken gewesen war. Voller Erstaunen betrachteten wir Fußspuren, die in der empfindlichen, versteinerten Oberfläche erhalten geblieben waren. Obwohl sie so alt waren, waren diese Fußspuren so menschlich wie diejenigen, die wir jeden Sommer auf einem nassen Sandstrand hinterlassen."

Drei Individuen hatten das Schlammbecken durchquert – frühe Hominiden. Mary Leakey konnte es nicht beweisen, aber sie mutmaßte, dass es eine Familie war: ein Mann und eine Frau, die nebeneinander gingen, und ein Kind, das ihnen folgte. Die Fußabdrücke der Frau waren kleiner, aber tiefer als die des Mannes. Besonders der des linken Fußes. Möglicherweise trug sie ein Baby auf ihrer linken Hüfte.

„An einem Punkt der Spuren schien die Frau angehalten, gewartet und sich umgedreht zu haben, um über ihre Schulter auf eine Bedrohung oder etwas Ungewöhnliches zu schauen."

Sie habe das Gefühl, gestand Mary Leakey John Reader, diese Frau blicke sie an. Über Jahrmillionen hinweg. Um ihr zu sagen:

„Vergiss mich nicht!"

Diese afrikanische Urmutter aus Laetoli in Tansania blickt uns alle an. Sie mahnt uns, ihre heutigen Töchter nicht zu vergessen, denen so viel Leid angetan wird – in Afrika und anderswo.

Inhalt